UN

Dépôts légaux : 2e trimestre 1989
Bibliothèque nationale du Québec
Bibliothèque nationale du Canada

Conception graphique originale de la couverture :
JOAN STOLIAR

Réalisation graphique française:
MICHEL BÉRARD

Version française :
CLAUDE SAINT-JACQUES et PATRICIA PRENOVEAU
pour À VRAI DIRE ENR.

Photocomposition et mise en pages :
LES ATELIERS C.M. INC.

ISBN : 2-89225-154-0

Richard Bach

un

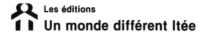
Les éditions
Un monde différent ltée

avec
Leslie

Que de chemin nous avons parcouru !

Lorsque nous nous sommes rencontrés, il y a de cela vingt-cinq ans, j'étais pilote et passionné par le vol sous toutes ses formes. J'aimais la vitesse, les avions, les instruments de bord, et je cherchais un sens à la vie à travers ces choses.

Il y a vingt ans, je vous ai fait connaître un goéland et vous ai raconté ses exploits. Il y a dix ans, je vous ai parlé d'un sauveur du monde et ensemble, nous avons découvert qu'il habitait en nous. Mais comme vous avez pu le constater au cours de mes récits, j'étais une âme solitaire, attirée par les titres et l'altitude, dissimulée derrière un paravent de mots.

Un jour enfin, je vous ai fait suffisamment confiance et me suis décidé à vous conter mes aventures, heureuses et malheureuses, en me disant que peut-être celles-ci ressemblaient aux vôtres.

Aujourd'hui, je commence à mieux comprendre la vie et espère qu'il en va de même pour vous. Comme vous, il m'est arrivé de me sentir inquiet et impuissant face à l'avenir ou seul aux prises avec mes connaissances. Comme vous, j'ai passé une partie de ma vie à chercher l'âme soeur. Puis je l'ai trouvée et vous l'ai présentée dans mon livre intitulé : *Un Pont sur l'Infini.* Vous vous en souvenez peut-être, elle s'appelle Leslie Parrish-Bach.

Maintenant, Leslie et moi, sommes devenus Rileschardlie. Nous écrivons ensemble et ne savons plus où l'un commence et où l'autre finit.

Après la parution de *Un Pont sur l'Infini,* notre cercle de lecteurs s'est agrandi et n'en est devenu que plus chaleureux. Aux aventuriers qui m'ont accompagné dans ces voyages en haute altitude que je décrivais dans mes premiers livres, se sont ajoutés des êtres à la recherche de l'âme soeur et d'autres, l'ayant découverte sur leur chemin. « Notre vie », ne cessent-ils de nous répéter dans leurs lettres, « se veut le reflet de la vôtre. » Serait-ce que tous, nous avons subi une transformation et que nous nous ressemblerions les uns les autres ?

Selon notre habitude, c'est dans la cuisine que nous ouvrons et lisons notre courrier, Leslie et moi. Et pendant que l'un d'entre nous prépare le repas, l'autre lui fait la lecture à voix haute. À quelques reprises, il nous est arrivé de rire tellement à la lecture de lettres de nos lecteurs que de la salade s'est retrouvée dans notre assiette à soupe. En d'autres occasions, des larmes nous ont servi d'assaisonnement.

Puis un jour, nous est arrivée une lettre qui nous a profondément attristés. Elle se présentait comme suit :

« Vous souvenez-vous, Richard, de ce personnage de *Un Pont sur l'Infini,* de cet autre vous-même, qui a préféré la fuite plutôt que de remplacer toutes les femmes par la seule Leslie ? Eh bien, je suis cet homme, ce personnage, et si je vous écris, c'est que j'ai eu l'impression que vous aimeriez savoir ce qu'il est advenu de lui. »

La ressemblance entre lui et moi était étonnante. Car comme moi, il était écrivain, et comme moi, il avait fait fortune avec un de ses livres. Comme moi, il avait eu des problèmes avec l'impôt et comme moi il s'était fait à l'idée de ne jamais rencontrer l'âme sœur. Mais un jour, il s'était trouvé en présence de cette âme sœur qui, comme Leslie, mon épouse, lui avait dit de choisir entre elle et toutes les autres femmes. Or, à cette croisée de chemins et contrairement à moi, il avait préféré ne pas se plier au désir de cette femme et il avait dû par conséquent accepter de ne plus jamais la revoir. Puis, laissant sa maison aux percepteurs d'impôt, il avait pris l'avion et s'en était allé vivre, comme j'avais moi-même failli le faire, en Nouvelle-Zélande, loin de cette femme qui l'aimait. Dans sa lettre, il disait encore :

« …les affaires vont bien. J'écris toujours et j'ai beaucoup de succès. Je suis propriétaire de maisons à Auckland, Madrid et Singapour et, les États-Unis mis à part, je peux voyager partout à travers le monde. Enfin, je ne laisse personne s'approcher de moi de trop près…

« Ceci dit, je pense encore à ma chère Laura et je me demande ce qui se serait produit si je lui avais donné sa chance. Existe-t-il une réponse à cette question dans *Un Pont sur l'Infini* ? Et croyez-vous que j'ai fait le bon choix ou que ce soit vous qui l'ayez fait ? En dernier lieu, j'aimerais que vous me disiez si vous êtes toujours ensemble, Leslie et vous. »

À la lecture de cette lettre, et bien que cet homme soit multimillionnaire, qu'il ait réalisé certains de ses rêves et que le monde lui appartienne, je ne pus m'empêcher de verser une larme. Quant à Leslie, elle se prit le visage entre les mains et se mit à pleurer, accoudée contre le comptoir.

Tout ce temps, nous avions cru que ce personnage était un être de fiction sorti de notre imagination et appartenant à un autre espace-temps. Or, cette lettre venait nous prouver le contraire et c'est pourquoi nous nous sentions tellement démunis et presque incapables de répondre à son auteur.

Or, peu après, je mis la main sur un petit livre étrange qui s'intitulait : *Les mondes multiples : L'interprétation de la mécanique quantique*. Dans celui-ci, il était question de mondes parallèles et on y disait, entre autres choses, qu'à chaque instant le monde se scinde en une infinité d'autres mondes, formant des passés et des futurs parallèles aux nôtres.

Et si l'on se fiait à ce livre et à ses explications, le Richard que j'avais été n'était pas mort ou ne s'était pas volatilisé au moment où j'avais décidé de prendre un autre tournant et de me marier avec Leslie. Il vivait dans un monde parallèle et faisait sa vie alors que je continuais la mienne. Dans ce même monde, Leslie faisait sa vie elle aussi et n'était pas l'épouse de Richard Bach, qu'elle avait préféré quitter lorsqu'elle s'était aperçue qu'il ne lui apporterait pas le bonheur et la joie escomptés.

Aussitôt terminée la lecture des *Mondes multiples,* mon subconscient continua à ressasser cette lecture et à m'informer de ce qu'il en pensait à chaque nuit.

« Que dirais-tu, ne cessait-il de me répéter, si tu pouvais t'immiscer dans ces mondes parallèles ? Que dirais-tu si tu pouvais rencontrer le Richard et la Leslie que ta femme et toi étiez avant de commettre vos pires erreurs et connaître vos plus belles réussites ? Que dirais-tu si tu pouvais leur demander ce qu'ils pensent de la vie, de la mort, de la jeunesse, du vieillissement, de la guerre, de la paix, des choix de vie et de leurs conséquences ? Que dirais-tu si tu pouvais les mettre en garde contre certaines choses et si tu pouvais les remercier de ce qu'ils ont fait pour toi ?

— Cesse de me tourmenter ! lui répétais-je sans cesse à mon tour.

— Mais crois-tu donc, me répondait-il alors, que tu n'appartiens pas à ce monde fait de haine et de violence, de guerre et de destruction ? Crois-tu que tu n'as pas ta part de responsabilité face à toutes ces choses et que tu ne dois pas essayer de les aider, eux, qui ne sont autres que toi-même ?

— Laisse-moi dormir en paix, lui disais-je à nouveau. »

Et alors sans insister, il me disait : « Bonne nuit et dors bien. »

Mais les esprits ne dorment jamais et je l'entendais qui tournait des pages et poursuivait sa lecture à l'intérieur de mes rêves.

Et maintenant, alors que je suis bien éveillé, je me demande toujours si la science a raison et si les choix de vie que nous faisons engendrent d'autres choix dans d'autres mondes !

Chapitre I

*N*ous venions du nord et nous nous dirigions vers Los Angeles à bord de notre fidèle hydravion. Pendant des heures et des heures, nous avions survolé des montagnes bleues et roses et voilà que, du brouillard, émergeait la ville qui s'étendait frémissante à nos pieds sous ce chaud soleil d'été.

«Quelle distance nous reste-t-il à parcourir, chérie? demandai-je à Leslie en me servant de l'interphone.

— Trente-deux milles au nord», me répondit-elle après avoir consulté le tableau de bord de l'appareil. «Ce qui signifie qu'il nous reste encore quinze minutes de vol. Et maintenant, aimerais-tu entrer en communication avec le centre de contrôle de Los Angeles?

— Oui», lui répondis-je en pensant à combien elle avait changé en onze années de mariage et moi aussi dans ce même laps de temps. Elle qui avait peur de prendre l'avion, voilà qu'elle était devenue pilote et navigatrice, et moi qui avais peur du mariage, voilà que j'étais devenu son époux et l'homme le plus heureux au monde.

« Allô ! Los Angeles Approche, dis-je en ouvrant le micro- phone, ici Martin Seabird Un Quatre Bravo. Je quitte sept mille cinq cents pieds en descente pour trois mille cinq cents pieds, au cap sud vers Santa Monica. »

Dans l'intimité, nous appelions notre hydravion le Ronchon- neur, mais en présence des contrôleurs de la circulation aérienne, nous lui donnions son nom officiel.

Comment se fait-il que nous soyons si chanceux, me dis-je en moi-même en attendant la réponse du contrôleur, et que nous puissions jouir d'une vie aux côtés de laquelle même nos rêves d'enfants paraissent insignifiants ? Comment se fait-il qu'après cinquante années de dur labeur et d'expériences de toutes sortes, nous en soyons arrivés à ce merveilleux équilibre qui nous rend la vie heureuse ?

« Martin Un Quatre Bravo, contact radar », dit une voix que j'entendis à travers mes écouteurs.

— Un avion ici et un autre là encore, me signala Leslie.

— Surveille-les », répondis-je en me tournant vers celle qui avait laissé tomber sa carrière d'actrice pour devenir ma compa- gne d'aventure, et qui était si belle avec son visage angélique qu'encadraient des cheveux blonds, et ses yeux bleus si intenses maintenant occupés à scruter le ciel. *Quel beau visage cet esprit a conçu,* pensai-je alors en moi-même.

« Martin Seabird Un Quatre Bravo », demande Los Angeles Approche, « transpondez : quatre six quatre cinq. »

N'est-il pas étrange, me dis-je en poursuivant ma réflexion que nous nous soyons rencontrés, elle et moi, et que nous nous soyons reconnus comme des âmes soeurs ? N'est-il pas étrange que nos destins se soient croisés et qu'en ce moment précis nous nous dirigions ensemble vers Spring Hill où nous assisterons à un congrès sur la pensée créatrice et à l'intérieur duquel seront traités des sujets tels que science et conscience, guerre et paix et avenir de la planète ?

« Ce message ne s'adressait-il pas à nous ? me demanda Leslie.

— Oui, lui répondis-je en revenant à la réalité. Mais quelle direction nous a-t-il indiqué ? »

— Ne t'en souviens-tu pas ?

— Oui, lui répondis-je. Le quatre six quatre cinq.

— Bien, dit-elle. Puis elle ajouta : « Je me demande ce que tu ferais si tu ne m'avais pas. »

Et ce furent là les dernières paroles que nous échangeâmes avant que le monde ne bascule !

Chapitre II

*L*e transpondeur est une boîte noire posée sur le tableau de bord de l'hydravion et qui sert à acheminer un code de quatre chiffres jusqu'à des contrôleurs de la circulation aérienne se trouvant à des milles de distance de l'endroit où nous nous trouvons ; code qui leur permet de nous identifier et de connaître l'immatriculation de notre avion, la vitesse à laquelle nous allons, l'altitude à laquelle nous nous trouvons ainsi que toutes ces autres données qu'il leur est nécessaire de connaître.

Cet après-midi-là, et pour la dix millième fois environ dans toute ma carrière de pilote, je m'apprêtais à changer les numéros apparaissant à la fenêtre du transpondeur et à inscrire un quatre dans la première case, un six dans la deuxième, un quatre dans la troisième et un cinq dans la quatrième lorsque soudain j'entendis, venu de je ne sais où, un son étrange et très aigu que jamais je n'avais entendu auparavant. L'instant d'ensuite, j'aperçus une lumière de couleur ambre qui envahissait l'intérieur de la cabine de pilotage et je fus agité par une brusque secousse. Puis le calme revint et alors j'entendis mon épouse qui criait mon nom.

Étonné par sa réaction, je me tournai vers elle et m'aperçus qu'elle était effrayée, car elle avait la bouche grande ouverte et les yeux écarquillés.

« Ce n'est rien, lui dis-je pour la rassurer. Juste un peu de turbulence, ou peut-être… »

Puis je m'arrêtai net, au beau milieu de ma phrase quand, à mon tour, je m'aperçus que Los Angeles n'était plus en vue et que de fait, plus rien n'était visible.

Disparue la ville immense, évaporées les montagnes à l'horizon et le brouillard s'étendant sur des milles et des milles de distance. Évanouies ou volatilisées toutes ces choses, et à leur place, un ciel d'un bleu clair et limpide qui se réfléchissait dans une mer profonde d'une nuance de bleu cobalt tournant parfois à l'argenté.

« Mais où est donc passée Los Angeles ? », demandai-je alors à Leslie. Puis pour me rassurer : « Mais vois-tu ce que je vois ?

— Je vois de l'eau et pense que nous survolons un océan, me répondit-elle. Mais que crois-tu donc qu'il nous soit arrivé ? ajouta-t-elle au bout d'un moment.

— Je n'en ai pas la moindre idée, lui dis-je en examinant du regard les différents instruments du tableau de bord. Puis, me penchant vers l'avant pour mieux les vérifier et essayer de comprendre ce qui avait bien pu se produire, je constatai que l'altimètre était à sa position habituelle et le compas gyroscopique indiquait toujours cent quarante-deux degrés. Mais quelle ne fut pas ma surprise de constater que le compas magnétique n'indiquait plus rien et que son aiguille oscillait mollement entre le nord et le sud.

Leslie qui, de son côté, avait examiné les commutateurs et les disjoncteurs, me dit avec un trémolo dans la voix :

« Les émetteurs radiotélégraphiques ne sont pas brisés et cependant ils ne fonctionnent pas. Quant à l'appareil loran, il nous indique : ABSENCE DE POSITION, chose que jamais il n'a faite auparavant. »

Nos cerveaux eux aussi étaient hors d'état de fonctionnement et nous nous regardâmes abasourdis, Leslie et moi. Puis je lui demandai si elle avait aperçu quelque chose de particulier avant que ne disparaisse Los Angeles et que nous nous retrouvions là où nous étions.

— Non, me répondit-elle. Ou plutôt, si : J'ai entendu un espèce de gémissement, puis j'ai aperçu une lumière jaune et enfin j'ai ressenti une secousse. Puis plus rien. Ensuite Los Angeles avait disparu ! Puis, après un moment de silence : « Mais où sommes-nous ? me demanda-t-elle encore.

— L'hydravion n'a subi aucun dommage, dis-je pour résumer la situation, et seuls les appareils radio et l'appareil loran sont hors d'état de fonctionnement. Quant au compas magnétique, le seul appareil à bord de cet avion qu'on dit à l'abri d'une défectuosité, il est inutilisable. Vraiment, je n'y comprends rien et ne puis te dire où nous sommes !

— Si nous essayions d'entrer en communication avec Los Angeles ? me suggéra alors Leslie.

— Excellente idée, lui répondis-je en ouvrant le microphone. Puis m'adressant à la tour de contrôle, je dis : « Allô ! Los Angeles Approche ! Ici le Martin Seabird Un Quatre Bravo. »

Je m'étais penché vers l'avant pour mieux entendre la réponse lorsque soudain mon regard fut attiré par quelque chose au fond de l'eau. Et alors je m'aperçus que d'innombrables sillons avaient été tracés dans le sable qui recouvrait le fond de l'océan et que ceux-ci formaient un dessin compliqué qui se réfléchissait à la surface de l'eau et donnait à cette dernière un reflet parfois argenté et parfois doré.

Los Angeles ne m'avait pas répondu ; je les contactai à nouveau en leur disant : « Allô ! Los Angeles Approche ? Ici l'amphibie Martin Un Quatre Bravo. »

Puis j'augmentai le volume de l'appareil et perçus un bruit de statique dans les écouteurs. L'appareil fonctionnait bien, mais personne ne répondait. Voyant cela, je décidai d'essayer d'entrer en contact avec d'autres stations : « Ici le Martin Seabird Un Quatre Bravo. Si vous me recevez, contactez-moi à cette fréquence. »

Mais là encore, il n'y eut pas de réponse.

« Je suis à court d'idées », dis-je alors à Leslie. Puis poussé par un quelconque instinct, je pris de l'altitude pour gagner en perspective et essayer de découvrir quelques points de repère.

Au bout de quelques minutes, je fus à même de constater que l'aiguille de l'altimètre n'avait pas bougé et que l'air qui nous entourait ne s'était pas raréfié, malgré l'altitude. Selon mes estimations, nous étions à cinq mille pieds dans les airs et pourtant l'instrument indiquait que nous étions au niveau de la mer. La vue non plus n'avait pas changé et il n'y avait pas une montagne à l'horizon, pas une île, pas de bateau sur la mer, pas de nuages ni de soleil dans le ciel. Que ce ciel bleu et cet immense océan avec ses bancs de sable travaillés de manière étrange et jamais semblable.

Leslie, qui avait examiné la jauge à essence, me dit au bout d'un moment : « Est-il possible, Richard, que nous ne consommions pas d'essence ?

— J'aurais plutôt tendance à croire, lui répondis-je, que c'est le flotteur qui est coincé, car l'appareil répond bien lorsque j'actionne la manette des gaz et il accélère ou ralentit à volonté. Puis j'ajoutai : L'aiguille indique que le réservoir est encore à moitié plein et moi, de mon côté, j'estime qu'il nous reste suffisamment d'essence pour voler deux heures environ. Ceci dit, le mieux serait encore d'économiser le plus d'essence possible.

— Où crois-tu que nous devrions nous poser ? me demanda Leslie en scrutant l'horizon du regard.

— Cela a-t-il une quelconque importance ? » lui demandai-je à mon tour en commençant à amorcer la descente. Et alors que nous étions occupés à admirer les dessins féériques que formaient les bancs de sable au fond de l'eau, deux sillons cheminant en parallèle puis se croisant au bout d'un moment pour ensuite se rattacher l'un à l'autre dans une espèce de boucle, retinrent notre attention. Ils semblaient plus lumineux que les autres et à eux venaient se greffer un nombre incalculable d'autres sillons. On aurait dit les embranchements d'une artère principale.

Ces sillons ne sont pas là pour rien, me dis-je en moi-même. Et que sont-ils donc ? Des routes sous-marines faites de coulées de lave incrustées dans le sable ?

À ce moment précis, Leslie me prit la main et, d'un air triste, elle me demanda : « Crois-tu, Richard, que nous soyons morts ? Car peut-être sommes-nous entrés en collision sans même nous en apercevoir ? »

Réfléchissant à la question, je me dis en moi-même : *À la maison, je passe pour le spécialiste en la matière et pourtant jamais il ne m'est venu à l'idée que nous étions morts. Et si nous l'étions, que ferions-nous à bord de notre hydravion ? Mais peut-être a-t-elle raison ? Quoi qu'il en soit, jamais je n'ai lu quoi que ce soit concernant des morts aux prises avec une jauge à essence défectueuse !*

Puis à voix haute, je dis à Leslie : « La mort, ce ne peut être cela, car si l'on se fie aux ouvrages qui traitent du sujet, nous aurions dû traverser un long tunnel au bout duquel une lumière nous aurait enveloppés de sa douce présence. Puis nous aurions été remplis d'un sentiment d'amour incommensurable et aurions rencontré les gens venus là pour nous accueillir. Et ne crois-tu pas qu'ils se seraient dérangés pour nous, puisque nous nous sommes donné la peine de venir deux à la fois ?

— Peut-être les livres ne disent-ils pas la vérité ! » me répondit-elle simplement.

En silence et le cœur rempli de tristesse, nous continuâmes notre descente en nous demandant tous les deux pourquoi il avait fallu qu'une mort stupide vienne mettre un terme à notre bonheur.

— As-tu l'impression d'être mort ? me demanda Leslie au bout d'un moment.

— Non, et toi ?

— Moi non plus, je n'ai pas cette impression», me répondit-elle.

Nous survolâmes l'océan à basse altitude afin de nous assurer de l'absence de bancs de corail ou d'épaves flottant à la surface de l'eau, et qui nous auraient empêchés de nous poser. Car même morts, nous ne tenions pas à endommager notre hydravion.

«Quelle façon stupide de terminer sa vie! dit encore Leslie, à voix haute. Car nous ne savons même pas ce qui a causé notre mort. Puis elle ajouta presque aussitôt :

«La lumière ambre et la secousse violente! Peut-être était-ce une attaque nucléaire? Et peut-être sommes-nous les premières victimes de la Troisième Guerre mondiale?»

Mais après avoir réfléchi à la question, elle dit :

«Non, finalement je ne crois pas que nous ayons subi une attaque nucléaire. Car cela ne venait pas vers nous, mais semblait s'éloigner de nous. Et puis, nous aurions ressenti quelque chose!»

Tout ceci est tellement triste, pensions-nous chacun de notre côté en survolant la vaste étendue d'eau.

«Ce n'est pas juste, dit enfin Leslie à voix haute. Nous venions à peine de commencer à jouir réellement de la vie. Et nous avions travaillé si fort, résolu tant de problèmes pour en arriver là!»

Je poussai un profond soupir qui se voulait un signe d'approbation et lui dis pour la réconforter : «Au moins si nous sommes morts, nous sommes morts ensemble et c'est ce que nous désirions, n'est-ce pas?»

Pour toute réponse, elle me dit : «N'est-il pas vrai qu'à notre mort nous sommes censés voir notre vie entière se dérouler devant nos yeux et ce, en l'espace d'une seconde? Or, je n'ai rien vu de tel. Et toi?

— Non, moi non plus. Ou en tout cas, pas encore!

— Et ils disent aussi, poursuivit-elle, qu'ensuite tout devient noir. Or, je suppose que cela aussi, c'est faux ?

— Tous les livres ne peuvent pas se tromper, lui répondis-je. Qui plus est, l'expérience de la mort devrait ressembler à ces voyages astraux qu'il nous est arrivé de faire la nuit, à cette différence près qu'il nous serait impossible de réintégrer nos corps. »

Puis je me dis à moi-même : *Jamais je n'aurais imaginé que les gens qui passent de vie à trépas doivent survoler des heures et des heures durant un océan infini. Car la mort m'est toujours apparue comme une expérience qui nous permet de nous détacher de la matière, d'en transcender les limites, de faire de nouvelles expériences et d'acquérir de nouvelles connaissances. Vraiment, je n'aurais jamais imaginé qu'il en serait ainsi !*

Nous n'aperçûmes ni rochers, ni bancs de corail, ni épaves qui auraient pu nuire à notre amerrissage et aussi décidâmes-nous de nous poser sur l'eau cristalline à peine agitée par une brise légère, et qui s'étendait à perte de vue.

Au moment même où je m'apprêtais à effectuer les manoeuvres permettant l'amerrissage, Leslie me montra du doigt les deux sentiers qui se détachaient de l'ensemble et elle me dit :

— Regarde, on dirait qu'ils sont amis, car toujours ils vont dans la même direction !

— Peut-être sont-ce des pistes d'atterrissage, dis-je en guise de commentaire. « Que ce soit le cas ou non, nous ferions bien de nous ranger de leur côté et ensuite je viendrai me poser à l'endroit où elles se croisent. »

Puis en me tournant vers elle, je lui demandai si elle était prête pour l'amerrissage.

— Je le crois bien », me répondit-elle.

Et alors je procédai aux opérations nécessaires à l'amerrissage, puis effectuai un dernier virage qui se dessina, gracieux, dans le ciel. Ensuite, nous survolâmes le vaste océan à une distance de quelques pouces à peine du niveau de l'eau et ce, pendant quelques minutes. Puis nous nous posâmes délicatement et la vague vint se briser contre la quille de l'hydravion qui, tel un bateau à moteur, continua d'avancer sur l'eau, suivi d'un sillon d'écume blanche.

Quand enfin, nous fûmes bien engagés sur le sentier, je tirai la manette des gaz vers l'arrière et l'hydravion ralentit graduellement sa marche. Et au moment même où nous allions nous immobiliser, nous ne vîmes plus rien de la vaste étendue d'eau et de l'intérieur de l'hydravion, et constatâmes plutôt l'image un peu floue de palmiers et de toits de tuiles rouges avec, en arrière-plan, celle du mur d'un édifice en verre. Et avant même que nous n'ayons pu échanger une parole, nous nous retrouvâmes dans un des couloirs de cet édifice qui l'instant d'avant, se dressait sous nos yeux.

« Tu n'es pas blessée au moins », demandai-je à Leslie en lui prenant la main, alors qu'elle-même s'apprêtait à me poser la même question.

— Non, me répondit-elle haletante. Et toi ?

— Pas la moindre égratignure », lui répondis-je en essayant moi aussi de reprendre mon souffle.

La fenêtre au fond du couloir était intacte et aucune trace non plus de trou dans le mur au travers duquel nous venions d'être propulsés. Quant à l'endroit, il semblait désert...

« Mais qu'est-ce que c'est que toute cette histoire ? m'enquis-je, mécontent.

— Richie », me répondit Leslie d'une voix posée, « cet endroit ne m'est pas inconnu et je suis sûre que nous y sommes déjà venus par le passé. »

Je jetai un regard circulaire autour de moi et constatai qu'un ascenseur nous faisait face avec une série de portes donnant sur le couloir. Pour compléter le tout, un tapis rouge brique au sol et des palmiers dans des vases. Par la fenêtre, on pouvait apercevoir des toits de tuiles rouges et des collines se profilant à l'horizon en cet après-midi ensoleillé.

« On dirait que nous sommes dans un hôtel », dis-je à l'intention de Leslie. « Et pourtant, je ne me souviens pas… »

Et avant même que je ne termine ma phrase, une sonnerie se fit entendre et les portes de l'ascenseur s'ouvrirent sur un jeune homme costaud et une magnifique jeune femme vêtue d'un jean, d'une combinaison de travail sous une veste de style militaire et une cape aux tons chauds.

Quelle ne fut pas notre surprise lorsque nous nous aperçûmes, Leslie et moi, que les personnes qui se tenaient là devant nous n'étaient autres que nous-mêmes, seize ans plus tôt, soit le jour où nous nous étions rencontrés pour la première fois.

Chapitre III

*N*ous restions là figés, bouches bées, tant nous étions étonnés !

La jeune Leslie descendit de l'ascenseur et, sans même jeter un regard au jeune Richard que j'avais été, elle se dirigea en hâte vers sa chambre.

Un sentiment d'urgence succéda à la stupéfaction que nous ressentions encore, Leslie et moi ; et mon épouse s'empressa alors de crier à la jeune Leslie de l'attendre, car un instant de plus et il était trop tard.

Quand elle entendit son nom, la jeune Leslie s'arrêta net, puis se retourna, s'attendant probablement à apercevoir un ou une amie. Mais elle nous vit et ne sembla pas nous reconnaître, car nous devions avoir l'air d'ombres ou de silhouettes se détachant de la fenêtre qui se trouvait derrière nous.

« Leslie », dit encore mon épouse en se dirigeant vers la jeune femme, « auriez-vous un moment à me consacrer ? »

À ce moment, le jeune Richard, qui se dirigeait lui aussi vers sa chambre, passa à côté de nous, comme s'il ne lui importait guère que la jeune femme qu'il avait bousculée dans l'ascenseur ait rencontré des amis.

De mon côté, je me dis en le voyant qu'il était de notre devoir, à Leslie et à moi, de prendre les choses en main et de faire en sorte que ces deux jeunes gens puissent se rencontrer. Car même si nous ne savions pas ce qui nous arrivait exactement, nous comprenions que ces deux jeunes gens, allant dans des directions opposées, étaient destinés à passer le reste de leurs jours ensemble.

Sans plus d'hésitation, je partis donc à la poursuite du jeune homme, assuré que Leslie s'occuperait de la jeune femme qu'elle venait d'intercepter.

«Excusez-moi», dis-je en lui emboîtant le pas. «Êtes-vous bien Richard?»

Au son de ma voix et à mes paroles, il se retourna, non sans curiosité. Un accroc était parfaitement visible au manteau sport couleur chameau qu'il portait et que j'avais moi-même vêtu, car ni l'un ni l'autre, malgré nos nombreuses tentatives, n'avions réussi à le repriser correctement, la soie cédant toujours à côté de l'endroit raccommodé.

«Ai-je besoin de me présenter? poursuivis-je.

— Quoi?» fit le jeune homme en me remarquant enfin, les yeux agrandis par la surprise.

— Écoutez», lui dis-je en essayant de paraître aussi calme que possible, «pas plus que vous, nous ne comprenons ce qui se passe. Nous étions en avion quand s'est produite cette étrange collision...»

— Êtes-vous....», me demanda-t-il d'une voix étranglée et sans pouvoir terminer le reste de sa phrase. Puis, le regard fixe, il resta là à me regarder, sans mot dire.

Bien sûr, il était en état de choc, mais néanmoins, je ne pouvais faire autrement que de me sentir irrité par son comportement.

Car en refusant de se rendre à l'évidence, il gaspillait une parcelle des précieuses minutes ou des précieuses heures qui nous étaient allouées.

« La réponse est oui, dis-je. Je suis l'homme que vous serez dans quelques années d'ici. »

Se remettant de son choc, il me demanda avec méfiance, les yeux toujours écarquillés, quel surnom sa mère lui donnait enfant.

Je le lui dis en poussant un profond soupir. Puis, il me demanda quel était le nom du chien qu'il avait à l'époque et quel était le fruit préféré de ce dernier.

« Mais voyons, Richard ! lui répondis-je. Lady n'était pas un chien, mais une chienne, et elle raffolait des abricots. Ceci dit, vous souvenez-vous de ce télescope de fabrication maison, dont le miroir était ébréché là où vous aviez échappé vos pinces en tentant de réparer le réticule ? Et du passage secret dans la clôture entourant la maison, et que vous pouviez discerner de la fenêtre de votre chambre ?

— D'accord », dit-il en me dévisageant comme si j'avais été un magicien. « Je suppose que vous pourriez continuer longtemps de la sorte, si vous le désiriez ?

— Je pourrais poursuivre indéfiniment, lui répondis-je. Car il n'est pas une question à votre propre sujet à laquelle je ne puisse répondre. Et comme il s'avère que je sois de seize ans votre aîné, j'ai plus de réponses que vous ne pouvez avoir de questions. »

Il continua de me dévisager comme si j'avais été une apparition et je ne pus m'empêcher de penser à ce moment qu'il n'était encore qu'un enfant, sans même l'ombre d'un cheveu gris. Puis je pensai que quelques cheveux gris ne pourraient que bien lui aller.

« Ne trouvez-vous pas que nous avons perdu suffisamment de temps en bavardages inutiles ? lui dis-je enfin. Et ne savez-vous pas que la jeune femme qui se trouvait avec vous dans l'ascenseur est la personne la plus importante de votre vie ? Non, bien sûr, vous ne le savez pas... »

— Elle ? » me répondit-il en regardant en direction, de l'endroit où se trouvait la jeune Leslie. Puis, baissant le ton, il dit presque dans un murmure : « Mais elle est splendide ! Comment pourrait-elle s'intéresser à moi ?

— Je ne le sais pas moi-même, lui répondis-je, mais je puis cependant vous donner ma parole qu'elle vous trouve de son goût !

— Bon ! Très bien, je vous crois, je vous crois », me répondit-il à son tour. Puis, retirant une clef de la poche de sa veste, il m'invita à entrer dans sa chambre.

Rien de ce qui se passait n'avait de sens, mais tout cependant se déroulait de façon logique. Nous n'étions pas à Los Angeles, mais à Carmel, en Californie, au troisième étage du Holiday Inn, en ce jour du mois d'octobre 1972. Et avant même que le jeune Richard n'ait tourné la clef dans la serrure de la porte de sa chambre, je savais qu'à l'intérieur s'y trouveraient des modèles réduits de goélands téléguidés, fabriqués pour le tournage d'un film. Car jadis, en cet endroit, j'avais moi-même recollé les morceaux de ceux qui s'étaient écrasés pitoyablement sur le sol.

« Je reviens à l'instant », lui dis-je en me dirigeant de l'autre côté du couloir. « Car j'aimerais inviter Leslie à se joindre à nous. Et pourquoi n'en profiteriez-vous pas pendant ce temps pour faire un peu d'ordre dans votre chambre ? ajoutai-je aussitôt.

— Leslie ? répéta-t-il, curieux.

— De fait, lui répondis-je, il y a deux Leslie. L'une d'elle est cette fille que vous avez croisée dans l'ascenseur et à qui vous n'avez osé dire bonjour. L'autre, de seize ans son aînée, et la plus sensationnelle des deux, est mon épouse.

— Je n'en crois pas mes oreilles ! » dit-il encore.

Mon épouse et la jeune Leslie parlaient ensemble à quelques pas seulement de la chambre de Richard quand une domestique sortant de la pièce d'à côté et se dirigeant vers l'ascenseur avec son chariot, alla foncer sur Leslie.

« Attention ! » criai-je alors à l'intention de Leslie, qui me tournait le dos.

Mais déjà il était trop tard ! La femme de chambre passa, avec son chariot, au travers du corps de Leslie comme de l'air et, ne s'étant aperçue de rien, elle saluait la jeune Leslie d'un large sourire.

« Holà ! s'exclama cette dernière, alarmée.

— Holà ! Et bonne journée à vous ! » lui dit la femme de chambre.

En moins de deux, j'étais aux côtés de Leslie. « Est-ce que ça va ? lui demandai-je.

— Oui, me répondit-elle. Je suppose qu'elle ne m'a pas... » Puis, ne sachant qu'ajouter, elle se tourna à nouveau vers la jeune femme et dit : « Richard, je te présente Leslie Parrish. Et Leslie, je te présente mon époux, Richard Bach. »

L'aspect très formel de ces présentations me fit adopter une expression rieuse. Aussi, je me contentai de saluer la jeune femme, puis je lui demandai si elle avait de la difficulté à me voir.

Ma question la fit sourire et, avec un éclair de malice dans les yeux, elle me demanda : « Seriez-vous invisible ? » Manifestement elle ne se doutait de rien ou croyait qu'elle vivait un rêve. Mais chez elle, nulle trace de méfiance ou de choc, comme chez le jeune Richard.

« Je ne faisais que vérifier, dis-je. Car depuis l'incident du chariot, je ne suis plus tellement sûr que nous soyons de ce monde. Je parie même que... »

Sur ce, j'appuyai ma main contre le mur, soupçonnant que peut-être elle passerait au travers. Et de fait, c'est ce qui se produisit.

La jeune Leslie, quand elle vit ma main enfoncée à travers le mur jusqu'au poignet, ne put s'empêcher de rire.

« Je crois que nous sommes des fantômes », commentai-je alors à voix haute.

Puis je pensai en moi-même que c'était là sans doute la raison pour laquelle nous n'avions pas été tués lorsque nous avions été propulsés au travers du mur de l'hôtel.

Et avec quelle facilité, me dis-je encore, *nous nous ajustons aux situations les plus incroyables. Car ne suffit-il pas de se retrouver à l'eau après être tombé d'un quai pour aussitôt commencer à nous mouvoir différemment et à respirer autrement et ce, que nous aimions l'eau ou non ?*

Et n'était-ce pas exactement ce qui nous arrivait ? Nous étions plongés jusqu'au cou dans notre propre passé, encore tout étonnés de nous y retrouver, et nous tentions de faire de notre mieux pour nous adapter à cette étrange situation. Et nous pensions que le mieux, c'était encore de faire notre devoir et de favoriser une rencontre entre le jeune Richard et la jeune Leslie pour leur épargner toutes ces années d'attente que nous avions nous-mêmes connues avant de constater que nous étions des âmes sœurs.

Cela me fit tout drôle de converser avec la jeune femme, car j'avais l'impression de rencontrer Leslie à nouveau pour la première fois. *Comme c'est étrange,* me dis-je alors à moi-même. *Cette jeune femme est Leslie, mais c'est une Leslie face à laquelle je ne suis pas engagé !*

« Peut-être devrions-nous changer d'endroit », dis-je pointant un doigt en direction de la chambre de Richard. « Un jeune homme vient justement de nous inviter à sa chambre, et nous y serions plus à l'aise pour discuter. Chose certaine, nous ne risquerions pas de nous y faire frapper inutilement ! »

À ces paroles, la jeune Leslie contempla son reflet dans la glace du couloir et dit : « Je n'avais pas prévu faire la connaissance de qui que ce soit aujourd'hui, et j'ai l'air d'un épouvantail. » Puis s'examinant à nouveau dans la glace, elle replaça quelques-unes des mèches rebelles qui étaient sorties de sa cape.

À ce moment, Leslie et moi échangeâmes un regard et ne pûmes nous empêcher de rire. Puis, à voix haute, je dis à l'intention de la jeune femme :

« C'était là le dernier test que nous tenions à vous faire passer. Car Leslie Parrish ne serait pas la vraie Leslie Parrish si, en se regardant dans la glace, elle se trouvait à son goût ! »

Je dirigeai la marche jusqu'à la chambre de Richard, puis je frappai à sa porte. Mais bien évidemment, mes coups ne portèrent pas et aucun son ne se fit entendre.

« Je crois que vous feriez mieux de toquer vous-même », dis-je en m'adressant à la jeune Leslie qui s'exécuta joyeusement, semblant prendre plaisir à démontrer qu'elle au moins était capable de produire des sons.

En deux secondes, le jeune Richard nous ouvrait la porte, tenant un goéland en bois de peuplier d'une hauteur de près d'un mètre à la main.

« Bonjour », lui dis-je en passant le seuil de la porte, et ajoutai aussitôt : « Richard, je vous présente Leslie Parrish, votre future épouse. Quant à vous, Leslie, je vous présente Richard Bach, votre futur époux. »

Richard déposa son goéland, puis tendit la main à la jeune femme. Il avait l'air à la fois curieux et craintif, et on aurait pu croire que la jeune femme l'effrayait un peu.

— Enchantée de faire votre connaissance, lui dit Leslie en lui serrant la main, essayant d'avoir l'air solennel malgré la petite lueur d'amusement qui se lisait dans ses yeux.

— Et voici mon épouse, Leslie Parrish-Bach, dis-je encore à l'intention de Richard.

— Bonjour, dit-il en lui adressant un signe de la tête. Puis il resta immobile pendant un long moment, occupé qu'il était à nous examiner comme si nous avions été une bande d'enfants déguisés pour l'Hallowe'en.

— Mais entrez donc, dit-il enfin. Et surtout ne faites pas attention au désordre. »

Il n'aurait pu dire mieux, car l'endroit avait l'air d'un véritable champ de bataille. Ainsi, il y avait, éparpillés un peu partout dans la pièce, des oiseaux en bois, des batteries, des modules téléguidés, des feuilles en bois de balsa et d'autres menus articles ; et s'il y avait de l'ordre, cela ne se voyait pas. Qui plus est, il flottait une odeur de colle et de peinture pour modèles réduits dans la pièce.

Sur la table de salon, le jeune Richard avait déposé quatre verres à eau, trois sacs de croustilles de maïs et un contenant d'arachides. Et en les apercevant, je me dis que je n'aurais probablement pas plus de succès avec les sacs de croustilles qu'avec les murs et les portes.

« Mademoiselle Parrish, déclama soudain le jeune Richard, avant toute chose, je tiens à vous dire que j'ai été marié une première fois et que je n'ai nullement l'intention de recommencer une seconde fois. Par conséquent, vous pouvez être assurée que je ne tenterai même pas de vous faire des avances. Ceci dit, pas plus que vous je ne connais ces personnes qui vous accompagnent… »

« Oh ! mon Dieu ! » dit alors mon épouse à voix basse. « Le discours anti-mariage. »

— Wookie ! Je t'en prie, lui chuchotai-je à mon tour. Richard est un gentil garçon. Seulement, il est un peu effrayé et il ne faut pas…

— Wookie ? s'enquit la jeune Leslie en m'interrompant.

— Excusez-moi, lui dis-je. J'aurais dû vous prévenir ! Wookie est un surnom que nous avons emprunté à un personnage d'un film* que nous avons vu il y a de cela plusieurs années. » Et j'arrêtai là mes explications, ne désirant aucunement m'engager dans une conversation qui risquait de devenir ardue.

— Commençons par le commencement», dit alors mon épouse en prenant le taureau par les cornes. «Richard et moi ne savons pas comment nous sommes arrivés jusqu'ici, ni combien de temps nous y resterons et où nous nous retrouverons ensuite. La seule chose dont nous sommes sûrs en réalité, c'est que nous vous connaissons et que nous connaissons votre vie passée et votre vie future. Du moins celle des seize prochaines années !

« Qui plus est, nous savons que vous tomberez amoureux l'un de l'autre et que, de fait, vous l'êtes déjà, mais ne le savez pas. Ou pour être plus exacte, vous ne savez pas que vous seriez amoureux l'un de l'autre, si vous vous connaissiez déjà. Bref, en ce moment précis, vous croyez tous les deux que personne ne peut vous comprendre ou vous aimer. Mais c'est on ne peut plus faux, et vous voici l'un en face de l'autre ! »

À ces paroles, la jeune Leslie décida d'aller s'asseoir par terre et elle s'appuya contre le lit. Puis, ramenant ses genoux contre son menton, elle dit en essayant de réprimer un sourire : « Est-ce là notre destinée immuable ou avons-nous un mot à dire dans toute cette histoire d'amour que vous dites nôtre ?

— Bonne question, lui répondit Leslie. Cependant je crois que c'est à vous qu'il revient de décider de ce qu'il convient que vous fassiez et peut-être qu'en vous racontant notre histoire, je pourrai vous y aider. »

Notre histoire, me dis-je alors, *c'est que j'ai habité cette chambre et que j'ai croisé Leslie dans l'ascenseur, sans plus. Car jamais il n'y eut de rencontre à ma chambre entre Leslie et moi ou d'autres nous-mêmes de seize ans nos aînés.*

Assis sur une chaise, le jeune Richard regardait la jeune Leslie et souffrait en silence. Les belles femmes l'avaient toujours inti-

---

* Allusion au personnage extra-terrestre de race Wookie et répondant au nom de Chewbacca, dans la super-production de George Lucas intitulée *Star Wars* (N.D.T.).

midé ou lui avaient toujours fait perdre ses moyens. Mais ce qu'il ne savait pas, c'était que Leslie, elle aussi, était intimidée en sa présence.

« Notre première rencontre, dit Leslie au bout d'un moment, s'est soldée par un échec, et ce en raison du fait que nous n'avons pas osé aller au-delà des apparences et que certaines personnes ne tenaient pas à ce que nous nous rencontrions...

« Ainsi isolés, nous avons commis des erreurs que nous n'aurions pas accomplies si nous avions été ensemble et que vous, vous pouvez éviter si vous le désirez. »

Puis elle poursuivit en disant : « Lorsque nous nous sommes revus, des années plus tard, il nous a fallu réparer les pots cassés et mettre les bouchées doubles pour bâtir cette vie merveilleuse dont nous rêvions et qui aurait pu être nôtre beaucoup plus tôt si nous l'avions souhaité, qui aurait pu être nôtre en fait à partir du moment où nous nous sommes croisés dans l'ascenseur. Mais nous n'étions pas suffisamment intelligents ou courageux pour... Et c'est pourquoi il nous a fallu avoir recours à toutes ces mesures d'urgence par la suite. Bref, nous n'avions pas les connaissances qui nous auraient permis de comprendre que nous étions faits l'un pour l'autre.

— Par conséquent, renchéris-je, nous croyons que vous êtes stupides de rester sur vos positions et que vous devriez vous jeter dans les bras l'un de l'autre et unir vos vies l'une à l'autre en remerciant Dieu de vous être rencontrés. »

Le jeune Richard et la jeune Leslie échangèrent un regard furtif puis, chacun à leur tour, ils détournèrent les yeux.

— Que de temps nous avons perdu lorsque nous étions à votre place ! ajoutai-je aussitôt. Et que de désastres nous aurions évités si nous nous étions mariés plus tôt.

— Des désastres ? s'enquit le jeune Richard, curieux.

— Oui, lui répondis-je. Et qui plus est, ceux-ci sont imminents ou, pis encore, sont déjà en cours sans que vous ne le sachiez !

— Mais vous êtes bien passé au travers», objecta-t-il, puis ajouta aussitôt : «Croyez-vous être le seul à avoir été aux prises avec des problèmes et à en être sorti vainqueur ? Croyez-vous enfin que vous avez réponse à tout ?»

Pourquoi est-il tant sur la défensive ? me demandai-je. Puis je me penchai vers lui, le regardai droit dans les yeux et lui dit : «Nous avons bien réponse à quelques questions. Cependant, ceci n'a pas tellement d'importance et ce qu'il importe que vous sachiez, c'est que Leslie a réponse à la plupart des questions que vous vous posez et que vous, de votre côté, vous avez réponse à certaines des siennes. Bref, la vérité c'est qu'ensemble, vous êtes invincibles.

— Invincibles ?» répéta la jeune Leslie étonnée de mon ton convaincu, et se disant alors que peut-être elle ne rêvait pas.

«Invincibles, car ensemble vous ne pouvez être arrêtés ou ralentis dans votre évolution, dit Leslie, et qu'ensemble vous ne pouvez passer à côté de cette aventure merveilleuse qu'est le grand amour, que toujours on regrette de ne pas avoir vécu plus tôt !»

Comment ces deux-là pouvaient-ils refuser le cadeau que nous leur faisions en leur donnant des conseils, en partageant avec eux nos connaissances et en leur permettant de nous poser des questions, à nous, qui étions ceux qu'ils allaient eux-mêmes devenir ? Comment pouvait-il refuser ce cadeau dont tout le monde rêve et que personne n'obtient jamais ?

Mon épouse alla s'asseoir par terre, près de la jeune Leslie. Elle était sa jumelle, sa soeur aînée. Puis s'adressant à elle et à Richard, elle leur dit :

«Nous devons vous avouer que tous deux, vous êtes des êtres extraordinaires, et que ce sont les erreurs que vous avez commises qui font de vous des êtres exceptionnels. Vous avez toujours su préserver votre dignité et votre droiture, même lorsque cela risquait de vous mettre en danger ou de vous faire passer pour des personnes étranges. Qui plus est, ce sont ces qualités qui font de vous des êtres à part, en même temps que des êtres solitaires.

Et ce sont aussi ces qualités qui font de vous des êtres complémentaires. »

Le jeune Richard et la jeune Leslie écoutaient ces paroles avec tant d'attention qu'il était impossible de lire la moindre émotion sur leur visage.

« Peut-être », leur dis-je en m'apercevant de cela, « qu'elle a raison ? Peut-être devriez-vous nous envoyer au diable et nous intimer l'ordre de partir et de vous laisser tranquilles avec toutes nos sornettes. Car si tel était votre souhait, nous partirions sur-le-champ, compte tenu du fait que nous avons nous aussi nos petits problèmes à régler !

— Non, non ! s'écrièrent-ils en même temps tous les deux.

— Vous nous avez dit, renchérit ensuite la jeune Leslie, que nous vivrions encore au moins seize ans. Qu'il n'y aurait pas de guerre, pas de fin du monde. Mais est-ce vous qui avez survécu à votre époque ou nous qui survivrons à la nôtre ?

— Croyez-vous que nous sachions ce qui se passe exactement ? dis-je en prenant la parole. Eh bien, tel n'est pas le cas, et de fait, nous ne savons même pas si nous sommes morts ou vivants. Tout ce que nous pouvons affirmer, c'est qu'il nous a été possible, à nous du futur, de vous rencontrer, vous du passé.

— Il est une chose dont nous aimerions nous assurer, ajouta mon épouse en prenant la parole à son tour.

— Quelle est-elle ? lui demanda la jeune Leslie en levant vers elle ses beaux yeux.

— Eh bien, c'est que quoi qu'il arrive, jamais vous ne nous trahirez et jamais vous ne nous oublierez ! Car nous sommes ceux qui vous succèdent et qui paient pour vos erreurs passées et tirent profit de vos réussites. Nous sommes ceux qui se réjouissent de vos bons coups et qui sont attristés par vos mauvais coups. Bref, nous sommes les meilleurs amis que vous puissiez avoir, et nous ne voudrions pas souffrir à cause de vous.

— En terminant, je puis vous certifier, dis-je à mon tour, que le bien-être à court terme n'est pas la solution à vos problèmes à long terme. Car ce qui semble la voie la plus facile, ne l'est pas nécessairement ! » Puis m'adressant au jeune Richard, je lui dis : « Savez-vous combien d'invitations à la facilité vous seront faites au cours des seize prochaines années ?

— De nombreuses ? dit-il d'un ton interrogateur.

J'acquiesçai.

— Que faire pour éviter de commettre des erreurs ? demanda-t-il au bout d'un moment.

— Il est parfois indispensable d'en commettre, lui répondis-je.

— Mais les retombées n'en sont pas très agréables, répliqua-t-il à son tour.

— Non, mais...

— Êtes-vous notre seule possibilité future, notre seul avenir ? demanda la jeune Leslie en me coupant la parole. »

La question en était une d'importance et, sans trop savoir pourquoi, j'appréhendais d'en connaître la réponse.

« Êtes-vous notre seule possibilité passée ? demanda alors mon épouse en leur retournant la question.

— Mais bien sûr que oui, répondit le jeune Richard.

— C'est faux », dis-je, comme frappé de stupeur devant l'évidence de la réponse que je découvrais à l'instant. « Car si tel était le cas, nous aurions nous aussi vécu ce que vous vivez présentement et nous nous serions nous aussi rencontrés dans cette chambre d'hôtel. Or, ce n'est qu'à vous qu'une telle chose est arrivée ! »

L'atmosphère était à couper au couteau, et chacun de nous se posait intérieurement les mêmes questions. Nos conseils valaient-ils quelque chose ? Le jeune Richard et la jeune Leslie étaient-ils notre seule existence passée et étions-nous l'incarnation de leur seule existence future ? N'étaient-ils que l'une de nos nombreuses existences passées, celle qui nous avait conduits à notre existence présente, ou y avait-il pour eux d'autres choix à faire, d'autres voies à emprunter ?

« Que nous soyons l'incarnation de votre existence future, n'a pas d'importance », dit Leslie au bout d'un moment. « Car l'important est que vous ne disiez pas non à l'amour ! »

Puis elle s'arrêta net et me regarda, tout étonnée, se demandant si moi aussi je ressentais les secousses qui agitaient la pièce.

« C'est un tremblement de terre, dis-je.

— Mais non, il n'y a pas de tremblement de terre », rétorqua la jeune Leslie. « En tout cas, s'il y en a un, je ne le ressens pas. Et toi, Richard ? ajouta-t-elle à l'intention du jeune Richard.

— Je ne le ressens pas non plus », dit-il en secouant la tête.

Et pourtant, Leslie et moi ne pouvions faire autrement que de constater les secousses s'amplifiant ; au bout de quelques secondes, j'entendis Leslie me dire : « Les mortels qui se trouvent dans cette chambre nous affirment qu'il n'y a pas de tremblement de terre, et nous, fantômes, nous affirmons qu'il y en a un. Peut-être sommes-nous en train de perdre la boule. »

Je sentis qu'elle était effrayée et aussi je lui pris la main, conscient du fait qu'elle avait survécu à deux tremblements de terre et que manifestement elle n'avait pas envie d'assister à un troisième.

Puis la pièce tout entière fut agitée par de violents ébranlements qu'accompagnait un espèce de grondement sourd. Ensuite, l'image de la pièce se brouilla à nos yeux et j'eus l'impression que le seul élément encore tangible dans cette pièce était mon épouse. Quant au jeune Richard et à la jeune Leslie, ils restaient là, stupéfaits, à nous regarder, se demandant ce qui nous arrivait.

« Ne vous quittez pas ! » leur cria mon épouse au moment où la pièce disparaissait complètement à nos yeux. Puis, l'instant d'ensuite, nous nous retrouvâmes à l'intérieur de la cabine de pilotage de notre hydravion qui déjà faisait entendre son ronronnement habituel et semblait prêt à prendre son envol.

Au-dessous de nous, la mer était profonde, et les vagues, dans un bruit voilé, venaient se briser contre les parois de l'appareil.

« Cher Ronchonneur, comme c'est bon de te revoir », dit Leslie en passant affectueusement la main sur le pare-brise de l'appareil encore secoué par des soubresauts.

En moins de deux, je tirai vers moi la commande des gouvernails et fis décoller notre Ronchonneur qui s'éleva doucement dans les airs, imprimant sa marque sur les vagues, et laissant derrière lui un sillon d'écume blanche.

Nous sommes à nouveau en sécurité, me dis-je à moi-même une fois que nous nous trouvâmes dans les airs. Puis, à voix haute, je dis à l'intention de Leslie : « C'est notre Ronchonneur qui nous a tirés de là ! Mais comment a-t-il bien pu faire pour actionner la manette des gaz et décoller ? »

— C'est moi qui ai fait cela », dit une voix derrière nous, et qui ne laissa même pas à Leslie le temps de répondre.

C'était bien là la dernière chose à laquelle nous nous attendions Leslie et moi ; et aussi nous nous retournâmes en même temps et nous aperçûmes une passagère que notre présence ne paraissait nullement gêner et qui semblait prête à nous accompagner dans ce voyage vers des destinations inconnues. Surpris, nous ne dîmes mot.

Chapitre IV

J'étais prêt à tout pour que l'intruse ne s'aventure pas plus avant, et aussi je me rabattis sur la commande des gouvernails et m'apprêtai à accélérer.

« N'ayez pas peur », dit la jeune femme en riant. « Je suis votre amie, et la dernière personne de qui vous devriez vous méfier. »

À ces paroles, je me détendis un peu et sentis ma main se desserrer.

« Qui êtes-vous ? demanda Leslie en regardant fixement la jeune femme.

— Je m'appelle Pye, répondit cette dernière, et suis par rapport à vous, ce que vous êtes pour ceux que vous venez de quitter à Carmel. Ou, pour être plus exacte, je suis un millier de fois ce que vous êtes pour eux. »

Puis, elle haussa les épaules comme si cela n'avait pas d'importance. Moi, de mon côté, je ramenai l'appareil à sa vitesse de croisière et lui demandai, lorsque le bruit eut cessé :

« Comment êtes-vous... Que faites-vous ici ?

— J'ai cru que cela vous intéresserait de me rencontrer, me répondit-elle. Je suis venue dans le but de vous aider.

— Que voulez-vous dire, s'enquit alors Leslie, lorsque vous affirmez que vous êtes vis-à-vis nous des milliers de fois ce que nous sommes par rapport à ceux que nous venons de quitter ? Voulez-vous dire par là que vous êtes un de mes moi parallèles, ayant son existence dans le futur ? »

La jeune femme acquiesça puis en se penchant un peu vers nous, elle dit : « De fait, je suis votre moi parallèle à tous les deux, et je n'appartiens pas à votre futur, mais à un autre présent. »

J'aurais voulu savoir ce qu'elle entendait par « notre moi parallèle à tous les deux » et par un « autre présent », mais ce que je désirais par-dessus tout, c'était d'apprendre ce qui nous arrivait.

« Où sommes-nous ? » m'empressai-je de lui demander. « Et savez-vous ce qui a causé notre mort ? »

Ma dernière question la fit sourire et, en hochant la tête elle répéta, l'air amusé :

« Votre mort ? Mais d'abord, pourquoi croyez-vous que vous êtes morts ?

— Je ne le sais trop, lui répondis-je. Mais je puis cependant vous affirmer que le phénomène s'est produit au moment où nous nous apprêtions à nous poser à Los Angeles. En effet, à ce moment, la ville tout entière a disparu de notre champ de vision, comme si elle avait cessé d'exister ou qu'elle s'était volatilisée. Pouvez-vous donc me dire ce que cela signifie quand soudain, il n'y a plus de ville, plus de civilisation, et que seul subsiste un océan infini qui manifestement n'est pas situé sur la planète Terre ? Et que penser quand deux êtres humains se retrouvent seuls dans leur hydravion, au-dessus de cet océan ?

« Et quel sens donner lorsque soudain ils se retrouvent face à des moi parallèles, qui appartiennent à leur passé et semblent plus vivants qu'ils ne le paraissent eux-mêmes, fantômes ? Pouvez-

46

vous m'éclairer sur le pourquoi et le comment des gens leur passent à travers le corps et qu'eux-mêmes passent à travers des murs ? Mais ceci mis à part, je n'ai aucune autre raison de penser que nous sommes morts !

— Mais la vérité, c'est que vous êtes vivants », nous dit-elle en riant.

À ces paroles, mon épouse et moi-même poussâmes un soupir de soulagement.

« Mais si nous ne sommes pas morts et que nous n'avons pas péri d'une façon ou d'une autre, que nous est-il arrivé ? s'enquit alors Leslie. Et où sommes-nous ?

— L'endroit où vous vous trouvez, rétorqua la jeune femme n'est pas tant un lieu qu'un espace d'où vous pouvez jouir d'un point de vue particulier et d'une perspective incommensurable. Quant à ce qui vous est arrivé, je ne saurais le dire exactement, mais je soupçonne que cela provient de l'électronique. » Puis, jetant un regard à notre tableau de bord, elle fronça les sourcils et dit :

« Il y a à bord de cet appareil des récepteurs à haute fréquence : un récepteur loran, un transpondeur et un radar à impulsions. Il peut y avoir eu interférence ou une interaction avec des rayons cosmiques... » Puis après qu'elle eût examiné les divers instruments, elle nous demanda :

« Avez-vous été enveloppés d'une lumière ambre ?

— Oui, répondîmes-nous en chœur.

— Intéressant », dit-elle avec un petit sourire. « Car les chances qu'une telle chose se produise sont de une sur un milliard. De sorte que vous puissiez difficilement espérer revivre une autre expérience du même genre.

— Et les chances pour qu'elle se termine ! Sont-elles aussi de une sur un milliard ? » m'enquis-je soudain, alarmé à la pensée de ne plus jamais pouvoir revenir sur la Terre. « Et croyez-vous que nous parviendrons à temps au congrès qui commence demain à Los Angeles ?

— Le temps », dit-elle, comme si la question lui paraissait incongrue. Puis, se tournant vers Leslie, elle lui demanda si elle avait faim.

— Non », lui répondit mon épouse.

Puis, se tournant vers moi, elle me demanda si j'avais soif.

« Non, lui répondis-je à mon tour.

— Et quelle est la raison qui fait que vous n'ayez pas soif ? me demanda-t-elle, insistante.

— Ce doit être le stress, l'excitation, lui répondis-je.

— Ou la peur, ajouta Leslie.

— Vous avez donc peur ? » lui demanda Pye en se tournant vers elle.

Leslie réfléchit un moment puis la gratifiant d'un large sourire, elle lui répondit :

« Non, plus maintenant. »

Je ne pouvais en dire autant, car jamais je n'avais pu m'adapter facilement au changement.

« Et combien d'essence consommez-vous ? dit Pye en bifurquant de nouveau vers moi.

— Je n'en consomme pas », lui répondis-je en comprenant subitement que si la jauge à essence était au point mort, c'était que nous n'avions pas besoin d'essence, comme nous n'avions nul besoin de boire ou de manger, ces phénomènes et activités étant reliés à l'espace-temps.

Pye approuva de la tête, et semblait penser que j'avais vu juste.

« Mais la vitesse n'est-elle pas aussi reliée au temps ? s'enquit alors Leslie. Et si tel est le cas, comment se fait-il que nous nous déplacions à une certaine vitesse ?

— Vous déplacez-vous vraiment? dit Pye en haussant les sourcils et en se tournant vers moi, comme si j'avais réponse à cette question.

— Ne me demandez pas cela à moi», lui répondis-je. Puis j'ajoutai : «Serait-ce que nous ne nous déplacerions pas physiquement, mais en...»

Pye m'invita à continuer en faisant un mouvement de la tête et moi de mon côté j'eus l'impression de prendre part à un jeu de charades.

«Serait-ce que nous nous mouvons en conscience? finis-je par dire.

— C'est exactement cela!» répondit Pye en me rendant un sourire radieux et en se frottant le bout du nez. «Car ce que vous appelez le temps est en fait un mouvement de la conscience. Et tous les événements que l'on dit se produire dans l'espace-temps, se produisent dans cette conscience qui est un éternel présent et à l'intérieur de laquelle coexistent passé, présent et futur. Bref le passé et le futur n'existent pas puisque seul le présent est réel. Mais ces notions de passé et de futur, il nous faut bien les utiliser, car elles nous aident à nous faire comprendre lorsque nous parlons.»

Puis, cherchant à établir une comparaison valable, elle s'arrêta un moment et leva les yeux au plafond, comme pour y puiser l'inspiration. Et quand elle eut trouvé, elle poursuivit en disant :

«Cela pourrait se comparer à l'arithmétique. Car lorsque vous connaissez les lois de cette science, vous savez que les réponses à toutes les opérations mathématiques existent déjà. Vous savez par exemple que la réponse au problème arithmétique qui consiste à trouver la racine cubique de six est déjà existante, mais que pour la trouver ou la calculer vous avez besoin de quelques secondes, soit d'une brève période de ce que nous appelons le temps.»

La racine cubique de 8 est 2, me disais-je à moi-même pendant qu'elle me fournissait ces explications, *et la racine cubique de 1 est 1. Quant à la racine cubique de 6, elle se situe quelque part entre le 1 et le 2, du côté de 1,8. Mais chose certaine, la réponse à cette opération mathématique existe déjà, comme l'affirme Pye, et il ne me reste plus qu'à la trouver.*

« En est-il toujours ainsi ? s'enquit alors Leslie. Et cela veut-il dire qu'il n'y a pas de futur et que les événements qui risquent de se produire dans l'avenir se sont déjà produits dans les faits ?

— Pas plus que le temps, le passé n'a d'existence », répondit Pye.

Leslie, avec son sens pratique, était exaspérée. Elle poursuivit en disant :

« À quoi nous sert de passer au travers de toutes ces expériences prenant place dans un prétendu espace-temps, si tout est déjà réglé d'avance ? À quoi bon faire des efforts si tout est prédéterminé ?

— Tout n'est pas prédéterminé, répondit Pye doucement et la vérité, c'est que nous disposons d'un nombre illimité de possibilités parmi lesquelles nous choisissons et que ce sont nos choix les facteurs déterminants de nos expériences. Nos expériences quant à elles servent à nous faire comprendre, de façon très graduelle, que nous ne sommes pas les êtres limités que nous croyons être, mais plutôt des expressions interdimensionnelles de la vie, des miroirs de la vie.

— Comment tout cela se passe-t-il exactement ? » demandai-je à Pye. « Y aurait-il un entrepôt géant quelque part dans le ciel et sur les tablettes duquel sont entreposées les innombrables expériences parmi lesquelles il nous est donné de choisir ?

— Il ne s'agit ni d'endroit ni d'entrepôt, rétorqua Pye, quoiqu'il ne vous soit pas interdit de voir la chose de cette façon. Mais si je vous demandais maintenant de me dire de quoi il s'agit ? »

Je fis signe de la tête que je ne le savais pas, puis je me tournai vers Leslie. Elle ne le savait pas non plus.

« Mais de quoi croyez-vous donc qu'il s'agisse ? répéta Pye en pointant le doigt en direction de l'eau et en nous regardant attentivement.

— Le plan, s'exclama Leslie. « Le plan sous l'eau ! Et les choix que nous avons faits. Ah ! je crois que je comprends maintenant. Sur le plan sont inscrits nos choix, sont tracés les sentiers que nous avons empruntés. Y sont aussi tracés tous les autres sentiers que nous aurions pu emprunter, que nous avons empruntés ou que nous emprunterons dans...

— Dans des vies parallèles », dis-je en commençant à rassembler les diverses pièces du puzzle.

Au-dessous de nous, le plan se déployait majestueux, et nous le contemplions avec admiration.

Puis, sentant l'inspiration venir, je poursuivis en disant : « Nous sommes très haut dans le ciel et c'est pourquoi nous jouissons d'une telle perspective. Ici, nos choix nous apparaissent clairement, de même que les différentes alternatives qui s'offrent à nous. Mais lorsque nous perdons de l'altitude, notre champ de vision se rétrécit ; et lorsque enfin nous atterrissons, nous ne jouissons plus d'aucune perspective et oublions en quelque sorte qu'une multitude de possibilités s'offrent à nous. Et c'est alors que nous commençons à nous concentrer sur les détails, l'heure présente, la minute présente et que nous oublions nos vies parallèles.

— Quelle jolie métaphore que celle que vous venez d'inventer », dit Pye en guise de commentaire. « Des sentiers qui tapissent le fond d'un océan infini et forment à eux tous un plan qui sert à expliquer qui vous êtes, d'où vous venez et où vous allez ! Ceci, bien sûr, vous oblige à avoir recours à votre hydravion qui, dans un tel contexte, peut vous conduire jusqu'à vos vies parallèles ! Mais pourquoi n'en serait-ce pas ainsi après tout, puisque ceci en soi se veut très créatif ?

— Voulez-vous dire, demandai-je alors à Pye, que ni cet océan infini qui se trouve au-dessous de nous, ni les sentiers qui en tapissent le fond n'ont d'existence réelle ?

— Rien de ce qui se trouve dans l'espace-temps, me répondit-elle, n'a d'existence réelle. Le plan n'est qu'une aide visuelle que vous vous êtes construite pour vous aider à comprendre ce que sont les vies parallèles. Et si vous avez choisi cette aide en particulier, c'est que vous aimez piloter, que vous aimez le vol sous toutes ses formes. Pour entrer en contact avec vos moi parallèles, vous avez choisi d'atterrir sur des sentiers imaginaires vous conduisant jusqu'à eux puis de les y observer en train de cheminer afin de tirer d'eux le maximum d'enseignements possibles. Puis, pour vous sortir des sentiers, une fois chacune des expériences terminées, vous avez choisi de vous imaginer à bord de votre hydravion et en train de vous envoler à nouveau afin de reprendre de l'altitude et de regagner en perspective.

— C'est donc nous qui avons inventé ce plan de toutes pièces ? s'enquit alors Leslie.

— Il y a plusieurs façons de décrire la vie dans l'espace-temps, lui répondit Pye, et toutes les métaphores utilisées à cet effet se valent les unes les autres. Ainsi, si vous affectionnez la photographie, vous parlerez de focalisation et direz que dans la vie, tout se résume à une question de focalisation. Et soit dit en passant, la focalisation est ce qui permet de mettre une chose en particulier en évidence dans le champ de vision et de brouiller tout le reste. Et ainsi, lorsque nous nous sommes incarnés, nous focalisons sur notre vie présente et oublions toutes les autres, croyant même qu'elles n'existent pas. Mais de fait, elles existent et existent aussi encore bien d'autres choses que nous considérons irréelles ou imaginaires !

— Voilà sans doute la raison pour laquelle la physique, la mécanique quantique et la notion d'éternité nous intéressaient tant, dis-je. Car toutes, à leur façon, nous font comprendre que ce que nous croyons absolu est relatif et que ce que nous croyons relatif est absolu. Tant les vies passées que les vies futures y seraient considérées comme de simples points de vue et le temps, comme une invention servant à expliquer le mouvement. Et au moment d'une incarnation, toutes les autres vies seraient oubliées... Mais est-ce bien ainsi que les choses se passent ? demandai-je à Pye.

— Pas tout à fait, mais presque, me répondit-elle.

— Ainsi donc, nous pourrions nous transporter dans le futur, dit Leslie, et connaître ce qui se passe à Carmel. Nous pourrions savoir si le jeune Richard et la jeune Leslie vont choisir d'unir leurs destinées et s'ils se sont épargné toutes ces années d'attente.

— Vous le savez déjà, répondit notre guide.

— Non, nous ne le savons pas, rétorquai-je, car nous avons été évacués des lieux avant même qu'ils aient pu prendre une décision. »

Amusée par ma remarque, Pye m'offrit son remarquable sourire et me dit : « Eux aussi, ils ont des choix à faire. Or l'aspect d'eux-mêmes qui a peur de l'engagement, a décidé de ne pas s'engager et de ne plus jamais se revoir, tandis qu'un autre aspect d'eux-mêmes a décidé d'opter pour l'amitié. Enfin, un troisième aspect d'eux-mêmes est devenu amant, tandis qu'un quatrième a opté pour le mariage, puis le divorce. Enfin, un dernier aspect a décidé qu'ils étaient des âmes soeurs, qu'ils se marieraient et resteraient ensemble pour le reste de leur vie.

— Si je comprends bien, lui répondis-je, nous n'avons pas un mot à dire dans notre propre histoire et devons nous contenter de décider sous quel angle nous préférons la regarder.

— C'est une façon de voir les choses, me répondit-elle à son tour.

— Bon, trêve de plaisanteries, lui dis-je enfin, et dites-moi ce qui arriverait si nous décidions de nous poser sur un sentier qui nous mènerait à nos parents et que nous les empêchions de se rencontrer et de nous mettre au monde, nous, leurs enfants ?

— Cela est impossible », dit Leslie en s'adressant à moi. « Car nous sommes partis de cette portion du plan dans lequel nos parents ont choisi de se rencontrer et de nous mettre au monde. Nous ne pourrions pas, par conséquent, ne pas être nés, c'est une réalité immuable.

— Les choses sont-elles prédéterminées ? demandai-je encore à Pye. Et y a-t-il une destinée ?

— Bien sûr qu'il y a une destinée, me répondit Pye. Toutefois, cette destinée, c'est nous qui la choisissons, car jamais il ne nous est demandé d'aller dans une direction où nous ne voulons pas aller.

— Et si nous choisissions de rentrer à la maison ? dis-je. Comment nous faudrait-il nous y prendre ? »

Ces paroles la firent sourire et elle me répondit :

« Il est aussi facile de rentrer à la maison que de poser le pied par terre. Pour y arriver, vous devez simplement accepter de vous laisser guider par la lumière de l'amour. Car le chemin du retour en est un qui vous oblige à emprunter la voie spirituelle ! »

Puis elle s'arrêta net et nous dit : « Je vous prie de m'excuser pour ce discours. Et si je comprends bien, vous aimeriez que je vous indique comment rentrer chez vous, aux États-Unis. »

— C'est cela, dis-je.

— Oh ! non », objecta Leslie en me prenant la main pour bien se faire comprendre. Puis, s'adressant à Pye, elle lui dit :

— Si l'on se fie à vos dires, il nous serait possible de rentrer à Los Angeles au moment où nous le désirions, car les êtres que nous étions et qui s'y rendaient sont simplement arrêtés dans le temps.

— Bien sûr que nous le pourrions, dis-je. Mais il suffirait que ce rayon cosmique nous touche à nouveau pour qu'immédiatement nous nous retrouvions ici.

— Cela ne se produira pas, rétorqua Pye. Car à partir du moment où vous aurez choisi de vous en retourner, un million de variables auront changé et les choses ne seront plus jamais comme avant. Ce qui s'est produit ne pourra plus se reproduire et vous-mêmes ne pourrez revenir ici. »

Puis au bout d'un moment, elle ajouta : « Aimeriez-vous que je vous dise comment rentrer à la maison, maintenant ? »

— Non », dit encore Leslie d'une voix ferme. Puis s'adressant à moi, elle me dit : « Nous ne pouvons laisser passer cette occasion unique de comprendre ce que sont les vies parallèles, Richard, et de tirer des enseignements des expériences que nous sommes appelés à vivre ici. Et puis, tu sais, si nous refusons de rester, jamais une telle offre ne nous sera faite à nouveau, les chances pour que nous nous retrouvions ici à nouveau n'étant que de une sur des milliards !

— Pye », dis-je en prenant la parole à mon tour, « encourons-nous certains dangers en acceptant de rester ? Nous exposons-nous à des situations dangereuses où nous risquons d'être blessés ou je ne sais trop quoi encore ?

— Cela dépend de vous entièrement », me répondit Pye.

Mais qu'est-ce qu'elle raconte là ? me dis-je alors en essayant de comprendre le sens de ses paroles. *Et que se passerait-il si Leslie et moi devions être séparés à jamais ou que nous nous trouvions dans l'impossibilité de réintégrer notre monde ? Vraiment, cela n'a pas de sens et il est déjà complètement fou d'être ici dans un espace psychique que nous ne maîtrisons même pas.*

Puis m'adressant à Leslie, je lui dis : « Je crois, chérie, qu'il vaudrait mieux nous en retourner à la maison !

— Oh ! Richie ! me répondit-elle. Tu ne veux quand même pas laisser passer cette occasion unique ? Pense à tout ce que nous apprendrons si nous décidons de rester. Toi en particulier, qui as toujours voulu tout savoir sur les vies parallèles et qui n'as jamais cessé de te documenter à ce sujet. Bref, ne crois-tu pas que le jeu en vaut la chandelle et que nous pouvons bien accepter de courir quelques risques ! »

Je poussai un profond soupir et me dis à moi-même qu'il ne pouvait en être autrement et que Leslie avait toujours su me convaincre du bien-fondé de ses décisions et que maintenant, elle allait même jusqu'à en appeler de mes intérêts.

«Bon, lui dis-je enfin. J'accepte de rester. »

L'atmosphère autour de nous me parut chargée de menaces encore inconnues et je me sentis comme un élève qui n'aurait pas attaché sa ceinture de sécurité et à qui on aurait dit de faire des manoeuvres dangereuses. Me tournant vers Pye, je lui demandai :

«Combien de moi parallèles avons-nous ? »

Ma question la fit sourire et, jetant un regard au plan qui tapissait le fond de l'océan, elle me dit : «Combien croyez-vous en avoir ? » Puis sans même attendre ma réponse, elle ajouta aussitôt : «Vous en avez tant que je dirais qu'ils sont innombrables.

— Serait-ce que nous sommes le plan tout entier », s'enquit alors Leslie, confuse, «et que celui-ci se veut la somme de nos choix ?

— C'est exactement cela », répondit Pye en approuvant de la tête.

L'aventure n'a pas encore commencé, pensai-je alors en moi-même, *et déjà tout ce qui se passe est incroyable. Qu'en sera-t-il un peu plus tard ?*

Puis me tournant vers Pye, je lui demandai : «Combien de vies compte-t-on par l'univers ? »

Elle me regarda d'un air perplexe, comme si elle n'arrivait pas à comprendre le sens de ma question. Puis elle répéta derrière moi «Combien de vies dans l'univers ? », et dit ensuite : «Mais une, Richard. Une seule. »

Chapitre V

« *É*tes-vous certaine que nous n'ayons pas besoin de carte ? demandai-je à Pye.

— Absolument certaine », me répondit-elle en esquissant un sourire.

Comme c'est étrange ! pensai-je. La lecture de cartes fait pourtant partie intégrante du métier de pilote. Jamais nous ne nous déplaçons sans d'abord indiquer à l'aide d'un point sur la carte où nous nous trouvons, puis à l'aide d'un autre, l'endroit où nous nous rendons. Et entre ces deux points, nous traçons une série de lignes indicatrices des distances, des positions et que sais-je encore ? Mais maintenant, alors que nous survolons des espaces inconnus, voilà que nous nous trouvons sans carte et sans compas.

« Ici », dit Pye au bout d'un moment, « c'est votre intuition qui vous tient lieu de carte, de boussole ou de compas. Car à un niveau de votre être, vous connaissez tout ce qu'il est possible de connaître. Par conséquent, il vous suffit de vous élever à ce niveau et de demander qu'on vous guide pour qu'immédiatement l'on vous dirige là où il faut que vous soyez dirigés. Aimeriez-vous constater par vous-mêmes et tenter l'expérience ?

— J'aimerais bien », lui répondit Leslie en fermant les yeux. Elle essaya de s'élever à ce niveau dont Pye venait de nous mentionner l'existence.

Au-dessous de nous, le plan s'étendait à l'infini, et Leslie, occupée à se concentrer, nous eûmes l'occasion de le contempler à loisir, Pye et moi.

« Tourne à droite », me dit enfin Leslie qui semblait se réveiller d'un profond sommeil. Elle n'avait pas cru bon de me dire à quel angle tourner ou à combien de degrés effectuer ce virage, aussi, je choisis de l'exécuter en douceur.

L'hydravion oscilla gracieusement dans le ciel et au bout d'un moment, Leslie me dit : « Cela suffira, maintenant. »

Je redressai alors l'appareil et entendis Leslie me dire à nouveau :

« Descends de cinq cents pieds. »

Je m'exécutai et effectuai un piqué qui nous rapprocha un peu plus du niveau de la mer.

Tout compte fait, pensai-je en moi-même, *cette expérience ne s'avère pas aussi étrange que je ne l'aurais cru. Après tout, les médiums qui tentent de retourner à leurs vies antérieures procèdent de la même façon, en usant de leur intuition jusqu'à ce qu'ils y parviennent. Pourquoi ne pas user de ce même pouvoir pour piloter le Seabird et lui permettre de découvrir les moi parallèles que notre guide intérieur désire rencontrer de toute façon ? Quoi qu'il en soit, nous ne perdons rien à essayer...*

« Tourne encore à droite », me dit alors Leslie. Et presque aussitôt elle ajouta : « Maintenant, fais marche avant. » Puis, elle reprit : « Descends encore de cinq cents pieds.

— Nous serons alors presque en mesure de nous poser sur l'eau, lui fis-je remarquer.

— C'est bien cela », me répondit-elle, les yeux encore fermés. Puis, sans autre explication, elle ajouta :

« Prépare-toi maintenant à amerrir. »

Le plan qui tapissait le fond de cet océan infini demeurait inchangé. On pouvait y apercevoir les mêmes sentiers, faits de lignes parallèles, de courbes, d'intersections, de croisées de chemin, le tout dans des teintes variées, allant du pastel à l'argenté. Puis, il y avait cette eau cristalline qui s'étendait elle aussi à l'infini…

Je jetai un regard dans la direction de Pye, car j'aurais aimé qu'elle nous dise ce qui nous attendait. Mais, à son air, je vis qu'elle ne répondrait pas et qu'elle me signifiait par son attitude de patienter.

« Tourne encore à droite, me dit alors Leslie. Bon, ça y est, nous y sommes presque. Encore un peu à gauche. Bon, c'est très bien comme ça. Maintenant, coupe les moteurs et pose-toi. »

Je coupai les moteurs et la quille de l'hydravion vint toucher la vague. Leslie, quand elle entendit le bruit de l'eau, ouvrit les yeux et, comme moi, elle se mit à observer le spectacle grandiose d'un monde qui volait en éclaboussures. Puis, il n'y eut plus d'hydravion, plus de Pye, mais seulement nous deux au crépuscule, à proximité d'une vieille maison de pierres sise sur la berge d'une rivière.

Bientôt nous pénétrâmes dans cette maison et marchâmes jusqu'au salon. La pièce aux plafonds bas était mal éclairée, quoique réchauffée par un feu de foyer qui brûlait dans un coin. Les planchers de bois, dont la surface était ondulée, présentaient de multiples égratignures. Adossé contre un mur, un piano droit, et une caisse d'oranges vide tenait lieu de table de salon. La lumière qui émanait de l'ensemble de cette pièce paraissait grise, comme tout ce qui s'y trouvait d'ailleurs.

Une jeune fille gracile était assise sur une vieille chaise, en face du piano. Elle avait les cheveux longs et blonds et portait des vêtements qui semblaient usés jusqu'à la corde. Sur son lutrin, de nombreux cahiers présentaient des pièces de Brahms, de Bach et de Schumann, mais elle-même était en train de jouer une sonate de Beethoven qu'elle semblait connaître par coeur. C'était magnifique, malgré le son médiocre du piano.

Leslie observait la scène, stupéfaite. « Mais cette maison, c'est la maison de mon enfance », murmura-t-elle à mon intention, « et cette jeune fille, c'est moi plus jeune », dit-elle encore.

Ne sachant que répondre, je restai là à observer la scène. Je me rappelais que Leslie m'avait déjà mentionné qu'il n'y avait pas grand-chose à manger chez elle lorsqu'elle était petite et je comprenais maintenant pourquoi il lui arrivait rarement de regarder en arrière. Et je me disais que si j'avais été à sa place, j'en aurais fait tout autant, car la jeune fille qui se trouvait là au piano était carrément sous-alimentée et devait souffrir de malnutrition.

La jeune fille ne se rendit pas compte de notre présence et continua à jouer avec plaisir et application.

Au bout d'un moment, une femme d'un certain âge fit son apparition dans la pièce. Elle était jolie et de petite taille, mais tout aussi maigre que la jeune fille. Elle tenait une enveloppe à la main.

« Maman ! » s'écria alors mon épouse dans un sanglot.

Mais ne nous voyant pas, la femme ne répondit pas et resta là à attendre que sa fille ait fini de jouer. Puis, enfin, lorsque le piano se tut, elle dit en hochant tristement la tête :

« C'est très beau, ma douce, et vraiment, je suis fière de toi. Seulement, comme tu le sais, il n'y a pas d'avenir dans la musique.

— Oh maman, je t'en prie, répliqua la jeune fille.

— Il te faut être réaliste, ma fille, poursuivit la mère. Des pianistes, ils sont légion. Souviens-toi par exemple de ce bon curé qui a affirmé que sa soeur n'a jamais pu, même après des années d'études, gagner sa vie comme pianiste.

— Oh maman», répondit la jeune fille exaspérée. «Ne me parle plus de la soeur du curé. Tu sais très bien qu'elle est une pianiste exécrable et que c'est pour cette raison qu'elle ne peut arriver à gagner sa vie avec sa musique. Peut-être d'ailleurs devrais-tu le dire au curé afin que la chose soit réglée une fois pour toutes. »

Mais la mère feignit de ne pas comprendre et poursuivit en disant :

«Sais-tu combien d'années il te reste à étudier et combien il t'en coûtera pour toutes ces études? »

À ces paroles, la jeune fille redressa le menton et, les yeux fixés sur ses feuilles de musique, elle répondit, l'air sévère :

«Je le sais très bien. Mais n'ai-je pas trois emplois qui me permettront de gagner l'argent nécessaire à mes études?

— Ne te fâche pas, ma chérie», rétorqua la mère en poussant un profond soupir. «J'essaie simplement de t'aider et ne voudrais surtout pas que tu passes à côté de la chance, comme je l'ai moi-même fait, et que tu le regrettes ensuite pour le reste de tes jours. Et si j'ai fait parvenir une photo de toi à une agence de New York, c'est que je savais que tu trouverais là une planche de salut. Et maintenant, ça y est : Ils t'ont acceptée. »

Puis elle déposa l'enveloppe sur le lutrin et poursuivit en disant : «Jette au moins un coup d'oeil à cette lettre et prends conscience du fait que tu pourrais maintenant devenir mannequin pour l'une des plus importantes agences de la ville de New York et en finir une fois pour toutes avec cette lutte stupide. Car tu ne vas quand même pas te faire mourir à laver des planchers et à servir dans les restaurants...

— Il est faux de dire que je me fais mourir à la tâche, rétorqua la jeune fille.

— Mais regarde-toi un peu, lui répondit sa mère. Tu n'as que la peau et les os ; tu ne peux continuer à faire la navette entre la maison et Philadelphie, de même qu'à condenser plusieurs journées d'études en deux, tout cela parce que tu n'as pas suffisamment d'argent pour te payer un appartement à Philadelphie. Après tout, n'oublie pas que tu n'as que dix-sept ans et que déjà, tu es épuisée. Mais n'entendras-tu jamais raison? »

La jeune fille ne broncha pas et ne répondit pas non plus. Sa mère, qui l'observait, fut bien obligée de se rendre à l'évidence et de se dire qu'elle n'aurait pas de réponse. Aussi, elle poursuivit en disant :

« N'importe laquelle jeune fille serait enchantée d'avoir la chance de devenir mannequin, et rêverait d'être à ta place. Mais toi, tu n'es pas contente et ne veux même pas considérer l'offre qui t'est faite ! Mais je t'en prie, ma douce. Accepte cette proposition et rends-toi à New York. Tu n'y resteras qu'un an si tu le désires et pourras économiser de l'argent pour tes études. »

La jeune fille prit la lettre qui se trouvait sur le lutrin et, sans même la regarder, elle la remit à sa mère en la lui tendant derrière l'épaule. Puis elle dit :

« Je ne veux pas aller à New York et je n'irai pas. Car je ne veux pas être mannequin et ne veux rien leur devoir à eux qui m'ont choisie. Il aurait mieux valu ne pas me préférer. Ceci dit, il ne m'importe guère de devoir lutter pour arriver là où je veux. Car si c'est ce qu'il faut que je fasse, je le ferai. »

La mère, à bout de patience, saisit la lettre et dit à sa fille : « La musique est-elle la seule chose à laquelle tu puisses penser ?

— Oui », lui répondit la jeune fille qui, désirant mettre un terme à la conversation, se remit au piano.

En un instant, l'air ambiant fut saturé de notes légères et cristallines auxquelles succédèrent d'autres notes d'une sonorité dure comme l'acier. *Comment*, me dis-je alors en moi-même, *peut-il y avoir tant de puissance dans d'aussi petites mains ?*

La mère, qui avait observé la scène, sortit la lettre de son enveloppe, puis la déplia soigneusement et la plaça bien en évidence sur la caisse de bois qui tenait lieu de table. Ensuite, elle quitta la pièce par la porte de derrière. La jeune fille, quant à elle, continua de jouer comme si rien ne s'était passé.

Je savais d'après ce que Leslie m'avait raconté de son passé, que la jeune fille devait présenter un concert le lendemain à Philadelphie et qu'il lui faudrait se lever à quatre heures du matin, puis entreprendre un périple qu'elle effectuerait à pied, par tramway et par autobus, un trajet de six heures qui la mènerait à Philadelphie. Là, je savais qu'il lui faudrait assister à des cours le jour et que le soir venu, il lui faudrait donner son récital. Enfin, je savais qu'elle devrait passer la nuit au terminus à essayer de dormir en attendant que le jour se lève et que les cours reprennent. Quant à l'argent qu'elle aurait gagné, je savais qu'elle s'en servirait pour acheter des feuilles de musique.

Leslie qui, jusque-là était restée à mes côtés, décida d'aller rejoindre la jeune fille au piano. Et debout, près d'elle, elle attendit patiemment que la jeune fille tourne la tête en sa direction. Mais celle-ci feignit de l'ignorer.

Moi, je restai cloué sur place, à observer la scène. J'étais fasciné par ces cahiers, ces feuilles de musique et ce piano qui faisaient partie de notre décor familial, mais que je semblais voir pour la première fois. C'étaient bien les mêmes et pourtant, ce n'étaient pas les mêmes.

Au bout d'un moment, la jeune fille tourna la tête en direction de Leslie et lui jeta un regard. Elle était jolie, mais son visage était pâle. Elle ressemblait étrangement à sa mère et avait des yeux bleus qui, pour l'instant, brillaient de colère.

« Si vous êtes de l'agence », dit-elle à Leslie sur le ton de la colère, « eh bien la réponse est non. Je vous remercie, mais c'est non.

— Ce n'est pas l'agence Conover qui m'envoie », lui répondit Leslie.

La jeune fille ne répondit pas, mais continua à observer Leslie, bouche bée. Puis, au bout d'un long moment, elle se mit sur ses pieds et dit en balbutiant : « Mais on dirait que vous êtes mon sosie… que vous êtes moi, mais en plus vieille !

— C'est exactement ce que je suis ! », rétorqua Leslie.

Hantée par ses rêves, sa pauvreté et toutes ses craintes, la jeune fille ne dit mot et continua de regarder Leslie fixement. Puis au bout d'un moment, elle mit un terme à son silence obstiné et dit en s'écroulant presque sur sa chaise : « Aidez-moi, je vous en prie, aidez-moi. » Puis elle enfouit son visage entre ses mains et se mit à sangloter.

Chapitre VI

*M*on épouse s'agenouilla près de l'enfant qu'elle avait elle-même été et elle lui dit d'un ton réconfortant : « Ne t'en fais pas, car tout ira bien pour toi. Au fond, tu es chanceuse, mais tu ne le sais pas. Vraiment, tu ne sais pas à quel point tu es chanceuse ! »

À ces paroles, la jeune fille se redressa sur sa chaise, l'air incrédule, puis elle essuya quelques larmes du revers de la main. Enfin, elle regarda Leslie et elle lui dit :

« Chanceuse ? Vous trouvez que je suis chanceuse ? »

Il y avait de l'espoir dans ses yeux lorsqu'elle prononça ces paroles et Leslie lui répondit :

« Non seulement tu es chanceuse, mais tu es privilégiée. D'une part, tu as du talent et d'autre part, tu sais ce que tu veux faire dans la vie. Tant de jeunes de ton âge ne l'ont pas encore découvert et certains ne le découvrent même jamais. Toi, tu sais déjà !

— Oui, je sais que je désire être musicienne. »

Mon épouse acquiesça, puis elle se releva et poursuivit en disant : « Tu as beaucoup reçu de la vie. Tu es intelligente, talentueuse et passionnée de musique. Tu es aussi la personne au monde la plus déterminée que je connaisse. Bref, rien ne peut t'arrêter.

— Mais pourquoi faut-il que je sois si pauvre ? » lui demanda la jeune Leslie qui, pour donner à l'autre Leslie une image précise de sa situation, joua huit notes au piano et poursuivit en disant : « Le do et le fa sonnent faux et je ne puis me permettre de les faire réparer ! » Puis en appuyant sur le clavier jauni avec son poing, elle dit à nouveau : « Pourquoi faut-il qu'il en soit ainsi ? »

Manifestement le piano était en mauvais état, car moi-même qui ne suis nullement spécialiste en matière de musique, je pus distinguer que le piano au son qu'il émettait, était désaccordé. Et à la question de la jeune Leslie, mon épouse répondit en disant :

« La pauvreté est un test que tu dois subir et qui te permettra d'exercer ton caractère et de prouver au monde qu'il est possible, à force de détermination, d'amour et de travail acharné, de se sortir de sa situation. Et lorsqu'un jour un enfant pauvre te dira : « Pour vous, tout est facile : Vous avez la renommée et vous êtes riche alors que moi je n'ai pratiquement rien à me mettre sous la dent et des études musicales à poursuivre ! », tu pourras affirmer qu'il en a été de même pour toi et pourras, en toute connaissance de cause, l'encourager à persévérer. »

Réfléchissant à ces paroles, la jeune fille dit au bout d'un moment : « Je me plains sans raison et je déteste cela !

— Il est parfois bon de se plaindre, lui répondit alors Leslie.

— Aurai-je le courage de persister et atteindrai-je le succès ? » s'enquit à nouveau la jeune fille.

— Il n'en tient qu'à toi », lui répondit mon épouse. Puis cherchant mon regard, elle poursuivit en disant : « Si tu n'abandonnes jamais ce à quoi tu tiens et si tu es prête à lutter de toutes tes forces pour arriver là où tu veux, alors tu connaîtras le succès. Ta vie ne sera pas facile, car viser l'excellence est toujours difficile, mais elle sera réussie !

— Est-ce qu'il pourrait advenir que j'aie une vie facile, mais moche ? demanda la jeune Leslie d'un ton insistant.

— Cela ne dépend aussi que de toi, lui répondit mon épouse.

— Et que penser d'une vie facile et heureuse ? dit à nouveau la jeune Leslie sur le ton de la plaisanterie.

— Cela est toujours possible, quoique je doute que tu décides d'opter pour ce genre de vie, lui répondit mon épouse, amusée elle aussi.

— Vous avez raison ! » rétorqua la jeune Leslie d'un air approbateur. « Ce que je désire, c'est d'accomplir ce que vous avez accompli !

— Non », fit mon épouse en hochant tristement la tête. « Il te faut suivre ta propre route.

— Mais n'êtes-vous pas heureuse ? s'enquit alors la jeune Leslie.

— Oui, lui répondit mon épouse.

— Eh bien, dans ce cas, je désire vous avoir pour modèle et faire comme vous avez fait, répliqua la jeune fille.

— J'en doute », répondit Leslie qui, après avoir soigneusement observé la jeune fille, était maintenant prête à lui avouer le pire. « Car, tu sais, j'ai vécu des moments terribles dans ma vie et ai même songé à quelques reprises à mettre fin à mes jours... »

Dans un souffle, la jeune fille dit : « J'y ai songé moi aussi !

— Je le sais », lui répondit mon épouse, « et je sais à quel point il est difficile pour toi de persévérer !

— Mais vous, qui y êtes parvenue, comment avez-vous fait ? s'enquit à nouveau la jeune Leslie.

— J'ai abandonné mes études et j'ai accepté l'emploi que me proposait Conover », répondit Leslie, gênée.

La jeune fille était ébahie et restait là, immobile, comme paralysée. Au bout d'un moment, elle dit : « Comment avez-vous pu, vous qui parliez d'amour et de détermination ! »

Leslie, qui s'était détournée lorsqu'elle avait fait ses aveux à la jeune fille, la regarda alors droit dans les yeux et lui dit : « Je suis au courant de tout ce qu'il faut endurer lorsque tu te rends à Philadelphie pour tes études. Le long trajet par autobus, l'absence de nourriture, les nuits passées à dormir au terminus, tout cela parce que tu désires conserver ton argent pour acheter des feuilles de musique. »

La jeune fille acquiesça et Leslie poursuivit en disant : « Tout ce que tu vis là, je l'ai vécu moi aussi. Mais un jour, il est arrivé que je perde l'un de mes emplois et c'est alors qu'il m'est devenu impossible de poursuivre. J'étais furieuse, révoltée, désespérée, mais je crevais littéralement de faim et n'eus d'autre choix que de regarder les choses en face, comme le disait ma mère.

« Je m'étais juré que je ne passerais qu'un an à New York, que j'y travaillerais jour et nuit et que je mettrais de côté chaque cent économisé de sorte que l'année suivante, il me serait possible de faire ma maîtrise. » Puis, perdue dans ses pensées, elle omit de poursuivre.

« Ainsi, vous n'avez pu gagner suffisamment d'argent pour continuer vos études ! commenta la jeune Leslie.

— Oh si, j'ai gagné beaucoup d'argent et pas seulement de l'argent. J'ai aussi connu le succès. D'abord, je fus modèle, comédienne à la télévision. Ensuite, je me rendis à Hollywood où je tournai des films pour le compte de la Twentieth Century-Fox. Mais le succès que je connus alors, je fus incapable de l'apprécier, car il était relié à un travail que je n'aimais pas. Qui plus est, je doutais toujours de moi et pensais que je n'étais ni suffisamment jolie ni suffisamment intelligente pour faire le métier que j'exerçais. Bref, je ne sentais pas que j'appartenais à ce monde.

« Mais cet emploi me permettait de venir en aide à ma famille qui n'aurait pas compris que je l'abandonne au profit de la musique. Aussi, je continuai à faire des films, mais sans y trouver d'intérêt réel. J'en faisais parce qu'il fallait en faire et parce que j'étais sur place. Une décision par absence de décision, en quelque sorte. »

Elle s'arrêta un moment pour réfléchir, puis elle poursuivit en disant :

« Jamais, pendant cette période, je ne me suis permise d'obtenir un vrai grand succès, croyant que je ne le méritais pas en raison du fait que je ne faisais pas ce travail avec toute mon âme. Et à chaque fois que j'étais sur le point de connaître un immense succès, je m'empressais de faire le nécessaire pour que cela ne se produise pas. Je déclinais l'offre qui m'était faite, je quittais la ville ou je tombais malade. Jamais je ne pris la décision ferme de faire tout en mon possible pour atteindre le succès. »

Pendant un moment les deux femmes demeurèrent silencieuses, réfléchissant à ce qui venait d'être dit. Puis, Leslie poursuivit en disant :

« De quel droit aurais-je pu me plaindre de toutes les belles choses qui m'arrivaient ? Et à qui aurais-je pu me plaindre de ma solitude ? »

Puis, poussant un long soupir, elle ajouta : « Pendant des années, je fus malheureuse, souffrant de la solitude et obtenant autant de succès qu'il m'était possible d'en tolérer. Bref, lorsque j'abandonnai la musique, je connus l'aventure, relevai des défis, appris une foule de choses et vécus une vie que les autres qualifieraient d'excitante.

— Ça ne devait quand même pas être si mal ! » dit la jeune Leslie.

Mon épouse approuva de la tête et lui dit à son tour : « Tu as parfaitement raison et c'est pour cela qu'il m'aurait été difficile, voire impossible d'abandonner cette vie. Car si je l'avais fait, personne n'y aurait rien compris. Et ce n'est que beaucoup plus tard que je saisis qu'en ne poursuivant pas mes études en musique, je passais à côté d'une vie tranquille et heureuse de même qu'en retrait de la possibilité de faire ce que j'aimais réellement. Et de fait, pendant longtemps, cette vie me fut refusée. »

J'écoutais, attentif et surpris, car jamais avant ce jour, je ne m'étais rendu compte réellement que mon épouse, si elle avait poursuivi ses études en musique et laissé tomber sa carrière d'actrice à Hollywood, aurait pu connaître une vie tout à fait différente de celle qu'elle avait vécue.

Quant à la jeune Leslie, elle nageait dans la confusion la plus totale. « Si les choses ont ainsi tourné pour vous », dit-elle au bout d'un moment, « tourneront-elles de la même façon pour moi ? Comment m'orienter ?

— Tu es la seule au monde qui puisses répondre à cette question, lui dit alors Leslie. Quant à moi, je pense que le mieux, c'est encore de chercher à découvrir ce que réellement tu désires faire, puis ensuite de l'accomplir. Cela vaut mieux en tout cas que de passer vingt ans de ta vie à vivre sans vraiment vivre, alors qu'il te serait possible d'agir tout autrement. L'important est de te demander ce que tu désires le plus au monde. »

Elle le savait et répondit : « Je désire apprendre, exceller en musique. Je désire apporter ma contribution au monde.

— Eh bien, il en sera ainsi. Maintenant, que désires-tu d'autre ? lui demanda Leslie.

— Je désire être heureuse et ne pas vivre dans la pauvreté.

— Bien, et quoi encore ? »

Manifestement le jeu lui plaisait et elle répondit : « J'aimerais croire que la vie a un sens et que nous ne sommes pas ici pour rien. Bref, j'aimerais avoir foi en une divinité qui me supporterait et m'aiderait à passer au travers des moments difficiles. Ceci dit, je ne crois pas en la religion qui, jamais, ne me fut d'un grand secours, non plus qu'aux prêtres qui, plutôt que de répondre à mes questions, se sont toujours contentés de me dire de garder la foi ! »

Leslie fronça les sourcils, car elle aussi se souvenait d'être passée par là.

Puis la jeune fille, soudainement gênée, poursuivit en disant : « J'aimerais croire qu'il existe une personne au monde qui me soit destinée, comme j'aimerais croire que nous nous rencontrerons un jour, que nous nous aimerons et que nous ne serons plus jamais seuls !

— Écoute-moi bien », lui répondit alors mon épouse. « Tout ce que tu viens de mentionner se trouve déjà manifesté quelque part dans l'espace-temps. Bien sûr, il est possible que certains de tes désirs mettent un temps avant de se réaliser, mais ceci n'empêche pas qu'en cette minute présente, ils sont déjà réalité.

— Et cette personne qui m'est destinée ? Elle existe donc vraiment ?

— Oui, et elle s'appelle Richard. Aimerais-tu la rencontrer ?

— La rencontrer maintenant ? » dit alors la jeune fille, ébahie.

Pour toute réponse, Leslie me tira par la main et me fit me placer en face de la jeune fille. Quant à moi, j'étais flatté que cette jeune fille, en tous points semblables à la personne que je chérissais le plus au monde, veuille bien me rencontrer.

Lorsqu'elle m'aperçut, la jeune Leslie ne sut que dire et elle resta là à me regarder, surprise.

« Bonjour », lui dis-je, moi-même un peu mal à l'aise.

Pour toute réponse, elle ne trouva rien d'autre à dire que : « Vous semblez tellement... euh... mûr. » Visiblement, elle ne voulait pas utiliser le mot âgé.

« Lorsque sera venu pour toi le temps de me rencontrer, lui répondis-je, tu aimeras les hommes âgés.

— Mais je n'aime pas les hommes âgés », objecta mon épouse en m'entourant la taille de son bras. « J'aime uniquement *cet* homme âgé. »

La jeune fille nous regardait attentivement et elle nous demanda, comme si la chose lui paraissait difficile à concevoir : « Êtes-vous vraiment heureux ensemble ?

— Plus que tu ne pourrais l'imaginer, lui répondis-je.

— Quand et où vous rencontrerai-je ? s'enquit-elle enfin. Au conservatoire, peut-être ? »

Je me demandais quelle réponse il me fallait lui donner. Devais-je lui parler des vingt-cinq années qu'il lui faudrait attendre, de son premier mariage qui se solderait par un échec, des autres hommes qu'elle rencontrerait ? Ne sachant que dire, je décidai de m'en remettre à Leslie.

— Cela prendra beaucoup de temps avant que vous ne vous rencontriez », lui dit alors Leslie avec douceur.

Devant la perspective de cette longue attente, elle dut se sentir plus seule que jamais, car elle se contenta d'un bref :

« Ah bon, je vois. »

Puis se tournant vers moi, elle me demanda :

« Avez-vous de votre côté opté pour une carrière de pianiste ?

— Non », lui répondis-je. Je suis pilote. »

Elle regarda Leslie, désappointée, et moi, désireux de lui apporter un peu de réconfort, je m'empressai d'ajouter que je venais cependant de commencer à apprendre à jouer de la flûte.

Mes talents de flûtiste amateur ne semblèrent guère l'impressionner et elle décida d'aborder un autre sujet, déterminée qu'elle était à découvrir mes bons côtés.

« Qu'avez-vous à m'apprendre ? me demanda-t-elle alors.

— Que tous nous sommes inscrits à l'école de la vie, lui répondis-je, et qu'il est des cours qui sont obligatoires tels les cours de survie, de nourriture et de gîte. »

À ces paroles, elle esquissa un sourire gêné, consciente du fait que j'avais entendu la conversation qui s'était tenue entre Leslie et elle. Puis elle me demanda :

— Y a-t-il quelque chose d'autre que vous puissiez m'apprendre ?

— Que ni les arguments les plus convaincants, ni les débats, ni même la connaissance de l'avenir pour les trente-cinq prochaines années ne vont changer quoi que ce soit à ton problème ou t'aider à le résoudre. Car toi et toi seule en connais la solution.

— Et c'est cela que vous voulez que j'apprenne », dit en riant la jeune fille. « Si ma famille savait, elle n'apprécierait guère que vous m'encouragiez à persévérer dans mes décisions, qui leur paraissent étranges et illogiques.

— Pourquoi crois-tu que nous sommes venus te rendre visite ? demanda Leslie à brûle-pourpoint.

— Parce que vous craigniez pour ma vie ? » lui répondit la jeune fille. « Et parce que vous-même auriez souhaité qu'un jour, votre moi parallèle vienne vous rendre visite et qu'il vous dise : *Ne t'en fais pas. Tu passeras au travers !* Mais ai-je raison ou est-ce que je me trompe ? » ajouta-t-elle au bout d'un moment.

Leslie acquiesça.

« Je promets que je passerai au travers et que je ne m'enlèverai pas la vie, » dit alors la jeune fille. « Mieux encore, je promets qu'un jour vous n'aurez plus à rougir de moi et que vous serez même contents que je sois en vie.

— Mais déjà, je suis fière de toi et contente que tu sois en vie », lui fit remarquer Leslie. « Et de fait, nous le sommes tous les deux. Car tu sais, mon sort était entre tes mains puisqu'il aurait suffi que tu décides de t'enlever la vie pour que c'en soit fini de ma destinée. Mais jamais tu ne t'es découragée et jamais tu n'as songé à tout laisser tomber lorsque les choses allaient trop mal pour toi.

« Aussi, ce n'est peut-être pas tant pour te sauver la vie que pour te remercier de nous avoir ouvert la voie que nous sommes venus te visiter, Richard et moi. Car nous sommes si heureux ensemble ! Et puis, nous tenions à te dire que nous t'aimions. »

À ce moment, se fit sentir un tremblement, et l'image de la pièce où nous nous trouvions devint floue à nos yeux. Puis nous sentîmes qu'une force invisible nous attirait vers elle.

La jeune Leslie, consciente du fait que nous nous apprêtions à la quitter, essuya quelques larmes du revers de la main et nous demanda :

« Nous reverrons-nous un jour ?

— Je l'espère, lui répondit mon épouse, en essuyant elle aussi quelques larmes.

— Et merci d'être venus ! Merci ! » s'écria la jeune Leslie qui déjà ne nous voyait sans doute plus puisqu'elle alla se rasseoir à son piano et se mit à jouer à nouveau.

Chapitre VII

L'image de la jeune Leslie au piano s'étant complètement dissipée, nous nous retrouvâmes dans l'hydravion, aux côtés de Pye qui nous accueillit avec un sourire chaleureux et s'empressa d'aller s'installer sur le siège arrière, me cédant la place aux commandes. Puis, sans mot dire, elle nous observa quelques instants et attendit que l'un de nous prenne la parole.

« Quelle vie difficile que la vie de cette jeune fille ! » dit enfin Leslie en séchant ses larmes. « Elle est si seule au monde ! Et je me demande pourquoi il faille que ce soit les autres, nous par exemple, qui récoltions les fruits de son courage et de son dur labeur.

— N'oubliez pas que cette vie, elle l'a choisie, lui répondit Pye, et qu'elle aussi en récoltera les fruits !

— Mais à quoi faites-vous donc allusion ? » lui demanda encore Leslie.

— Je fais allusion », répondit Pye du tac au tac, « au fait que cette jeune fille est un aspect de vous-même et que comme vous, elle connaîtra des joies. »

Bien sûr, me dis-je alors intérieurement. *La jeune Leslie n'est autre que nous-mêmes. Par conséquent, elle se trouve ici avec nous dans cet avion, car son esprit buté, son corps si mince et son amour de la musique sont devenus partie intégrante de nous-mêmes.*

« Vous avez peut-être raison », dit Leslie à voix haute à l'intention de Pye. « Seulement, j'aimerais bien savoir ce qu'il est advenu d'elle.

— Eh bien, plusieurs choses lui sont arrivées, répondit Pye. Elle a poursuivi ses études en musique et elle les a abandonnées. Elle s'est rendue à New York et elle ne s'y est pas rendue. Elle est devenue une pianiste renommée et elle ne l'est pas devenue, et a choisi de s'enlever la vie. Elle est devenue professeure de musique, actrice de cinéma, activiste politique, ambassadrice d'Argentine. Bref, la vérité c'est qu'à chaque fois que nous faisons un choix de vie, nous engendrons d'autres moi parallèles qui, eux, optent pour d'autres types de vies et prennent des décisions différentes des nôtres. Dans cette perspective, vous êtes l'une des enfants de la jeune Leslie, l'un de ces moi parallèles ayant opté pour un autre genre de vie. »

Lorsque nous nous trouvâmes à quelques centaines de pieds au-dessus du niveau de l'eau, j'amenai l'hydravion à sa vitesse de croisière, puis le ramenai en position horizontale. *Car,* me dis-je en moi-même, *à quoi sert de voler à haute altitude lorsque l'univers entier est une piste d'atterrissage ?*

Au-dessous de nous, les nombreux sentiers qui tapissaient le fond de l'océan infini, se détachaient clairement du reste de l'ensemble.

« Compliqué, n'est-ce pas ? dis-je à l'intention de Pye.

— Cela dépend, me répondit-elle. Si l'on considère que le plan est comme une tapisserie qu'il faille tisser fil par fil, cela demeure relativement simple. Les problèmes se posent lorsque l'on désire faire tout le travail à la fois.

— Vous arrive-t-il parfois de regretter vos vies passées et de vous ennuyer de vos moi antérieurs, de nous par exemple ? lui demandai-je alors.

— Comment le pourrais-je », me répondit-elle en me gratifiant d'un large sourire. « Ne vivant pas dans l'espace-temps, je ne me trouve jamais séparée de vous !

— Mais comment pouvez-vous affirmer que vous ne vivez pas dans l'espace-temps, puisque vous avez un corps et que celui-ci revêt une forme, un poids ?

— Vous vous trompez, me répondit-elle. Dans les faits, je n'ai pas de corps, et c'est vous qui entretenez cette illusion à mon sujet. Ou pour être plus exacte, c'est vous qui choisissez de me voir avec un corps, alors que vous auriez pu choisir de me voir tout autrement. Les perceptions sont utiles et elles vous permettent par exemple de donner à ma présence une réalité tangible sous forme de corps. Mais ceci dit, les perceptions quelles qu'elles soient demeurent des fabrications de l'esprit. »

Intéressée par ces explications, Leslie se tourna vers Pye et lui demanda : « Si nous avions été à un niveau d'évolution supérieur, comment vous aurions-nous perçue ? »

Pye ne répondit pas, car elle semblait s'être volatilisée et soudain, nous vîmes apparaître dans le poste de pilotage devenu incandescent une étoile brillante et lumineuse d'un blanc bleu et ne pûmes faire autrement que de sursauter à la vue de celle-ci. Puis ne pouvant supporter plus longtemps un tel spectacle, je dus fermer les yeux et attendre que cette lumière incandescente disparaisse. Enfin, je sentis la main de Pye sur mon épaule et l'entendit me dire :

« Désolée ! Vraiment, je suis désolée ! J'ai fait preuve d'inconscience et aurais dû me douter que vous ne pouviez me voir telle que je suis, non plus de me toucher. Mais l'usage des mots ne nous permet pas d'appréhender la réalité et pourtant il nous faut avoir recours à ceux-ci pour tenter d'expliquer les choses. Bref, il m'est difficile de dire « Je » quand je sais très bien que nous ne sommes qu'un dans l'esprit. Ceci dit, les mensonges pieux sont préférables au silence ! »

Encore aveuglé par la lumière, je demandai à Pye : « Nous apprendrez-vous à faire ce que vous venez de faire ? »

Ma question la fit sourire et elle me répondit : « Je n'ai rien à vous apprendre puisque vous êtes déjà cette lumière. Seulement, depuis que vous vous êtes immiscés dans l'espace-temps, elle s'est condensée et s'en trouve en quelque sorte tamisée. »

Ces paroles ne firent que me mêler davantage, et plus le temps passait, plus je me sentais devenir nerveux. Je ne pouvais supporter l'idée que cette personne, malgré sa gentillesse, nous était indispensable et qu'elle contrôlait nos vies.

« Pye, lui demandai-je enfin, comment faire pour nous sortir des sentiers une fois que nous y avons pénétré ? Et comment faire pour revenir à ce monde dans lequel nous avons laissé notre hydravion ?

— Pour ce faire, me répondit-elle, vous n'avez besoin de rien d'autre que de votre imagination. De fait, vous n'avez nul besoin des sentiers ni même de votre hydravion. D'ailleurs, c'est vous qui modelez vos moi pour alors agir comme bon vous semble. Toute chose vous apparaîtra toujours telle que vous l'aurez imaginée.

— Quoi ! lui répondis-je. Mais ce que vous me dites n'a pas de sens. Car comment puis-je actionner la manette des gaz d'un avion qui se trouve dans un autre monde ? Et comment puis-je me trouver à la fois dans ce monde et à la fois sur un sentier ? Et n'eut été de vous qui nous avez tirés de ce mauvais pas, nous serions encore chez la jeune Leslie, en l'année 1952.

— Vous n'êtes pas à deux places à la fois, rétorqua Pye, vous êtes partout à la fois. Qui plus est, il vous faut savoir que les mondes que vous imaginez n'ont aucune emprise sur vous ; c'est vous qui les contrôlez. Aimeriez-vous maintenant tenter une nouvelle expérience ?

— Oh ! je t'en prie, Richie », me dit Leslie en posant la main sur mon genou. « Accepte. »

J'acceptai et Leslie prit les commandes de l'appareil et me demanda où je désirais qu'elle me conduise.

Les yeux fermés, je m'enfonçai profondément dans mon fauteuil et lui répondis : « Droit devant. » Pendant un moment, nous nous laissâmes bercer par le mouvement de l'avion, puis tout à coup, je sentis que quelque chose était sur le point de se produire. « Tourne à droite », dis-je alors à Leslie.

Elle s'exécuta immédiatement et fit un virage sur l'aile. Au bout d'un moment, je distinguai enfin quelque chose qui ressemblait à de longs fils lumineux ou à de minces bandes de brouillard, l'une s'étendant à la verticale et l'autre à l'horizontale. Rapidement, nous nous approchions de l'endroit où elles se croisaient.

« Écarte-toi un peu », dis-je alors à Leslie. « Bon, maintenant redescends et tourne un peu à gauche. »

Dans mon esprit, l'image des sentiers, devint très claire et les indications que je donnais à Leslie étaient aussi précises que celles que m'aurait fournies la lecture des cadrans du tableau de bord. *Combien avide est notre imagination,* me dis-je alors en moi-même. Puis revenant à Leslie, je lui dis : Descends encore un peu. Bon maintenant ça y est, nous y sommes presque. Nous devrions toucher l'eau, à présent. Est-ce le cas ?

— Encore quelques pieds et nous y serons, me répondit Leslie.

— Bon, ça y est, dis-je. Tu peux couper les gaz. »

Je rouvris les yeux au moment où la quille de l'hydravion allait toucher l'eau et vis le monde disparaître dans une grande éclaboussure. Puis, tout devint noir et le resta jusqu'à ce que nous soyons immobilisés.

∞

Manifestement, ce ne pouvait être qu'une base militaire avec ses lumières bleutées, ses pistes d'atterrissage et ses avions de chasse qui paraissaient argentés sous le clair de lune.

« Où sommes-nous ? » fit Leslie dans un murmure.

Rangée après rangée, les Sabrejets F-86F américains s'alignaient devant nous, et je devinai soudain où nous étions. « C'est la base aérienne Williams, en Arizona, une école d'artillerie, murmurai-je à mon tour. « Nous sommes en 1957. Je venais souvent me promener de ce côté, le soir, pour être avec les avions.

— Et pourquoi murmurons-nous ? » s'enquit Leslie.

Mais avant même que j'aie pu lui répondre, une jeep de la police de l'air tourna le coin et se dirigea vers nous. Arrivée à notre hauteur, elle ralentit, fit le tour de l'avion qui se trouvait à notre droite, puis s'immobilisa.

Nous ne pouvions voir le patrouilleur, mais cependant il nous était possible de distinguer ses paroles.

« Excusez-moi, monsieur, mais auriez-vous l'amabilité de me présenter vos papiers d'identité ? »

Quelqu'un lui répondit, qui parlait très bas, et nous ne pûmes comprendre ce qu'il disait.

« C'est à moi qu'il parle », dis-je alors à Leslie. Je reconnais…

— Très bien, monsieur », dit encore le patrouilleur. « Nous ne faisions que vérifier. Vraiment, il n'y a pas de problème. »

L'instant d'après, le patrouilleur remettait son moteur en marche et repartait. S'il nous avait aperçus, il le cachait bien, car il ne montrait aucune surprise et ne faisait aucun geste en notre direction. Puis, contournant l'avion, il braqua sur nous ses phares et s'apprêta à accélérer.

«Attention», hurlai-je à l'intention de Leslie.

Mais déjà, il était trop tard. Sans même s'en rendre compte, il était passé à travers nous comme à travers de l'air, et il poursuivait sa route, nonchalant.

«Désolé», dis-je en me tournant vers Leslie. «J'avais oublié !

— Il n'est pas facile de s'y habituer, me répondit-elle, le souffle court.

— Qui va là», dit un personnage qui s'avançait vers nous et se trouvait maintenant à la hauteur de l'aile de l'hydravion. «Y a-t-il quelque chose que je puisse faire pour vous ? »

L'homme portait une combinaison de vol en nylon de couleur foncée et un veston d'armée. Sous le clair de lune, il ressemblait à un fantôme, quoique à en juger par les galons jaunes qui se trouvaient sur sa veste et par les ailes blanches qui y étaient brodées, il devait être pilote et sous-lieutenant.

«Va à sa rencontre», me dit Leslie dans un murmure. «Moi, je t'attendrai ici. »

J'acquiesçai, la serrai dans mes bras, puis partis à la rencontre de l'homme.

«Tout va bien», lui dis-je au moment où je contournais l'avion. Puis, m'avançant vers lui, je lui demandai : «Vous permettez que je vous tienne compagnie un moment ?

— Qui va là ? » demanda-t-il encore.

Mais pourquoi faut-il qu'il me pose cette question difficile ? pensai-je intérieurement. Puis, à voix haute, je lui répondis : «Je suis le sous-lieutenant Bach, Richard de mon prénom, et mon numéro est le trois-zéro-huit-zéro-sept-sept-quatre.

— Mize, c'est donc toi ? rétorqua-t-il. Que fais-tu dehors à cette heure tardive ? »

Phil Mizenhalter, me dis-je. Il croit que je suis Phil Mizenhalter, ce vieux copain qui, dans dix ans, trouvera la mort au Viêt-nam.

« Je ne suis pas Mize, dis-je. Je suis Richard Bach, l'homme que vous serez dans trente ans d'ici, votre moi parallèle. »

Scrutant l'obscurité, il me demanda une fois de plus qui j'étais. Et alors je me dis en moi-même qu'il valait mieux s'habituer tout de suite à cette question qui risquait de revenir souvent dans l'avenir. Puis j'ajoutai à son intention :

« Je suis la personne que vous êtes, lieutenant. Seulement, il se trouve que je suis votre aîné et que j'ai plus d'expérience que vous n'en avez. J'ai commis toutes les erreurs que vous vous apprêtez à commettre et j'ai survécu à celles-ci. »

Croyant encore qu'il s'agissait d'une plaisanterie, il s'approcha de plus près et tenta de distinguer mon visage dans l'obscurité. Puis il dit : « Je m'apprête à commettre des erreurs ? » Et en souriant, il ajouta : « Cela m'étonnerait !

— Appelez-les alors expériences de vie, lui répondis-je.

— N'ayez crainte, je m'en remettrai, rétorqua-t-il.

Alarmé par tant de désinvolture, je crus bon de l'acculer au pied du mur et lui dis : « La plus grave erreur à laquelle vous vous êtes exposé, vous l'avez commise quand vous vous êtes enrôlé dans les forces armées. Par conséquent, si vous désirez faire preuve d'intelligence ou plus exactement de sagesse, vous vous empresserez d'en sortir !

— Pardon, m'interrompit-il, mais je sors tout juste de l'école de pilotage et j'ai encore peine à croire que je compte au nombre des pilotes de l'armée de l'air ! Et vous voudriez que je laisse tomber tout ça et que je donne ma démission. Vraiment, j'admire votre intelligence et ne demande pas mieux que de suivre vos conseils. » Et sur le ton de la plaisanterie : « En avez-vous d'autres à me prodiguer ? »

Pour toute réponse, je lui dis : « J'ai cru dans le passé que je me servais de l'armée pour apprendre à piloter. Or, j'ai compris depuis que c'est l'armée qui, à mon insu, se servait de moi.

— Mais moi, je suis très conscient du fait que l'armée se sert de moi, objecta-t-il. Mais il se trouve que j'aime mon pays et que je suis prêt à le défendre si besoin est.

— Vous vous souvenez du lieutenant Wyeth, n'est-ce pas ? lui demandai-je. Eh bien, j'aimerais que vous me parliez un peu de lui. »

À cette question, il rougit légèrement et me jeta un regard oblique. Puis il me dit :

« Je dois vous corriger. Le lieutenant ne s'appelait pas Wyeth, mais Wyatt. Il était instructeur de classe de pré-vol. Il avait fait un séjour en Corée, et ce séjour l'avait rendu un peu fou. À chaque cours, il inscrivait le mot « TUEUR » en grosses lettres sur le tableau noir, puis il nous regardait et nous disait l'air grimaçant : « Des tueurs ! Vous êtes des tueurs ! » Ça, c'était Wyatt.

— Eh bien, Richard, lui dis-je alors. L'avenir vous apprendra que le lieutenant Wyatt était la personne la plus sensée qu'il vous sera jamais donné de rencontrer dans l'armée. »

En guise de réponse, il hocha la tête et il me dit : « Il m'arrive de temps à autre d'imaginer que je me retrouve face à la personne que je serai dans trente ans d'ici et que je lui parle comme je vous parle à vous. Or, cette personne, je l'imagine à l'opposé de ce que vous êtes... Et je l'imagine fière de moi !

— Mais je suis fier de vous, Richard, lui répondis-je. Seulement je le suis pour des raisons que vous ne soupçonnez même pas. Bien sûr, je ne peux approuver le fait que vous vous soyez enrôlé dans l'armée et que vous vous entraîniez à larguer des bombes au napalm, à lancer des fusées, à mettre à feu et à sang des villages entiers ou à tuer des femmes et des enfants terrifiés... Mais je demeure fier du fait que vous essayez de faire de votre mieux dans la vie.

— Et vous êtes prié de me croire, car je continuerai à m'entraîner, enchaîna-t-il, et je deviendrai un pilote de chasse hors pair ! »

Puis, croyant nécessaire de se justifier, il ajouta : « Il n'y a rien que je désire plus au monde que d'assurer la défense de l'air ! »

Je le regardai attentivement, dans le noir, et ne dis mot. Il poursuivit en disant :

« Je servirai mon pays, comme il me plaît de le faire...

— Mais vous pourriez le servir de dix mille autres manières différentes, lui fis-je remarquer. Allons, soyez un peu sérieux et dites-moi pourquoi vous êtes ici. Mais peut-être n'êtes-vous pas suffisamment honnête envers vous-même pour le savoir vraiment ? »

Il eut un moment d'hésitation, puis il me répondit : « Si je suis ici, c'est que je désire voler, piloter des avions.

— Mais vous étiez pilote avant même d'entrer dans l'armée, lui dis-je. Vous auriez pu piloter des Cessnas et des Piper Cubs.

— Ces avions ne sont pas suffisamment rapides, objecta-t-il.

— Bon, insistai-je. Me direz-vous enfin ce que vous êtes venu chercher ici ?

— J'aime le dépassement, la performance et la gloire qui en résulte », me répondit-il avec honnêteté. « Et je crois qu'aucun état n'est plus prestigieux que de piloter un avion de chasse », ajouta-t-il au bout d'un moment.

— J'aimerais que vous me parliez plus longuement du prestige de piloter un avion de chasse, lui dis-je alors.

— Eh bien, je trouve fantastique de pouvoir maîtriser cet appareil », me répondit-il en caressant du revers de la main l'aile du Sabre qui se trouvait tout à côté. « Et puis, quand je vole, je n'ai pas le nez dans la boue et ne suis pas confiné à un bureau. Il m'est possible de m'élever à quarante mille pieds dans les airs et de me déplacer à la vitesse du son et même plus vite encore. Je pénètre des espaces où personne ne s'est encore introduit et plus que tout autre chose, j'outrepasse ces limites qu'on dit nôtres. Car je sais au plus profond de moi-même que nous sommes des êtres illimités. »

Bien sûr, pensai-je. *Ce sont là les raisons pour lesquelles j'ai moi-même voulu devenir pilote de chasse. Cependant, ces raisons, je les ai simplement pressenties et n'ai jamais pu les traduire en mots ou les formuler clairement dans ma tête, comme le fait maintenant le jeune Richard.*

«Je déteste le fait que ces avions aient été conçus pour larguer des bombes. Cependant je n'y peux rien, car sans cela, de tels engins n'existeraient pas», dit-il au bout d'un moment.

Si vous tous de l'armée ne vous étiez pas portés volontaires, pensai-je, *la guerre ne pourrait avoir lieu.* Puis tendant la main en direction du Sabre, je dis à voix haute : «Jadis je considérais que le Sabre était le plus bel avion qui puisse exister. Aujourd'hui, je le trouve tout aussi beau, mais considère que ce n'est pas un avion, mais un appât.

— Un appât? s'enquit-il, curieux.

— Les avions de chasse sont les appâts», lui dis-je en guise d'explication «et vous, vous êtes les poissons.

— Et les hameçons, que sont-ils?

— Lorsque vous découvrirez ce que sont les hameçons, lui répondis-je, vous en serez terrassé. Car les hameçons, ce sont les mobiles qu'on invente pour que vous, Richard Bach, vous acceptiez de vous rendre responsable du meurtre d'hommes, de femmes et d'enfants qui périront à cause de cet appareil.

— Il me semble que vous sautez vite aux conclusions, rétorqua-t-il. Les décisions, ce n'est pas moi qui les prends, et je ne peux par conséquent être responsable de toutes ces morts. Moi, je me contente d'exécuter les ordres!

— Décision ou pas, vous n'avez pas d'excuse, lui répondis-je. Car ni la guerre ni les Forces armées ne sont des excuses. Qui plus est, vous serez jusqu'à la fin de vos jours hanté par chacun des meurtres que vous aurez commis. Et il n'y aura pas de nuit où vous ne vous réveillerez en criant, rêvant que vous reproduisez ces meurtres!»

Pour toute réponse, il me dit avec dureté : « S'il advenait une guerre et qu'on nous attaquait, qui, sinon les Forces armées de l'air, lutteraient pour défendre le pays et sauvegarder sa liberté ?

— Mais ne m'avez-vous pas dit que si vous étiez ici, c'était pour piloter des avions et gagner du prestige ? lui fis-je remarquer.

— Cela ne m'empêche pas de vouloir défendre mon pays... me répondit-il.

— Tous, que vous soyez Chinois, Arabes ou Russes, vous répétez la même chose, les mêmes paroles. On vous apprend à tuer, puis on vous dit que vous le faites pour défendre la mère patrie et pour la protéger de l'ennemi. Mais l'ennemi, pour eux, Richard, c'est vous et ce sont les vôtres ! »

À ces paroles, il perdit son arrogance et me dit d'un ton presque plaintif : « Vous vous souvenez, n'est-ce pas, de ces modèles réduits ? Eh bien, j'en ai assemblé plus de mille en m'imaginant à chaque fois que c'était moi qui les pilotais. Et des arbres au sommet desquels nous avons grimpé en nous imaginant que nous nous envolerions comme des oiseaux ? Et des tremplins desquels nous nous sommes jetés ? Puis il y eut ce tour d'avion que me fit faire Paul Marcus et qui me laissa rêveur pendant des jours et des jours, qui me transforma à jamais !

— C'est ainsi que les choses ont été planifiées ! lui répondis-je.

— Planifiées ? répéta-t-il, curieux.

— Oui, dis-je. Car aussitôt que vous commencez à être capable de distinguer les choses, on vous montre des images. Ensuite, quand vous êtes en mesure de comprendre, on vous lit des histoires et on vous chante des chansons. Puis, quand vous savez lire, on vous propose des livres qui traitent de patriotisme, de grandeur de la nation et de fierté nationale. On vous montre aussi des affiches qui viennent renforcer vos lectures et on vous fait visionner des films qui traitent des mêmes sujets. Puis, on vous apprend l'histoire et l'on vous fait prêter serment d'allégeance. Viennent ensuite le salut au drapeau et l'enrôlement dans l'armée. Là, on vous apprend que l'ennemi existe et qu'il faut le traquer. Que celui-ci vous fera du mal si vous ne vous montrez pas les plus forts, si vous ne ripostez pas ou ne faites pas preuve de vigilance. Enfin, on vous demande d'obéir aux ordres, de ne pas poser de questions et de faire tout le nécessaire possible pour défendre la nation.

« On encourage les jeunes garçons à s'intéresser à la mécanique, aux avions, aux bateaux et aux automobiles. Puis, ceci fait, on leur dit que c'est dans l'armée que se trouvent les plus sophistiqués de ces appareils et que s'ils s'enrôlent, ils pourront s'y retrouver aux commandes. Et c'est ainsi que le passionné de l'automobile se retrouve au volant d'un char d'assaut d'une valeur d'un million de dollars, que l'amoureux de la mer se retrouve à la barre d'un navire de guerre et que le fanatique du vol se retrouve, tout comme vous Richard, aux commandes de l'avion le plus rapide au monde. Et pour enjoliver le tout, on vous remet un bel uniforme et on va même jusqu'à peindre votre nom en grosses lettres sur l'habitacle de votre appareil.

« Ensuite, vient le lavage de cerveau ! On vous oblige à vous montrer les meilleurs, les plus forts, puis on vous dit que vous appartenez à l'élite. Pour vous récompenser de votre obéissance, on vous remet des médailles, des rubans et des galons et l'on s'empresse de broder de jolies ailes sur les poches de vos uniformes...

« Les affiches publicitaires visant à attirer de nouvelles recrues ne témoignent pas de la réalité. Elles vous laissent croire que vous piloterez les jets, superbement représentés, mais ne mentionnent jamais que peut-être vous serez tués ou alors écrasés sous le poids des meurtres que vous aurez commis...

« Comprenez que je ne parle pas ici uniquement des idiots de ce monde car vous-même, Richard, vous vous êtes laissé tenter par l'appât et avez mordu à l'hameçon. Vous aussi, vous êtes fier de l'avoir fait de même que de vous promener, tel un paon, dans votre bel uniforme bleu. Vous aussi, vous vous dites fier d'être appâté à cet avion qui vous entraînera peut-être vers une mort stupide, honorifique et sans fondement.

« Et il n'y aura personne, Richard, pour pleurer votre mort ou porter à votre place le poids des crimes que vous aurez commis. Car ni les États-Unis, ni les Forces armées de l'air, ni le général auquel vous aurez obéi ne se soucieront de vous à ce moment. Les seuls qui se sentiront concernés par ces morts stupides, ce seront les familles de ceux que vous aurez tués et vous. Et voilà ce que vous appelez *la gloire,* Richard ! »

Puis, je m'apprêtai à le quitter en me demandant ce que j'aurais fait si j'avais été à sa place. Aurais-je écouté les conseils qui m'auraient été prodigués et aurais-je démissionné des Forces armées de l'air ? Aurais-je résisté à l'endoctrinement ?

Lui de son côté, n'essaya pas de me retenir, n'éleva pas la voix pour mieux se faire comprendre quand il s'aperçut que je m'apprêtais à le quitter, mais me demanda tout simplement :

« Que voulez-vous dire exactement quand vous dites que je suis responsable ? »

Quelle impression étrange cette question fit naître en moi ! Car je savais que nulle réponse de ma part ne pourrait changer les choses et que c'était à lui maintenant de prendre sa décision. Et que celle-ci, quelle qu'elle fût, influencerait le cours de sa destinée !

« Combien de personnes tuerai-je ? » me demanda-t-il au bout d'un moment.

Je dus tendre l'oreille pour entendre ses dernières paroles car déjà, je m'étais éloigné. Mais, revenant sur mes pas, je lui dis :

« En 1962, on vous enverra en Europe avec le quatre cent soixante-dix-huitième escadron de combat et ce, à l'occasion de ce qu'il sera alors convenu d'appeler « la Crise de Berlin ». Vous aurez pour tâche d'identifier les routes-cibles. Ensuite, dans cinq ans d'ici, il est probable que vous larguerez une bombe qui détruira la ville de Kiev. »

Je l'observai un moment puis je poursuivis en disant : « Cette ville est renommée pour son industrie du film et de l'édition.

Cependant, cela ne vous importera guère et ne vous empêchera surtout pas de faire des plans visant à détruire le chemin de fer qui traverse la ville et les usines qui l'entourent.

— Combien de personnes seront tuées ? demanda-t-il encore.

— Il se trouvera neuf cent mille personnes à Kiev, cet hiver-là, et, si vous obéissez aux ordres qui vous seront donnés, il n'en restera que quelques milliers après votre passage, et qui toutes, regretteront de ne pas avoir été tuées avec les autres.

— Neuf cent mille personnes ? dit-il.

— Oui, lui répondis-je. Et les ultimatums se succéderont. Et on vous parlera de fierté nationale, de sauvegarde de la liberté et de sécurité.

— Cette bombe, est-ce que je... ou plutôt est-ce que vous l'avez larguée ? s'enquit-il enfin.

J'allais lui répondre que non et ce, en raison du fait que les Soviétiques avaient fait marche arrière au dernier moment. Mais quelqu'un à l'intérieur de moi hurla de rage, révolté qu'il était par cette réponse. Ce devait être un moi parallèle qui avait été témoin dans une autre vie d'un holocauste nucléaire et qui, maintenant, voulait se faire entendre.

« Mais bien sûr que oui, lui répondis-je donc. Car, comme vous, j'évitais de me poser des questions et me disais que si la responsabilité devait incomber à quelqu'un, c'était au président des États-Unis. N'était-il pas après tout celui qui tirait les ficelles et avait toutes les données en main ? Et jamais à cette époque il ne m'est venu à l'idée que le président, qui ne savait ni piloter d'avions ni larguer des bombes, ne pouvait donc nullement être tenu responsable des morts ainsi provoquées. »

Puis, luttant désespérément pour garder ma contenance, je poursuivis en disant :

« Le président était incapable d'actionner un lance-missile, de faire décoller un avion et de le faire se poser sur la piste d'atterrissage. Sans moi, il n'aurait été qu'une marionnette à Washington, et sans moi encore, la guerre nucléaire aurait été rendue impossible. Mais j'étais là, moi, à la disposition du président, un instrument entre ses mains. Car s'il ne savait pas de quelle manière procéder pour tuer un million de personnes, il pouvait s'en remettre à moi et me demander de le faire à sa place. Or, à l'époque, je n'avais pas encore saisi que nous n'étions qu'une poignée dans le monde à savoir tuer et que si nous avions refusé de le faire, la guerre n'aurait pu avoir lieu. Par conséquent, je détruisis Kiev et tuai neuf cent mille personnes, un fou m'ayant intimé l'ordre de le faire ! »

Le lieutenant m'avait écouté attentivement et maintenant il me regardait, bouche bée.

Puis dans un sifflement, je lui demandai : « Vous a-t-on jamais parlé d'éthique dans les Forces armées de l'air ? Vous a-t-on jamais demandé de vous inscrire à un cours intitulé : « La responsabilité incombant aux pilotes de guerre » ? Cela, bien sûr, n'est pas le cas et ne le sera jamais. Car, ce qu'ils veulent de vous dans les Forces armées, c'est que vous obéissiez aux ordres et que vous fassiez ce que l'on vous demande de faire. On vous dit : Cela est bien, cela est mal et il n'y a que la patrie qui compte. Mais jamais l'on ne vous dit que les actes que vous commettrez resteront à jamais gravés en votre conscience et que c'est vous qui aurez à en subir les conséquences. On vous dit de mettre Kiev à feu et à sang et six heures plus tard les Russes disent à Pavel Chernov, un pilote qui aurait pu devenir votre ami, de détruire Los Angeles. Et pour se justifier, l'on vous dit que tout le monde doit mourir un jour. Mais si, en tuant les Russes, vous vous tuez aussi, pourquoi alors le faire ?

— Mais j'ai promis d'obéir aux ordres », répondit le lieutenant.

De désespoir, le survivant de l'holocauste en moi se tut et je dis, radouci :

« Que croyez-vous qu'il arrivera si vous n'obéissez pas aux ordres et que vous épargniez des millions de vie ? Qu'ils vous feront comparaître en cour martiale, qu'ils vous démettront de vos fonctions ou qu'ils vous tueront ? Mais serait-ce pire que ce que vous feriez à Kiev ? »

Le lieutenant demeura silencieux pendant un bon moment puis il me dit en me regardant droit dans les yeux :

« S'il y avait autre chose que vous pouviez me dire, n'importe quoi, et que je vous promettais de m'en rappeler, que me diriez-vous ? »

Épuisé, je poussai un long soupir et lui dis :

« Vous savez, mon garçon, si vous étiez complètement fermé et que vous insistiez pour dire que vous avez raison et qu'il vous faut suivre les ordres, les choses seraient beaucoup plus faciles pour moi. Pourquoi se trouve-t-il que vous soyez un type bien ?

— Car il se trouve que je suis vous, monsieur !

À ce moment, je sentis qu'une main me frôlait l'épaule et vis en me retournant que c'était Leslie qui arrivait. Et du coup, je compris ce qu'elle venait faire en ces lieux.

« Me présenteras-tu ? dit-elle en s'adressant à moi. Et sous ce clair de lune, elle avait l'air d'une sorcière, d'une déesse de la nuit, ses longs cheveux blonds laissés à l'air libre.

— Lieutenant Bach, dis-je, je vous présente Leslie Parrish, mon épouse et votre âme sœur, celle que vous êtes destiné à rencontrer après maintes tribulations, la femme des jours meilleurs, et celle après laquelle vous avez toujours soupiré !

— Bonjour », lui dit-elle en guise de salutation.

— Je... ah... Bonjour ! » lui répondit-il au bout d'un moment. « Mon épouse, avez-vous dit ?

— Cela pourrait arriver, lui répondit-elle à son tour.

— Êtes-vous bien sûr de ce que vous avancez et que c'est de moi dont il s'agit », lui demanda-t-il, sceptique.

— Il s'agit bien de vous, mais non de moi ou plus exactement d'une autre moi. Car il est une jeune Leslie qui dans le moment se trouve en début de carrière et qui vous cherche, se demandant qui vous êtes, où vous vous trouvez et quand viendra le jour où vous vous rencontrerez ! »

Le jeune lieutenant était ébahi. Il n'arrivait pas à croire que la femme qui se trouvait là devant lui pouvait être l'incarnation de la femme qu'il rencontrerait dans un avenir plus ou moins rapproché. Alors il lui dit :

« Je n'arrive pas à le croire. Vous êtes celle que je rencontrerai au cours de ma vie future ?

— Au cours de l'une de vos vies futures ! précisa Leslie.

— Mais comment faire pour nous rencontrer ? Et où vous trouvez-vous présentement ? lui demanda-t-il à nouveau.

— Tant et aussi longtemps que vous resterez dans l'armée, lui répondit-elle, nous ne pourrons nous rencontrer. Et il est possible que nous ne nous rencontrions jamais, car cela se veut votre destinée dans l'une de vos vies futures.

— Mais s'il est vrai que nous sommes des âmes soeurs, rétorqua-t-il, nous ne pouvons faire autrement que de nous rencontrer. Car les âmes soeurs ne sont-elles pas faites pour passer le reste de leur vie ensemble ?

— Pas toujours, lui répondit Leslie qui n'avait jamais été plus belle qu'en ce moment et qui manifestement comprenait que le jeune lieutenant aurait voulu faire un saut dans le temps pour bientôt la rencontrer.

— Je ne croyais pas qu'il pouvait en être ainsi, dit-il enfin. Mais quelle est la force ou le motif qui puisse faire que des âmes soeurs ne se rencontrent pas ? »

Je ne sais trop qui de mon épouse ou d'une Leslie parallèle lui répondit, car voici ce qu'elle lui dit en substance :

« Mon cher Richard, dans cette vie ou dans une autre, vous bombarderez Kiev et votre ami, le pilote russe, lui, bombardera Los Angeles. Or, le studio de la Twentieth Century-Fox, où je serai occupée à tourner un film à ce moment, sera détruit, ne se trouvant qu'à quelques pas de l'endroit où explosera la première bombe. Et moi, je serai tuée sur-le-champ ! »

Tout en parlant, elle se tourna vers moi, terrifiée à l'idée que nous puissions être séparés par la mort. Et en elle, la voix de cette Leslie parallèle s'éleva et dit : « Il est des vies dans lesquelles les âmes soeurs ne se rencontrent jamais ! »

Je m'approchai de plus près et lui mit mon bras autour du cou. Et quand enfin elle se fut calmée, je lui dis : « Nous n'y pouvons rien !

— Tu as raison », me répondit-elle. Puis se tournant vers le lieutenant, elle ajouta d'une voix triste : « Il n'y a que vous, lieutenant, qui y puissiez quelque chose ! »

Tout avait été dit et il n'y avait rien d'autre à ajouter. Aussi Leslie, forte des recommandations de Pye, se projeta dans notre futur simultané et imagina que nous étions à nouveau à bord de notre hydravion. Puis elle s'imagina en train d'actionner la manette des gaz, et alors, tout ce qui se trouvait autour de nous fut comme agité par des secousses...

Puis, plus rien.

Mon Dieu, me dis-je alors. *Le lieutenant, sur les ordres du président, pourrait tuer des milliers de femmes, d'hommes et d'enfants. Il n'épargnerait ni les médecins, ni les libraires, ni les boulangers, ni les comédiens, ni les musiciens, ni personne, ni même son âme soeur ! Il détruirait la nature, les animaux, les musées, les livres, les peintures, les fleurs et les fontaines, et rien de ce que nous pourrions lui dire ne l'arrêterait.*

C'était horrible. Mais Leslie, qui avait lu dans mes pensées, me prit la main et me dit : « Il se peut, Richard chéri, que nous n'ayons pu l'en empêcher. Mais il se peut aussi que nous ayons pu nous y opposer. »

Chapitre VIII

*L*eslie garda la main à la manette des gaz jusqu'à ce que l'hydravion ait pris son envol. Et quand celui-ci fut à quelque cent pieds au-dessus du niveau de l'eau, elle lui fit prendre sa vitesse de croisière, puis le ramena en position horizontale.

Malgré le ciel bleu et la mer scintillante, l'atmosphère n'était pas à la fête dans le poste de pilotage et nous nous demandions encore comment il se faisait que des êtres humains intelligents puissent se laisser séduire par la perspective d'une guerre. Qui plus est, il nous était difficile d'accepter l'idée que pareille folie puisse menacer nos jours et ceux d'autrui.

« Pye, dis-je enfin, pourquoi avons-nous choisi d'emprunter ces sentiers particuliers plutôt que d'autres sillonnant le plan infini et pourquoi avons-nous choisi de nous confronter à ces vies passées plutôt qu'à certaines autres ? Pourquoi avons-nous dû rencontrer Leslie à son piano et Richard aux commandes de son avion de chasse ?

— Ne pouvez-vous deviner ? » répondit-elle en s'adressant à Leslie et à moi-même, et en nous invitant à relever le défi. Cherchant à voir ce que Leslie et Richard avaient en commun, je pensai alors que tous deux étaient jeunes et un peu désorientés.

Leslie, quant à elle, émit l'hypothèse qu'il s'agissait d'un problème de perspective et dit : « Tous deux n'en étaient-ils pas rendus à un point où il leur fallait prendre conscience de l'importance de leur choix ? »

Pye acquiesça et dit : « Vous avez touché juste, Leslie !

— Et c'est aussi à cause d'un problème de perspective que nous nous retrouvons ici ? dis-je à mon tour.

— Non, répondit Pye d'un ton ferme. « Il n'y a pas de raison particulière à votre présence en ces lieux. Vous y êtes par hasard.

— Oh, Pye ! Je vous en prie, fis-je.

— Qu'y a-t-il, Richard ? me répondit-elle. Vous ne croyez pas au hasard ou à la coïncidence ? Eh bien, dans ce cas, vous devez croire que c'est vous qui avez navigué jusqu'ici !

— Je doute qu'il en soit ainsi », dis-je en regardant Leslie d'un air complice. Puis j'ajoutai à l'intention de Pye :

« Il s'agit d'une farce entre Leslie et moi. Car si elle n'a aucun sens de l'orientation lorsqu'elle est au sol, Leslie devient une merveilleuse navigatrice dès qu'elle se trouve dans les airs. Mieux que personne, elle sait nous diriger.

— C'est moi la navigatrice », dit alors Leslie en souriant. « Par conséquent, je suis la seule responsable de notre présence ici.

— Elle croit plaisanter en affirmant cela, rétorqua Pye, et pourtant si ce n'avait été d'elle, Richard, vous ne seriez pas ici. Le savez-vous ? »

J'acquiesçai et dit : « À la maison, je passe pour le spécialiste des phénomènes extra-sensoriels, des voyages astraux et des expériences du seuil de la mort. Je suis celui qui reste debout des nuits entières à étudier et à fouiller dans les livres. Leslie, elle, ne s'intéresse guère aux livres. Et pourtant, quand il s'agit de lire l'avenir, c'est elle qu'on vient consulter...

— Richard », dit Leslie avec véhémence, « je ne lis pas l'avenir, et tu le sais très bien. Je suis une personne sceptique de nature et le deviens encore plus s'il est question de tous ces phénomènes extra-sensoriels.

— Ainsi, vous n'accordez aucune valeur à ces phénomènes, lui demanda Pye.

— Euh ! répondit Leslie. Il me faut admettre que certaines des hypothèses avancées par Richard sont parfois vraisemblables et qu'il arrive même qu'elles soient corroborées par des scientifiques. J'ai appris par conséquent à considérer avec respect, voire à trouver intéressantes ses idées, farfelues ou non, ses hypothèses, corroborées ou non. Bref, je trouve fascinant le regard qu'il jette sur le monde. Ceci dit, j'ai le sens pratique et les deux pieds posés sur terre.

— En a-t-il toujours été ainsi ? lui demandai-je pour la taquiner.

— Oh ! » objecta-t-elle en comprenant ce à quoi je faisais allusion. « Tu n'as pas le droit de tirer de conclusions à partir d'expériences qui remontent à mon adolescence. Qui plus est, j'ai mis un terme à toutes ces expériences que je jugeais effrayantes.

— Leslie avait une faculté d'intuition tellement grande, dit Pye, qu'elle en était effrayée. Aussi a-t-elle cherché à endiguer cette faculté et cherche-t-elle encore à le faire. Les personnes qui ont le sens pratique et se disent des sceptiques n'aiment pas savoir qu'elles ont un don et aiment encore moins avoir recours à des pratiques étranges.

— Ma chère pilote, dis-je alors à Leslie, jamais tu ne cesseras de m'étonner. Car il n'est pas donné à tous de pouvoir actionner la manette des gaz d'un avion à bord duquel nous ne nous trouvons pas. Je comprends maintenant pourquoi tu ne voulais pas retourner à Los Angeles.

« — Cesse de faire l'idiot, me répondit Leslie. Je n'aurais jamais piloté cet avion si tu ne m'avais demandé de le faire. Quant à Los Angeles, c'est toi qui tenais à y aller ! »

Leslie disait vrai. Je l'avais convaincue de venir avec moi à Spring Hill et de laisser la maison et ses nombreuses activités en plan pour quelque temps. Je lui avais promis un voyage qui serait riche en expériences de toutes sortes, qui apporterait une réponse à certaines de nos questions et nous ouvrirait à de nouvelles idées. Car les idées pour nous étaient source de joie et d'espérance. Nous ne pouvions résister à leur appel.

— D'où viennent les idées ? demandai-je alors à Pye.

— Dix degrés vers la gauche, me répondit-elle.

— Pardon, objectai-je. Je crains que vous ne m'ayez mal compris. Je parlais des idées et me demandais, entre autres, pourquoi elles nous viennent en de si étranges moments.

— Dans le plan, vous trouverez réponse à toutes vos questions, dit Pye. Maintenant, tournez plutôt de vingt degrés vers la gauche, puis atterrissez. »

Je me sentais en présence de Pye, notre guide, comme je m'étais toujours senti en présence de mes instructeurs de vol. Tant et aussi longtemps qu'ils demeuraient avec moi dans l'avion, je n'avais pas peur.

« Ça va, Wookie ? demandai-je à Leslie. Te sens-tu prête pour une nouvelle aventure ? »

Elle acquiesça. Alors, je fis les manoeuvres que Pye m'avait demandé d'effectuer, puis je rentrai le train d'atterrissage, baissai les volets et coupai les gaz.

« Bien, dit Pye. Maintenant, déplacez-vous de deux degrés vers la droite et manoeuvrez en direction du sentier jaune, droit devant vous, sur le plan, dans l'eau. Bon, maintenant augmentez un tant soit peu votre vitesse. Voilà. C'est parfait ! »

On se serait cru en enfer tant le vacarme était infernal et la chaleur insupportable. Partout autour, il y avait d'immenses fourneaux desquels jaillissaient des flammes d'un rouge vif, et des chaudières géantes dans lesquelles se trouvait du matériel en fusion que déposaient ensuite sur une surface d'acier des grues mécaniques.

« Oh ! mon Dieu », dis-je.

Une voiturette électrique tourna le coin et s'arrêta près de nous. Une jeune femme mince en salopettes et chapeau à rebord rigide en descendit, et nous ne sûmes jamais si oui ou non elle nous avait salués, car si elle l'avait fait le son de sa voix avait été étouffé par le bruit environnant. Puis, comme elle s'avançait vers nous, un chaudron faillit renverser tandis que des étincelles couleur de jade jaillissaient des moules à lingots placés derrière elle.

La jeune femme était menue ; elle avait des yeux d'un bleu intense et des cheveux blonds bouclés.

« Quel endroit, n'est-ce pas ? » nous dit-elle en guise d'introduction. Puis elle nous tendit des chapeaux à rebord rigide et nous dit : « Vous n'en aurez probablement pas besoin, mais ferez quand même bien de les conserver à portée de la main, car si la direction vous surprend sans vos chapeaux... » Puis, nous gratifiant d'un large sourire, elle fit le geste de quelqu'un qui se fait trancher la gorge. Visiblement, elle semblait fière de travailler là où elle oeuvrait.

« Mais nous sommes incapables de leur toucher, dis-je en parlant des chapeaux.

— Ici, vous l'êtes », me répondit-elle en hochant la tête.

Alors, nous prîmes les chapeaux qu'elle nous tendait et non seulement nous pûmes les toucher, mais encore les mettre sur nos têtes, auxquelles ils s'ajustèrent parfaitement bien. Puis, la jeune femme nous intima l'ordre de la suivre.

Me demandant qui pouvait bien être cette jeune femme, je jetai un regard à Leslie. Celle-ci, lisant dans mes pensées, haussa les épaules et fit un mouvement de la tête qui signifiait qu'elle n'en avait pas la moindre idée.

« Pourriez-vous nous dire comment vous vous appelez ? » me risquai-je alors à demander à la jeune femme.

Surprise, elle s'arrêta net et parut réfléchir un instant. Puis, elle haussa les épaules et nous dit avec un large sourire : « Appelez-moi Tink. Tous les autres noms qui me sont donnés sont si formels. »

Puis, elle reprit sa marche et nous fit faire une visite guidée de l'endroit : « Le minerai est acheminé jusqu'aux cribleurs qui se trouvent à l'extérieur », nous expliqua-t-elle en nous montrant certaines installations. « Ensuite il est lavé, puis dirigé vers une trémie principale. »

À ces paroles, Leslie et moi échangeâmes un regard qui en disait long sur notre ignorance.

« De là, poursuivit-elle, il est acheminé jusqu'à un creuset — et en passant je vous signale qu'il y en a vingt sur cet étage — où il est chauffé à cent cinquante degrés. Ensuite, il est amené jusqu'ici.

« Mais de quoi parlez-vous donc ? me risquai-je à lui demander.

— Mes explications, répondit-elle, au fur et à mesure que je vous les donnerai, constitueront autant de réponses à vos questions, et alors vous comprendrez de quoi je parle.

— Mais... » objectai-je.

Elle ne tint pas compte de mon objection et poursuivit en disant : « On infuse du xénon au mélange lors de son passage sur la chaîne de montage, puis on recouvre ce dernier d'une couche de chondrite en poudre d'une épaisseur de vingt microns, ceci pour en faciliter le démoulage. Et suite à toutes ces opérations, on obtient des lingots. »

Les lingots n'étaient pas d'acier, mais de verre, et passaient de l'orangé au translucide en se refroidissant.

Dans une pièce, des robots industriels taillaient les lingots comme si c'étaient des diamants.

« C'est ici que les blocs sont taillés, polis et énergisés, dit Tink. Et remarquez qu'aucun d'eux n'est semblable », ajouta-t-elle.

Puis notre guide nous conduisit à un autre étage et nous dit, l'air triomphant : « Nous sommes à l'étage de la finition, et c'est ici que vous êtes attendus ! »

Les portes, qui s'étaient ouvertes sur notre passage, se refermèrent derrière nous.

Dans la pièce où nous entrâmes, tout était calme, silencieux, propre et ordonné. Des tables et des bancs s'alignaient le long des murs et sur chaque table reposait un bloc de cristal poli. Les gens qui travaillaient aux tables étaient muets, et on se serait cru en face d'artistes plutôt qu'en présence d'employés d'usine. Ils travaillaient avec soin et étaient complètement absorbés par leur ouvrage.

Au bout d'un moment, nous ralentîmes le pas et nous nous arrêtâmes à la table d'un jeune homme costaud, assis sur une chaise pivotante et qui inspectait au moyen d'une tourelle ultra-moderne, un bloc de cristal géant. Ce bloc était si transparent qu'il était à peine visible, quoique travaillé de façon extraordinaire. À l'intérieur du bloc, on pouvait apercevoir un réseau de filaments lumineux et doucement colorés ainsi que des mini-lasers.

L'homme appuya sur l'un des boutons de l'appareil se trouvant à ses côtés, et l'on put voir que quelque chose se passait à l'intérieur du bloc de cristal.

« Il s'assure que toutes les connexions ont été faites », dit Tink, presque dans un murmure. « Car il suffit d'un filament mal raccordé pour que toute la structure interne soit défectueuse ! »

À ces paroles, l'homme se retourna et nous observa pendant un moment. Puis, il nous dit bonjour et nous souhaita la bienvenue. Il avait l'air aimable et nous accueillit comme si nous avions été de vieilles connaissances. Immédiatement, je le trouvai sympathique.

Nous lui retournâmes son bonjour, puis je profitai de l'occasion pour lui demander si je le connaissais ou l'avais déjà rencontré.

Ma question le fit sourire et il me répondit : « Je crois effectivement que nous nous sommes déjà rencontrés, mais je doute que vous vous souveniez de moi. Je m'appelle Atkin et fut votre monteur-régleur dans une de vos vies et votre maître zen dans une autre. Mais cela n'a pas la moindre importance », ajouta-t-il en haussant les épaules.

Curieux, je lui demandai à quoi il travaillait.

« Voyez vous-même », me répondit-il en me montrant du doigt un microscope binoculaire posé à côté d'un bloc de cristal, nous invitant à nous en approcher.

« Oh ! mon Dieu ! dit Leslie après avoir regardé au travers du microscope binoculaire.

— Qu'y a-t-il, lui demandai-je.

— Ce bloc de cristal, Richard, ce n'est pas un bloc de cristal, mais un bloc à idées ! À l'intérieur, y sont assemblées une foule d'idées. On dirait une toile d'araignée.

— Que veux-tu dire ?

— Ces idées ne sont pas traduites en mots ; toutefois, elles peuvent l'être si nous nous y appliquons !

— Essaie, lui dis-je. Dis-moi quels mots tu utiliserais pour traduire ce que tu vois.

— Oh ! fit-elle encore. C'est extraordinaire !

— Parle, dis-je. Parle. Je t'en prie.

— D'accord, je vais essayer. Ici, il est question de la difficulté à faire des choix éclairés et de l'importance de nous en tenir à ce que nous croyons être la vérité. On y dit aussi que nous avons une connaissance instinctive de ce qui est bon pour nous. » Puis, se tournant vers Atkin, elle lui dit : « Je m'excuse pour cette lecture malhabile. Mais peut-être pourriez-vous nous lire l'inscription sur cette section argentée ? »

En guise de réponse, Atkin lui lança un sourire généreux, puis il lui dit : « Vous vous débrouillez très bien. » Ensuite, il se plongea dans sa lecture et dit à voix haute :

« Ce sont les petits changements que nous effectuons aujourd'hui qui nous assurent des lendemains meilleurs. Ceux qui choisissent la voie difficile connaîtront de grandes joies, et les récompenses qui les attendent ne leur seront remises que bien plus tard. Aucune décision n'est absolue ou ne vient avec une garantie. »

Puis il fit une pause et dit : « Voyons voir maintenant ce dont il est ici question. » Et, poursuivant sa lecture, il dit : « Il n'y a qu'une façon d'éviter les choix ou les décisions difficiles, et c'est de se retirer de la société et de devenir un ermite ; mais ceci, en soi, est un choix difficile.

« Et cette idée maintenant, reliée à la précédente : C'est en adhérant à nos idéaux et à notre sens du devoir, sans même savoir ce que cela nous rapportera, que nous pouvons le mieux former notre caractère. L'un des défis qu'il nous est donné de relever lors de notre passage sur Terre, c'est de nous élever au-dessus des systèmes qui se veulent des bois morts : Je parle des guerres, de la religion, du patriotisme, de la destruction. Il faut refuser ces systèmes et travailler à notre croissance, à la réalisation de soi.

— Que penses-tu de celle-ci », me demanda ensuite Leslie qui n'avait cessé d'inspecter le bloc de cristal. « Elle se présente comme suit : Il est impossible de régler à la place de quelqu'un d'autre le problème qui consiste à ne pas vouloir régler ses problèmes. » Puis se tournant vers Atkin, elle lui demanda si elle s'était bien fait comprendre.

« C'était parfait », lui répondit-il.

Heureuse d'avoir compris le code, elle inspecta à nouveau le cristal et y lut ce qui suit :

« Aussi qualifiés ou méritants que nous soyons, jamais nous n'accéderons à une vie meilleure si nous ne croyons pas que cette vie nous est destinée, si nous ne la désirons pas, ne l'imaginons pas et ne nous donnons pas la permission d'en jouir. »

« Il n'y a rien de plus vrai », dit-elle en guise de commentaire.

Puis, s'adressant à Atkin, elle lui dit : « C'est donc de cela qu'a l'air une idée lorsque nous la formulons les yeux fermés. Tout est là dans le cristal. Les interrelations, les questions, les réponses, de même que les différentes possibilités pour chacune des questions existantes. Vraiment, c'est génial !

— Merci, répondit Atkin modestement.

— Tink ? demandai-je à mon tour.

— Qu'y a-t-il ? me répondit-elle.

— C'est donc vrai que l'on fabrique les idées, et que celles-ci proviennent d'une fonderie, d'une aciérie ?

— Les idées ne sont pas des bulles d'air », me répondit-elle avec le plus grand sérieux. « Non plus que du bonbon. La vie des gens repose sur les idées, et celles-ci doivent avoir du poids pour pouvoir résister à leurs interrogations et aux critiques formulées par des cyniques. Elles doivent dégager une certaine force pour pouvoir résister au choc qu'elles provoquent et qui, bien souvent, se manifestent sous la forme des conséquences de nos actions. »

Je secouai la tête, ayant peine à croire à ce que je venais d'entendre. *Certes*, me dis-je, *nos meilleures idées nous viennent toujours à l'état de produit fini, mais de là à accepter qu'elles soient fabriquées de toute pièce dans une fonderie !...*

« Il est terrible d'échouer, poursuivit Tink, simplement parce que nous n'avons pas maintenu notre ligne de pensée, ce que nous croyions être la vérité. Toutefois, il est plus terrible encore de se rendre compte que les idées qui nous ont soutenus notre vie durant, sont fausses ou périmées. »

Puis, fronçant les sourcils, elle me dit d'un ton résolu : « Mais bien sûr que les idées sont fabriquées dans une fonderie. Toutefois, elles ne sont pas d'acier, car l'acier est trop mou et peut plier.

— En voici une absolument fantastique », dit soudainement Leslie, en regardant à travers le microscope binoculaire avec l'air d'un commandant qui regarderait par le hublot de son sous-marin. « Elle se lit comme suit : Le commerce est une idée et un choix rendus manifestes. Car tout ce qu'il est possible de voir ou de toucher est l'expression d'une idée rendue visible ou évidente par quelqu'un qui décida de lui donner existence.

« Et en voici une autre : Il nous est impossible de donner de l'argent à une personne dans le besoin et située dans un autre espace-temps. Toutefois, nous pouvons l'approvisionner en idées qu'elle transformera à sa guise en biens matériels et qui feront d'elle une personne riche. »

« Essaie à ton tour », me dit enfin Leslie en me cédant la place au microscope binoculaire. Puis, se tournant vers Atkin, elle lui dit : « Je suis fascinée. Tout est si précis et si clairement pensé.

— Nous faisons de notre mieux », répondit Atkin modestement. « Mais venez plutôt jeter un coup d'oeil à celle-ci. Il s'agit d'une idée maîtresse que nous avons baptisée du nom de Choix. Ceci dit, quand nous nous apercevons de failles dans le raisonnement des êtres humains face à des choix ou aux prises avec des idées maîtresses, il nous faut arrêter le processus de la production d'idées et ce, jusqu'à ce qu'ils aient mis de l'ordre dans leurs idées. Mais, bien sûr, nous ne sommes pas là pour vous arrêter dans votre démarche, mais pour vous aider à progresser. »

Quand il eut terminé, je regardai par le microscope binoculaire et m'absorbai complètement dans ce que je vis. Les dessins formés par les idées dans le bloc de cristal retenaient toute mon attention. Cependant, je pouvais entende Atkin qui, ravi d'avoir trouvé un interlocuteur attentif et intéressé au plus haut point par ses travaux, discutait avec Leslie et lui disait : « ...tout comme les étoiles, les planètes et les comètes attirent à eux la poussière ; en raison du phénomène de la gravité, convergent vers nous les idées les plus diverses, allant de la simple intuition au système de pensée le plus complexe. Comme eux, nous sommes des centres autour desquels gravitent les idées ! »

Ce que je vis me parut à la fois inquiétant et familier. Inquiétant, car ce n'est pas tous les jours que l'on voit des couleurs chatoyantes se transformer en idées sous ses yeux ; et familier, car il m'avait déjà été donné un jour d'être frappé par des idées du même genre et d'assister au même spectacle se déroulant devant mes yeux fermés.

Alors, je pensai intérieurement : *Comme nous brodons autour des idées. Car, que nous soyons Zoulou ou Arabe et que nous écrivions en sténo ou en lettres calligraphiées, ou que nous utilisions le langage mathématique, celui de la musique ou de l'art, ou que nous discutions de la théorie du champ unifié, d'ongles artificiels ou de satellites, toujours nous nous référons aux mêmes idées autour desquelles nous ne faisons qu'élaborer.*

Puis, un rayon violet vint capter mon attention ; il s'en dégageait le message suivant : « Une mauvaise chose qui nous arrive n'est pas la pire chose qui puisse nous arriver. Car la pire chose qui puisse nous arriver est qu'il ne nous arrive rien. »

Et ayant terminé ma lecture, je demandai à Atkin : « Est-ce bien de cela dont il s'agit ?

Ce ne peut être plus exact », me répondit-il.

Puis ce fut une ligne émeraude, à la surface du diamant de cristal, qui attira mon attention et j'y décodai le message suivant : « L'amour, la santé, la longévité, la joie, l'argent, le bonheur, tout nous est accessible. De nos choix dépendent notre mode de vie et notre destinée, et quiconque n'assume pas ses choix se condamne à vivre par défaut et devient une personne malheureuse et impuissante.

« Mais ce sont là, presque mot pour mot, les paroles que tu as prononcées à l'intention de la jeune Leslie ! » fis-je remarquer à mon épouse.

Sur une autre des faces de cet énorme diamant de cristal, une autre idée venait se greffer aux précédentes. Elle disait en substance : « À la naissance, il est fait don, à chacun de nous, d'un bloc de marbre et des outils servant à le tailler et à le transformer en une magnifique sculpture. Ce bloc, il nous est cependant possible de le traîner comme un boulet au pied et de ne pas y toucher, comme il nous est possible de le faire éclater en mille morceaux ou de le façonner magnifiquement. »

Et en parallèle à cette idée, on pouvait lire ce qui suit : « Nous disposons de l'expérience de nos vies passées ; les échecs et les réussites que nous y avons connus, sont pour nous comme autant de balises, de points de repère, de signaux d'alarme, de travaux achevés ou inachevés. »

Et comme corollaire à ces deux idées, se trouvait la suivante : « Lorsque nous approchons de la fin, notre sculpture a pris forme et il ne reste plus qu'à y apporter les retouches finales et à la polir. Le travail entrepris des années auparavant en est à son point culminant, et alors nous pouvons faire mieux que nous n'avons jamais fait. Toutefois, pour qu'il en soit ainsi, il nous faut nous dégager des apparences et ne pas tenir compte de l'âge. »

En silence, je poursuivis ma lecture et tombai sur la pensée suivante : « Nous sommes les créateurs de notre propre univers et récoltons ce que nous avons semé exactement. Nous ne pouvons par conséquent nous plaindre de ce que la vie nous a donné en partage, non plus blâmer les autres de ce qui nous arrive. Car si notre vie n'est pas satisfaisante ou au contraire si elle l'est, c'est à nous que nous le devons. Qui plus est, nous sommes les seuls à pouvoir en changer le cours quand et lorsque nous le désirons. »

Puis, je déplaçai légèrement le microscope binoculaire et aperçus, disposée sur une facette angulaire, la pensée suivante : « Une idée peut être quelque chose d'absolument fascinant. Toutefois, tant et aussi longtemps que nous n'en tirons pas les enseignements ou que nous ne nous appliquons pas à la mettre en pratique, elle demeure inutile.. »

Bien sûr, pensai-je. *Une idée ne devient intéressante que lorsque nous cherchons à en vérifier le bien-fondé ou à la mettre à exécution. Car c'est alors et alors seulement qu'elle prend vie et nous conduit à bon port ou nous précipite sur de dangereux récifs.*

Quand j'eus détourné mon regard du bloc de cristal, celui-ci redevint ce qu'il était auparavant : un objet d'art à admirer. Hors de ma portée maintenant, toutes ces pensées qui y étaient inscrites et se bousculaient encore toutes chaudes dans ma tête. Remis en place ce merveilleux instrument qui n'attendait qu'une nouvelle utilisation.

« Terminé ? » me demanda alors Atkin en se tournant vers moi.

J'acquiesçai. Voyant cela, il appuya sur un bouton et, sans autre forme d'adieu, il fit disparaître le bloc de cristal. Puis, devant mon étonnement, il ajouta en guise d'explication : « Le bloc ne s'est pas volatilisé ; je l'ai simplement fait passer dans une autre dimension.

— Aimeriez-vous profiter du fait que vous êtes ici pour transmettre une idée à un autre vous-même, à un moi parallèle ? » nous demanda alors Tink.

Je clignai des yeux et lui demandai ce qu'elle entendait par là. Elle me répondit :

« Qu'avez-vous appris que vous pourriez transmettre à un moi parallèle ? Quelle idée lui communiqueriez-vous si vous vouliez lui faire un cadeau et l'aider à changer sa vie ? »

Une vieille maxime que j'aimais beaucoup me revint alors en mémoire, et je la lui répétai : « Il n'est de catastrophe qui ne puisse se transformer en bénédiction et de bénédiction qui ne puisse se transformer en catastrophe. »

À ces mots, Tink échangea un regard avec Atkin. Visiblement, elle était fière de moi. En souriant, elle me dit : « Quelle jolie maxime ! » puis elle me demanda si j'avais pu, au cours de ma vie en vérifier le bien-fondé.

— Et comment ! dis-je. Au point même qu'elle n'a plus de secrets pour Leslie et moi. Grâce à elle, nous avons appris à ne plus juger aussi rapidement de ce qui est bien et de ce qui ne l'est pas. À plusieurs reprises, nous avons été à même de constater que ce que nous considérions des échecs étaient en fait des réussites, et que ce que nous supposions des réussites étaient des échecs lamentables risquant de nous conduire à la catastrophe.

— Que sont pour vous le bien et le mal ? nous demanda alors Atkin, nonchalant.

— Le bien, c'est ce qui nous rend profondément heureux, et le mal, profondément malheureux ! lui répondis-je.

— Et qu'entendez-vous par profondément heureux ou malheureux ? me demanda-t-il encore.

— J'entends que cela nous rend heureux ou malheureux pendant des années ou la vie entière, lui répondis-je à nouveau.

Il acquiesça, satisfait, et en resta là.

Prenant la parole à son tour, Tink me demanda : « D'où tirez-vous votre inspiration ? »

Elle avait souri au moment où elle m'avait posé cette question, mais je savais néanmoins qu'elle la considérait de la plus haute importance et qu'elle s'attendait à une réponse intelligente de ma part.

Aussi, je me montrai désireux de lui plaire et voulus m'assurer, avant de lui répondre, qu'elle ne rirait pas de ma réponse.

— Non, me répondit-elle, à moins que vraiment ça ne soit hilarant !

— Eh bien, lui dis-je alors, l'inspiration nous vient de la fée du sommeil. Des idées merveilleuses nous viennent aussi alors que nous sommes à peine éveillés et qu'il nous est difficile de les coucher sur papier !

— Et il y a aussi la fée de la douche » enchaîna Leslie à son tour, « ainsi que la fée du jardinage, la fée de la natation, la fée des balades en voiture. Bref, c'est dans les moments les plus inattendus, alors que nous sommes encore ruisselants ou que nous avons les mains pleines de terre ou aucun papier à portée de la main que nous viennent nos meilleures idées. Mais puisque nous les chérissons tellement, ces idées, et qu'elles nous tiennent tellement à coeur, nous faisons tout ce qui est en notre pouvoir pour nous en rappeler. Et si jamais il nous est donné de rencontrer cette merveilleuse fée, nous l'embrasserons jusqu'à l'étouffer tellement nous l'aimons ! »

À ces paroles, Tink se prit le visage entre les mains et se mit à pleurer. Puis toujours sanglotante, elle nous dit : « Merci ! merci ! », puis elle ajouta : « Je vous aime moi aussi et fais tout ce qui est en mon pouvoir pour vous aider. Que de travail il me faut accomplir parfois ! »

Alors je la regardai, pantois, et lui dis : « *Vous êtes la fée des idées ?*

— Oui », me répondit-elle, le visage entre les mains.

À ce moment, Atkin crut bon d'intervenir et il dit calmement en replaçant les aiguilles de son appareil à zéro :

« Ici, c'est Tink qui dirige. Et elle prend son travail très au sérieux ! »

Directement concernée, la jeune femme s'essuya les yeux, puis elle dit :

« Vous, qui me traitez de toutes sortes de noms, je sais que vous m'écoutez bien souvent et que vous prêtez une oreille attentive à mes propos. Moi, en retour, je vous inspire des idées merveilleuses, en espérant qu'elles sachent vous plaire. Et plus vous portez attention à celles-ci, plus je m'efforce de vous en insuffler d'autres. Car je désire que vous soyiez heureux. »

Puis, changeant de sujet, elle dit : « Ici, je ne cesse de répéter à tous que nous devons vous donner le meilleur de nous-mêmes et vous communiquer nos meilleures idées qui, comme vous le savez, ne font pas que flotter dans l'espace, mais vous pénètrent profondément. Ceci dit, vous m'excuserez pour ces larmes.» Et se tournant vers Atkin, elle lui dit : « Veuillez passer tout ceci sous silence...

— Tout quoi ? » lui demanda-t-il en la regardant fixement.

Mais elle, se retournant vers Leslie, crut bon de lui dire aussitôt : « Je désire que vous sachiez que de toutes les personnes qui travaillent ici, je suis la moins avisée, la moins brillante.

— De toutes les personnes qui sont ici, Tink est la plus charmante », dit Atkin en l'interrompant. Puis il poursuivit en disant. « Tous ici, nous avons été professeurs. Nous aimons notre travail, et il nous arrive parfois de ne pas nous montrer trop malhabiles, mais il demeure qu'il n'est pas un d'entre nous qui ait autant de charme que Tink. Une idée, si elle ne peut charmer, demeure chose morte, car alors personne ne s'y intéresse. Mais permettez à la fée du sommeil de vous inspirer une idée, et voilà que cette dernière vous charmera au point que vous ne pourrez vous empêcher de la mettre à exécution pour alors changer le monde. »

Incroyable ! me dis-je alors en moi-même. *Certains aspects de nous-mêmes auraient emprunté d'autres chemins et seraient occupés à transmettre des idées qu'ils auraient fabriquées de toutes pièces au reste du monde. Ils seraient occupés à faire du savoir quelque chose de clair comme le cristal. Vraiment, cela semble impossible. Et pourtant, il ne peut en être autrement puisque ces autres aspects de nous-mêmes sont là, devant nous, pour en témoigner !*

Alors que j'étais encore en train de réfléchir à tout ceci, un robot de la taille d'un chien berger fit son apparition ; il transportait un lingot vierge qu'il vint déposer avec toutes les précautions du monde sur la table derrière Atkin. Ensuite, il fit entendre un joli « bip bip », s'en retourna comme il était venu. Lorsqu'il eut tourné le coin, je demandai à Tink :

111

«C'est donc ici que sont fabriquées toutes les idées, toutes les questions ainsi que leurs réponses ? C'est donc d'ici que nous vient l'inspiration qui nous permet de donner forme à de nombreuses inventions ?

— Toutes les idées ne viennent pas d'ici, me répondit Tink. Car il en est que vous pouvez produire vous-mêmes, et qui sont les conclusions que vous tirez de vos propres expériences... Celles que nous créons ici sont ces idées merveilleuses qui viennent vous surprendre en ces moments où vous êtes capables de ne pas vous laisser hypnotiser par l'apparente réalité quotidienne. Sitôt façonnées, nous les mettons à votre disposition en les diffusant dans l'espace infini. Et alors, il ne vous reste plus qu'à choisir celles, parmi elles, que vous considérez les plus intéressantes.

— Et les idées pour des livres», lui demandai-je à la fin de ses explications, «est-ce d'ici qu'elles nous viennent ? Est-ce vous qui m'avez inspiré *Jonathan Livingston le Goéland* ?

— L'histoire de *Jonathan Livingston le Goéland* vous seyait à merveille», me répondit-elle en fronçant les sourcils. «Toutefois, vous étiez débutant dans le métier quand vous l'avez écrite, et trouviez difficile de m'écouter... Ainsi, vous ne vouliez écrire ce livre qu'à la condition qu'il ne soit pas trop étrange ou dérangeant. J'ai dû faire des pieds et des mains pour obtenir votre attention et pour que vous consentiez à m'écouter un tant soit peu au moment de la conception de cet ouvrage.

— Des pieds et des mains ? m'enquis-je alors.

— J'ai dû, si vous préférez», dit la pauvre Tink qui avait enfin trouvé un exutoire à sa frustration, «avoir recours à une expérience psychique avec vous et vous souffler littéralement le titre de l'ouvrage, vous l'annoncer à voix haute même. Enfin, j'ai dû aussi vous en faire défiler les images et les textes devant les yeux, comme un film. Et quoique je n'aime pas avoir recours à ces méthodes, il m'a été impossible d'agir autrement. Car si je ne l'avais pas fait, jamais le pauvre Jonathan n'aurait vu le jour.

— J'ai l'impression que vous exagérez un peu, lui rétorquai-je, confus. D'abord, vous n'avez pas eu à faire des pieds et des mains pour que je vous écoute, puis vous n'avez pas eu à crier à tue-tête lorsque vous m'avez soufflé le titre.

— Avec tous les efforts qu'il m'a fallu déployer, c'est ce qu'il m'a semblé vraiment», rétorqua Tink.

C'était donc la voix de Tink que j'avais entendue au cours de cette nuit mémorable, et qui doucement me répétait : «Jonathan Livingston le Goéland.» C'était donc sa voix qui m'avait effrayé cette nuit-là, ne sachant d'où elle venait!

«Merci de m'avoir fait confiance, dis-je alors à Tink.

— Il n'y a pas de quoi», me répondit-elle, cordiale. Puis me regardant d'un air solennel, elle ajouta :

«Les idées sont partout autour de vous et cependant, vous oubliez trop souvent de les saisir au vol. Quand vous êtes en quête d'inspiration, ce sont elles que vous cherchez. Et si vous errez dans le noir, ce sont elles encore qui doivent vous montrer le chemin. Mais il vous faut être vigilants et saisir ces idées au passage, puis les mettre à exécution.

— Oui, madame, lui répondis-je.

— Et, je vous avertis», poursuivit-elle sans même se soucier de mes dernières paroles, «Jonathan Livingston le Goéland est la dernière idée de livre qui vous soit communiquée par le biais d'une expérience psychique. Car jamais plus je n'aurai recours à ces méthodes avec vous!

— Nous n'avons plus besoin de tels artifices, n'est-ce pas?» lui répondis-je, l'air complice.

Et elle esquissa un sourire, comme Atkin fit entendre un petit gloussement et nous dit, à Leslie et à moi : «Vous êtes attendrissants tous les deux. À bientôt.» Puis il se remit au travail.

«Nous reverrons-nous un jour?» dit alors Leslie à l'intention de Atkin et de Tink.

Ce fut cette dernière qui prit la parole et lui répondit, en s'essuyant le coin de l'oeil :

« Bien sûr que nous nous reverrons. Et en votre absence, je prendrai des notes sur toutes les idées que nous aurons conçues. Et surtout prenez garde à ne pas vous éveiller trop tôt le matin et n'oubliez pas non plus les balades, les douches et la natation ! »

Et à peine avions-nous fait un dernier salut de la main à Tink et à Atkin que déjà nous entendions le grondement familier et voyions l'image de la salle dans laquelle nous nous trouvions se dissiper dans une espèce de brouillard. Puis en moins de deux, nous fûmes à nouveau transportés dans l'hydravion qui déjà s'élevait dans les airs, Leslie la main encore posée sur le levier de démarrage. Et pour la première fois depuis le début de cette étrange aventure, nous nous sentions heureux de ce qui venait de nous arriver.

« Quelle merveilleuse aventure ! » dit Leslie à l'intention de Pye. « Je vous en remercie infiniment.

— Je suis contente qu'elle vous ait plu et heureuse d'avoir pu vous satisfaire, répondit Pye. Maintenant, il me faut vous quitter.

— Vous nous quittez, dis-je soudain alarmé.

— Je vous quitte pour une période indéterminée, me répondit-elle. Car maintenant vous savez comment faire pour entrer en contact avec vos moi parallèles ; et Leslie, quant à elle, sait comment faire pour vous conduire jusqu'à eux puis, le temps venu, pour vous ramener jusqu'ici. Et vous aussi, Richard, pourrez bientôt accomplir toutes ces choses, lorsque vous aurez appris à vous laisser guider par vos perceptions intérieures. »

Sur ce, elle nous offrit un sourire radieux, semblable à celui adressé par des instructeurs de vol à leurs élèves qui s'apprêtent à voler en solo. Puis enfin, elle prononça ces dernières paroles : « Les possibilités sont illimitées et l'important est que vous vous laissiez aller à explorer ensemble ce qu'il importe le plus que vous exploriez. Ceci dit, nous nous reverrons bientôt. »

Il y eut un échange de sourire, le flamboiement d'un rayon laser de couleur bleue, puis plus rien. En moins de temps qu'il ne faut pour le dire, Pye avait disparu.

Chapitre IX

« *J*e ne sais pas si tu as la même impression, mais l'aventure semble moins tentante depuis qu'elle n'y est plus, dit Leslie en jetant un regard aux sentiers qui tapissaient le fond de l'océan. Et n'as-tu pas l'impression que tout est sombre au-dessous et qu'aucun sentier ne semble invitant ? »

J'avais la même impression car l'océan, jusque-là étincelant, avait pris une allure menaçante et reflétait non plus le doré et l'argenté, mais le bourgogne et le cramoisi. Quant aux sentiers, ils étaient couleur de suie.

Je manoeuvrai avec difficulté et dis à Leslie : « J'aurais aimé pouvoir lui poser d'autres questions !

— Mais pourquoi crois-tu qu'elle soit si sûre que nous pouvons maintenant tenter l'expérience nous-mêmes ? me demanda Leslie.

— Elle est à un niveau d'évolution supérieur au nôtre, a vécu ce que nous avons vécu et doit par conséquent être sûre de ce qu'elle avance, lui répondis-je.

— Mm, fit-elle en guise de réponse.

— Bon, passons maintenant aux choses sérieuses et tentons une nouvelle expérience, lui dis-je encore.

Leslie acquiesça. J'aimerais, dit-elle, suivre les conseils de Pye et faire la connaissance d'un aspect de moi-même qu'il est particulièrement important que je connaisse. Puis elle ferma les yeux et essaya de se concentrer.

Mais comme rien ne se produisait, elle les rouvrit au bout de quelques minutes et dit : « Comme c'est étrange, il n'y a rien vers quoi je sois emportée. Peut-être devrais-tu me laisser piloter et tenter l'expérience à ton tour ? »

Du coup, je sentis mon corps se tendre et je me dis : *Ce n'est pas l'effet de la peur, mais de la prudence.* Puis, je pris une grande respiration, fermai les yeux, chassai toute tension et essayai de me concentrer. « Coupe les moteurs et passe à l'atterrissage, dis-je enfin à Leslie, « car nous voici arrivés. »

Là où nous atterrîmes, filtrait un clair de lune et une grande tente se dressait dans le ciel. Le toit qui la recouvrait était fait de peaux de cuir enduites de poix le long des coutures. À la lueur des torches allumées, les pans de la tente, couleur de terre, paraissaient rougeâtres. Nous nous trouvions manifestement dans le désert, et partout autour de nous, on avait allumé des feux de camp. Au loin, on pouvait entendre le piaffement et le hennissement des chevaux ainsi que les voix des hommes enivrés.

À l'entrée de la tente se tenaient des gardes qui, s'ils n'avaient pas été en haillons, auraient pu passer pour des centurions. Écorchés et meurtris, ils portaient des tuniques renforcées de bronze, des casques, et des bottes de cuir et de fer visant à les protéger du froid. À la ceinture, ils portaient épée et poignard.

« En pleine nuit, et dans le désert de surcroît, dis-je. Dans quoi donc nous sommes-nous embarqués ? »

Surveillant les gardes du coin de l'oeil, je me tournai vers Leslie et lui pris la main. Les gardes, bien sûr, ne nous voyaient pas, mais s'ils l'avaient pu, c'en eût été fini de Leslie.

« As-tu la moindre idée de ce que nous faisons ici ? lui demandai-je en chuchotant.

— Non, mon chéri », me répondit-elle en chuchotant à son tour, « car c'est toi qui es le responsable de cette aventure. »

Tout à côté, une bataille éclata entre des hommes ivres, et personne ne s'aperçut de notre présence.

« J'ai l'impression que la personne que nous cherchons se trouve dans la tente », dis-je à Leslie.

À ces paroles, elle me regarda avec appréhension, puis dit courageusement : « S'il s'agit d'un autre toi-même, il ne peut y avoir de danger, n'est-ce pas ?

— Peut-être n'est-il pas nécessaire que nous le rencontrions celui-là, lui répondis-je. Peut-être est-ce une erreur et qu'il vaudrait mieux que nous partions ?

— Mais Richie, objecta-t-elle, ce n'est pas par hasard que nous nous trouvons ici. L'homme dans la tente a certainement quelque chose d'important à nous apprendre. N'es-tu pas curieux de savoir de quoi il peut s'agir ?

— Non, lui répondis-je. Tout ceci ne me dit rien qui vaille. » Et de fait, j'étais aussi enthousiaste à l'idée de rencontrer cet homme que je ne l'aurais été à l'idée de me retrouver face à une araignée géante.

Leslie eut un moment d'hésitation, puis elle me dit : « Tu as sans doute raison. Nous nous contenterons par conséquent de jeter un regard rapide à cet homme, puis nous nous en retournerons. Je désire seulement savoir qui il est. »

Et avant même que je ne puisse l'arrêter, elle avait glissé dans la tente. La seconde d'ensuite, elle se mit à hurler.

Sans plus attendre, je la rejoignis et vis un homme à la figure bestiale qui la menaçait d'un couteau.

«Non», fis-je au moment même où l'homme se précipitait sur elle, mais sans succès, Leslie étant immatérielle.

Dans son élan, l'homme avait été projeté par terre et son couteau lui était tombé des mains. Mais comme il était très rapide, il avait pu le saisir avant que celui-ci ne cesse de rouler sur le sol. Puis, se redressant, il se jeta sur moi, et tant bien que mal, je tentai de l'esquiver en m'éclipsant de côté. Mais il avait aperçu mon geste et me frappa durement à la poitrine. Son mouvement l'entraîna vers l'avant, et je demeurai immobile tandis qu'il me traversait de part en part avec toute la masse de son corps lourd et trapu. On aurait dit une roche qui aurait traversé la flamme et serait venue rebondir dans cette tente.

Sans perdre une minute, l'homme se releva, puis tira une épée de sa botte et se prépara à me plaquer à nouveau. Mais une fois de plus, il passa à travers moi comme à travers de l'air et vint atterrir au pied d'un tabouret aux angles marqués, démolissant un chandelier sur son passage. Cela n'eut pas l'heur de le déranger, car en un instant, il était à nouveau sur pied, épée à la main et les poings relevés dans un geste de combat. Dans ses yeux, on pouvait lire la rage.

Puis, à petits pas, il s'avança vers nous et nous examina attentivement. Il arrivait à peine à l'épaule de Leslie, mais cela ne l'empêchait pas de vouloir nous tuer. Sans autre avertissement, il fit le geste d'empoigner Leslie par le col, un mouvement aussi rapide que l'éclair, mais ne trouva rien à agripper. L'air stupéfait, il resta là à regarder sa main vide.

«Stop!» criai-je alors.

À ces paroles, il se retourna vivement et me lança son couteau par la tête.

« Je ne veux plus de violence », hurlai-je à nouveau.

Il s'arrêta net et me regarda droit dans les yeux. Je lui rendis son regard et pensai que ce n'était pas tant la violence que l'intelligence émanant de ce regard qui était effrayante. *Lorsque cet homme tue*, me dis-je en moi-même, *il le fait par plaisir.*

« Saurez-vous me parler », lui demandai-je au bout d'un moment. « Et qui êtes-vous ? »

Je ne m'attendais pas à ce qu'il comprenne mes paroles, et pourtant cela fut le cas, car il me répondit, l'oeil mauvais et la respiration haletante : « At-Elah. Je suis At-Elah, le Fléau de Dieu. » Et il se frappa la poitrine avec fierté.

Quel langage il parlait, nous ne le sûmes jamais, et pourtant nous le comprenions tout comme lui nous comprenait.

« At-Elah ? dit alors Leslie. Attila ?

— *Attila le Hun ?* dis-je à mon tour, surpris.

Le guerrier sembla se réjouir de ma surprise, car il grimaça de plaisir. Puis ses yeux se rétrécirent et, aboyant presque, il ordonna à un de ses gardes de venir.

En moins d'une seconde, l'un des hommes qui montaient la garde à l'entrée se retrouva dans la pièce, le poing serré sur la poitrine en guise de salutation à son chef.

Nous désignant du doigt, Attila lui dit doucement : « Tu ne m'avais pas dit que j'avais des visiteurs. »

Le soldat, l'air terrifié, jeta un regard circulaire autour de lui et dit à son chef : « Mais vous n'avez pas de visiteurs, grand chef.

— Quoi, rétorqua ce dernier, tu me dis qu'il n'y a pas d'homme dans cette tente, et pas de femme non plus ?

— Non, répondit le soldat. Il n'y a personne.

— Bon, c'est tout ce que je désirais savoir, dit enfin Attila. Tu peux partir maintenant. »

Le garde salua son chef, tourna les talons et se dirigea précipitamment vers la toile qui tenait lieu de porte d'entrée. Mais en un instant, Attila, plus leste, l'avait rejoint et, comme un cobra s'apprêtant à saisir sa proie, il lui enfonça son épée profondément entre les deux épaules. Cela fit un bruit sourd.

L'effet était saisissant, car non seulement l'homme avait été tué, mais il avait été coupé en deux. Et tandis que son corps s'écroulait presque sans bruit sur le sol, son fantôme, lui, s'en retourna à son poste, inconscient du fait que le corps était mort.

Leslie jeta un regard en ma direction. Elle était horrifiée.

Attila retira son épée du corps de l'homme mort, puis il appela son autre garde.

Celui-ci se hâta de pénétrer dans la tente et attendit les ordres de son chef.

« Sors-moi ce corps d'ici », lui dit Attila, sans plus d'explication.

Le garde acquiesça, salua son chef et traîna le corps hors de la tente.

Attila remit son épée dans son fourreau, puis il revint vers nous.

« Pourquoi ? lui demandai-je alors. Pourquoi ? »

Attila haussa les épaules, releva la tête et dit, l'air visiblement dégoûté : « Si mes propres gardes sont incapables de voir ce que je vois dans ma tente, alors...

— Non, répliquai-je. Il ne s'agit pas de cet homme, mais de la raison pour laquelle vous êtes tellement méchant. N'avez-vous pas tué d'autres hommes, détruit des villes entières ? »

Visiblement, il était flatté de ma remarque et il me dit : « Froussard ! Vous voudriez que j'ignore les méfaits de l'empire. Que je ne me soucie pas des impérialistes romains et de leurs marionnettes. Infidèles !

Ce sont des infidèles. Or, Dieu me demande de débarrasser le monde de ces infidèles et moi, j'obéis aux ordres de Dieu. »

À ces dernières paroles, ses yeux se mirent à briller.

Puis il enchaîna aussitôt : « *Que le malheur s'abatte sur vous, peuples de l'Ouest, car je vous punirai d'un fléau ; oui, le Fléau de Dieu élèvera son épée contre vous et vous tuera tous. Vos femmes périront sous les roues de mes chariots et vos enfants seront écrasés par les sabots de mes chevaux.* »

— Les ordres de Dieu, dis-je alors. Des paroles vides de sens, quoique plus puissantes que les flèches, car semant la terreur et la peur tout autour. Oh ! comme il est facile de s'emparer du pouvoir des fous de ce monde ! »

Attila m'avait écouté attentivement et il me dit, ébahi : « Mais ce sont là mes propres paroles !

— Montre-toi d'abord impitoyable », poursuivis-je, moi-même atterré de m'entendre proférer de telles paroles, « puis proclame-toi le Fléau de Dieu. Intime à tes armées d'aller grossir le nombre de celles qui osent croire en un dieu d'amour, puis de celles qui ont peur de défier un dieu de haine. Et dis ensuite à tes hommes qu'il leur faut, tous ensemble, combattre l'ennemi et soumettre l'infidèle. Dis-leur que s'ils meurent avec le sang de l'infidèle sur leurs épées, Dieu leur donnera du vin, des oranges, des femmes et tout l'or de la Perse. Amène-les enfin à croire que Dieu ne tolère pas qu'on n'obéisse pas à ses ordres et dote-toi ainsi d'un pouvoir qui te permettra de détruire des villes entières. Puis, utilise ce pouvoir qui transforme la peur en rage au coeur des hommes et leur permet de se battre contre l'ennemi. »

Quand j'eus terminé, Attila se mesura à moi du regard. Ces paroles horrifiantes, il le savait, avaient un jour été miennes, quoique maintenant elles fussent siennes. Qui plus est, il savait que je savais qu'il en était ainsi.

Comme il m'avait été facile de me reconnaître en Tink et en Atkin et de me sentir familier avec cet univers de créativité qui était le leur. Et comme il m'était difficile maintenant de me reconnaître en ce monstre haineux. Il y avait trop longtemps qu'il était enfermé à double tour, dans un donjon, au plus profond de moi-même, et maintenant qu'il se trouvait en face de moi, j'avais peine à le regarder.

Attila se détourna de moi, fit quelques pas dans l'autre direction, puis il s'arrêta net. Il comprenait qu'il ne pouvait pas nous tuer ou nous obliger à partir et que sa seule alternative était de se servir de son intelligence pour nous faire peur. Revenant alors vers nous, il nous dit, le visage grimaçant :

«On me craint comme on craint Dieu !»

Qu'advient-il de l'intelligence lorsqu'elle se met à croire à ses propres mensonges ? me demandai-je. *S'engouffre-t-elle dans le maelström de la folie, s'écoule-t-elle pour disparaître à travers le drain de la nuit ?*

Leslie prit la parole à son tour et, dans une ultime tentative, elle dit, l'air triste :

«Ceux qui croient que le pouvoir doit résulter de la peur sont, au même titre que ceux qu'ils effraient ou cherchent à intimider, prisonniers de la peur. Ensemble, ils ne forment pas une assemblée très brillante. Et quel choix insensé pour un homme de votre trempe que de recourir à de pareilles méthodes. Si seulement vous acceptiez de mettre votre intelligence au service de...

— *Femme*, rugit-il. *Tais-toi !*

— Vous êtes craint de ceux qui honorent la peur», poursuivit-elle avec douceur. «Vous pourriez être aimé de ceux qui honorent l'amour.»

Il vint s'asseoir face à moi, dans son fauteuil de bois massif, et tourna le dos à Leslie. La colère se lisait sur chacun des traits de son visage. Puis, citant à nouveau sa propre interprétation des Écritures, il prononça ces paroles :

«*Je réduirai à néant les tours, les murs et les murets que vous avez érigés, et aucune des pierres de votre village ne résistera à mon passage.* » Puis, il ajouta : « Que je les aime ou non, ce sont les commandements de Dieu. »

Il était la rage incarnée, le couvercle sur le chaudron qui écume. Il dit enfin : « Je hais Dieu et je hais ses commandements. Mais j'obéirai à ce Dieu qui m'est familier. »

Nous ne répondîmes pas.

Puis il ajouta : « Quant à votre Dieu d'amour, que jamais il n'ose élever sur moi son épée ni me dévoiler son visage ! » Et bondissant sur ses pieds, il empoigna son fauteuil, le leva à bout de bras, puis le jeta par terre. « S'il est si puissant, votre Dieu, pourquoi ne se mesure-t-il pas à moi ? »

La colère et la peur sont les pôles opposés d'une seule et même chose, je le savais, comme je savais qu'une personne effrayée est une personne qui a peur de perdre quelque chose. Or, de toute ma vie, jamais je n'avais vu quelqu'un d'aussi terrifié et d'aussi coléreux que cet homme, cet autre moi-même que j'avais tenu enfermé au plus profond de mon être.

« Pourquoi avez-vous si peur ? » lui demandai-je.

À cette question, il me toisa du regard et me dit d'un air méchant : « Vous osez ! Vous osez dire que At-Elah a peur ! Eh bien, pour cela, je vous ferai couper en menus morceaux et je vous donnerai en pâture aux chacals ! »

De désespoir, je me tordis les doigts, puis je lui dis : « Mais vous ne pouvez me toucher, At-Elah, vous ne pouvez me faire de mal. Et je ne peux vous faire de mal non plus. Je suis votre esprit, l'être que vous serez dans deux mille ans. »

— Vous ne pouvez me faire de mal ? me demanda-t-il, se rasérénant quelque peu.

— Non, lui répondis-je.

— Mais si vous le pouviez, vous m'en feriez ?

— Non, lui répondis-je à nouveau.

Il réfléchit à la question pendant un moment, puis il dit à voix haute : « Comment cela se peut-il ? Je suis l'Ange de la Mort, le Fléau de Dieu.

— Je vous en prie, dis-je encore. Cessez de mentir et dites-moi pourquoi vous avez si peur !

S'il ne l'avait déjà fait, il aurait à nouveau détruit son fauteuil en le lançant par terre. « Parce que je suis seul dans un monde insensé », finit-il par avouer. « Parce que Dieu est cruel et qu'il est malhonnête. Et que pour être roi, je dois être le plus cruel de tous. Dieu nous dit : « Tue ou meurs ! »

Ces aveux avaient dissipé sa fureur et il poussa un profond soupir. Puis il poursuivit en disant : « Je suis seul, aux prises avec des monstres. Et rien n'a de sens », cela d'une voix si basse que nous pûmes à peine l'entendre.

« C'est trop triste », dit Leslie d'un air angoissé. « J'en ai assez. Je m'en vais. » Sur ce, elle tourna les talons et passa au travers du mur de la tente.

Pendant un moment, je restai là à observer cet homme et me dis en moi-même qu'il était l'un des personnages les plus féroces de toute l'histoire. S'il l'avait pu, il nous aurait certainement tués. Pourquoi donc en avais-je pitié ?

Je rejoignis ensuite Leslie et la trouvai debout, au beau milieu du désert, à quelque distance du fantôme de l'homme qui avait été tué. Elle était angoissée et regardait l'homme qui, lui, regardait son cadavre étendu sur une charrette, et se demandait ce qui avait bien pu lui arriver.

« Vous êtes capable de me voir, n'est-ce pas ? » cria-t-il à l'intention de Leslie. « Et n'est-ce pas que je ne suis pas mort, puisque je suis ici ? Puis il ajouta : « Êtes-vous mon épouse ? Avez-vous l'intention de m'emmener au paradis ? »

Leslie ne répondit pas.

« Es-tu prête à partir ? », lui demandai-je.

Croyant que je m'adressais à lui, le fantôme du garde mort se mit à hurler et dit : « Non, ne m'emmenez pas.

— Leslie, dis-je encore, actionne la manette des gaz.

— Fais-le, cette fois », me dit-elle d'une voix plaintive. « Moi, je suis incapable de penser.

— Je ne sais pas si j'y arriverai », lui répondis-je.

Mais elle ne sembla pas m'entendre et resta là, au milieu du désert, à regarder au loin.

— *Je dois y arriver*, me dis-je alors, en essayant de me détendre et d'imaginer notre hydravion posé là dans le désert et moi en train d'actionner la manette des gaz.

Mais rien ne se produisit.

« Mon bon Ronchonneur », dis-je alors, suppliant, « je t'en prie, envole-toi.

— Femme », cria alors le fantôme du Hun mort, « viens ici. »

Leslie ne broncha pas et, voyant cela, le fantôme s'approcha de nous, l'air résolu. *Les mortels ne peuvent nous faire de mal*, me dis-je alors en moi-même, *mais en va-t-il de même pour les fantômes, et particulièrement celui d'un garde barbare ?*

Je me plaçai entre Leslie et le fantôme, mais celui-ci attaqua.

En moi, l'esprit et les réflexes guerriers d'Attila se ravivèrent, car rien de pire que la peur pour modifier les agissements d'un homme. « Ne te laisse pas attaquer, attaque-le à ton tour », me soufflait cet esprit !

Alors je me précipitai sur le fantôme de l'homme mort, le frappai à la figure, puis sous les genoux. C'était un solide gaillard et j'en étais un aussi.

« Frapper sous les genoux n'est pas honnête », disait une voix en moi.

Et une autre voix, qui n'était autre que celle d'Attila lui répondait : « Va au diable avec ton honnêteté. »

L'homme culbuta par-dessus moi, puis il essaya de se relever, mais alors je le frappai avec autant de vigueur que je le pus à la nuque.

« Les hommes bien élevés ne frappent pas à la nuque », dit la voix intérieure.

« Tue-le », renchérit à son tour la voix d'Attila.

Au moment même où je m'apprêtais à me servir de ma main comme d'une hache et à lui assener un coup sous le menton, tout s'arrêta net. Et en moins d'une seconde, nous étions à nouveau dans l'hydravion qui s'apprêtait à prendre son envol. De noir qu'il était, le ciel était devenu bleu.

« Arrête, je t'en prie, Richard », cria Leslie, au moment même où ma main allait frapper l'altimètre. L'air piteux, je lui demandai si elle allait bien.

La main posée sur la manette des gaz, elle acquiesça et dit, encore tremblante : « Je n'aurais jamais cru qu'il puisse nous faire de mal.

— C'était un fantôme et nous étions nous aussi des fantômes, lui répondis-je. Par conséquent, il lui était possible de nous attaquer.

Je ne me sentais pas encore remis de mes émotions et je me disais comme s'il m'était difficile de le croire : *Attila, croyant obéir à un Dieu cruel et qui, dans les faits, n'existe pas, a opté pour la haine et la destruction. Pourquoi donc a-t-il fallu qu'il en soit ainsi ?*

Nous volâmes en silence pendant un bon moment, Leslie et moi, et je me dis pendant tout ce temps que cela faisait maintenant deux fois que je me confrontais à un aspect de moi-même qui était celui d'un tueur. Une fois, je m'étais vu sous les traits d'un jeune lieutenant et une autre fois sous ceux d'un vieux guerrier barbare. *Pourquoi ?* me demandai-je. *Pourquoi en est-il ainsi ? Serait-il possible que moi, ancien militaire dans ma vie présente, je sois hanté par ce qui aurait pu être, par ce que j'aurais pu faire ?*

« Moi, un Attila le Hun », dis-je enfin à voix haute. « Et pourtant si on le compare au pilote qui a détruit la ville de Kiev, cet homme est un enfant de chœur. »

Leslie demeura songeuse un moment, puis elle dit : « Les événements, nous le savons, se déroulent de façon simultanée. Quant à la conscience, peut-être subit-elle une évolution ? Enfin, une chose est certaine et c'est que plus tôt, dans cette vie, tu as permis que le gouvernement te forme à devenir un tueur. Aujourd'hui, tu ne le pourrais plus, car ta conscience a évolué. »

Puis prenant ma main, elle ajouta : « Il se peut qu'Attila soit aussi un aspect de moi et de tous ceux qui eurent un jour une pensée meurtrière. Et si nous oublions nos vies passées à la naissance, c'est que peut-être il nous faut repartir d'un pied neuf, en essayant de faire un meilleur travail cette fois-ci.

— Mais de quel travail parles-tu ? » faillis-je alors lui demander, lorsque soudain je compris que ce qu'il nous fallait apprendre, c'était à mieux aimer.

J'eus soudain l'impression que notre hydravion avait été rouillé lors de notre atterrissage.

« Cela ne te dérange pas que j'amerrisse et que je débarrasse Ronchonneur de toute cette saleté ? » demandai-je à Leslie.

Elle me regarda d'un air intrigué et j'ajoutai : « Tout cela est symbolique, je suppose ! »

Puis, lisant dans mes pensées, elle me dit après m'avoir embrassé sur la joue : « Pourquoi ne vis-tu pas ta vie en attendant de pouvoir dire à quelqu'un d'autre comment se comporter et ne laisses-tu pas à Attila le soin de vivre la sienne ? »

L'hydravion encore en marche se posa sur l'eau et continua d'avancer à une vitesse de cinquante milles à l'heure, faisant jaillir des fontaines qui retombèrent sur nous en milliers de gouttelettes étincelantes et lavèrent ma mémoire du souvenir de cette vie corrompue.

Je tirai la manette des gaz vers moi d'environ un pouce, désireux de ralentir notre course. Mais nous nous retrouvâmes plutôt
dans un autre monde.

Chapitre X

*N*ous atterrîmes dans un champ de verdure blotti au creux des montagnes au moment où le soleil allait se coucher dans un ciel maintenant devenu cramoisi.

La Suisse, me dis-je en examinant le paysage autour de moi, *nous voici en Suisse.*

Au loin, dans la vallée, on pouvait apercevoir des rangées d'arbres, de petites maisons aux toits pointus et le clocher d'une église. Et sur la route menant au village, on pouvait discerner une charrette tirée non pas par un cheval ou un tracteur, mais par une vache.

Autour de nous, rien d'autre que cette immense étendue verte, parsemée ici et là de fleurs sauvages et que surplombaient des rochers aux faîtes enneigés. Mais nulle trace de chemin ou de sentier et nulle âme qui vive.

« Pourquoi crois-tu que nous sommes ici, demandai-je à Leslie. Et d'abord, où crois-tu que nous sommes ?

— En France, me répondit-elle machinalement. Puis, retenant son souffle, elle pointa son doigt en direction de la crevasse d'un rocher et me dit : «Regarde.»

Je tournai mon regard dans la direction indiquée et aperçus un vieillard vêtu d'une robe de bure brune. Il était agenouillé sur le sol, à côté d'un petit feu de camp et semblait occupé à extraire du minerai, car de petites particules d'un blanc jaunâtre, de la poussière de roche vraisemblablement, dansaient tout autour de lui.

«Qu'est-ce qu'un mineur fait là?» demandai-je à Leslie.

Elle observa la scène pendant un moment, puis me répondit, sûre d'elle : «Cet homme n'est pas un mineur, mais un ermite, occupé à prier.»

Puis elle prit la décision d'aller le retrouver. Elle se mit donc en marche et je la suivis, résolu cette fois à rester calme. Leslie se reconnaîtrait-elle en cet ermite comme moi en Attila?

Arrivés à proximité de l'homme, nous fûmes à même de constater que le scintillement aperçu ne provenait pas de poussières de roches, mais d'une colonne lumineuse descendant du ciel, à un mètre environ du vieillard. Et nulle part, il n'y avait trace de chalumeau ni de bruit ou de poussière.

«... Ce que vous avez reçu, vous le donnerez au monde», disait une douce voix émanant de la lumière. «Donnez à tous ceux qui ont soif de connaître d'où nous venons, de connaître la raison de notre vie et le chemin qui les attend vers l'au-delà.»

Une fois dans ma vie, il m'avait été donné de contempler une telle lumière et d'entrevoir un rayon de ce soleil qu'encore aujourd'hui j'appelle l'amour. Or cette lumière que j'apercevais aujourd'hui était en tous points semblable à la lumière que j'avais vue de nombreuses années auparavant. Elle avait la même intensité et semblait porteuse du même message d'amour.

Puis la voix dit encore : «Que tous ceux qui ont soif de vérité sachent qu'ils sont la vérité et que cette vérité les ramènera à leur demeure céleste.»

L'instant d'après, la colonne de lumière disparut et, à sa place, posé sur le sol, il y avait un manuscrit aux lettres calligraphiées.

L'homme, encore agenouillé, ne s'était pas aperçu de notre arrivée, et il priait les yeux fermés.

Leslie s'avança un peu et ramassa le manuscrit aux lettres dorées. Et en ce lieu mystique, ses doigts ne passèrent pas à travers le parchemin, comme ils l'auraient fait en d'autres temps.

Le manuscrit, à notre grande surprise, n'était pas couvert de runes ou d'hiéroglyphes, mais de caractères arabes, et le message qu'il contenait avait été rédigé en anglais.

Bien sûr, me dis-je à moi-même. *Le vieil homme lirait le manuscrit et dirait qu'il a été rédigé en français tandis qu'un Perse, lui, dirait qu'il a été rédigé en farsi. Ainsi en va-t-il avec les révélations : Elles se lisent en toutes les langues, et seul leur message compte.*

« Vous êtes des êtres de lumière », pouvait-on lire sur l'une des pages du texte. « Nés de la lumière, vous retournerez à la lumière et serez, sur le chemin, guidés par la lumière de votre être infini. »

Puis, sur une autre page, on pouvait lire ce qui suit : « Vous vivez dans un monde créé par vous de toutes pièces. La vérité prend sa source dans les coeurs, et ce que vous admirez le plus aujourd'hui, vous le deviendrez. » Ou encore : « Que ni l'apparente noirceur, ni le mal, ni ce vêtement usé qu'est la mort ne vous effraient ou vous déconcertent, car ils ne sont que les défis que vous avez choisis de relever. Sur la pierre de l'amour, venez poser votre tête ; à la source de l'amour, venez vous abreuver et tirer les forces qui, à chaque instant, vous permettront de transformer votre vie. »

Le manuscrit comportait des centaines et des centaines de pages que nous lûmes, éblouis. Sur l'une de celles-ci était inscrit le message suivant : « Vous êtes la vie rendue manifeste, le verbe fait chair, l'esprit incarné. Impérissables, ni l'épée ni le passage des ans ne peut vous atteindre. Car en vérité, chaque passage est un apprentissage. »

Leslie leva les yeux vers moi et nous pensâmes la même chose au même moment. « Si ce manuscrit réussit à nous éblouir, nous du vingtième siècle, quel effet n'aura-t-il pas sur ceux de ce douzième siècle ! » dit Leslie.

Nous nous penchâmes à nouveau sur le manuscrit. Nulle part, il n'y était question de rituels, de pratiques idôlatres, de catastrophes futures, de dieux cruels, de batailles contre les ennemis ou de destruction. Non plus question de temples, de rabbins, de prêtres, de congrégations, de jours saints ou de vêtements d'apparat. Il n'y était question que d'amour et le texte, manifestement, avait été rédigé par un être d'amour à l'intention d'autres êtres d'amour.

Qu'on répande ces idées à travers le monde, dans ce siècle qui est le leur, pensai-je, *comme autant de semences qui nous permettent de reconnaître le pouvoir que nous avons sur les croyances et de libérer le pouvoir de l'amour, et c'en est fini de la terreur : Le monde aura évité le Moyen Âge.*

Le vieil homme ouvrit les yeux et ne sembla nullement surpris de notre présence. Il me jeta un bref regard, puis il examina Leslie longuement.

Puis il dit : « Je m'appelle Jean-Paul Le Clerc, et vous, vous êtes des anges ! »

Et avant que nous soyons revenus de notre étonnement, il ajouta, l'air radieux : « Avez-vous aperçu la Lumière ? »

— Quelle merveilleuse source d'inspiration, lui répondit alors Leslie en lui remettant le manuscrit.

— Non pas qu'une source d'inspiration », rétorqua-t-il en reportant à nouveau son attention sur elle, alors que je me disais que s'il y avait un ange ici, c'était bien elle. « Ces mots, poursuivit-il, sont la vérité et la vie, et quiconque les lira en sera à jamais transformé ! Lorsque j'étais enfant, j'ai reçu de la Lumière la promesse que ce manuscrit me serait remis la nuit où vous m'apparaîtriez. Et voilà, maintenant je suis vieux, vous êtes venue et le manuscrit m'a été remis.

— Ce manuscrit transformera le monde, dis-je.

— Non, me répondit-il en me lançant un regard étrange.

— Mais ne vous a-t-il pas été remis pour qu'à votre tour vous le rendiez au monde ? lui demandai-je.

— Il fait office de test, me répondit-il à nouveau.

— De test ? » m'enquis-je.

Pour toute réponse, il me dit : « Je suis vieux et j'ai beaucoup voyagé. Et au cours de mes pérégrinations, j'ai beaucoup étudié, qu'il s'agisse de l'étude des Écritures saintes ou de celle des écritures païennes. Or, ces études, malgré leurs limites, m'ont appris une chose et c'est que toute religion digne de ce nom trouve son origine dans la Lumière. Mais ce sont les cœurs et non les mots qui sont porteurs de lumière.

— Mais, objectai-je, vous avez entre les mains quelque chose de si beau que vous ne pouvez pas ne pas le lire !

— Ce que j'ai entre les mains, me répondit-il, c'est du papier. Donnez ces pages à lire au monde, et elles seront comprises et appréciées de ceux qui cherchent ou connaissent déjà la vérité. Mais avant de les remettre au monde, ces pages, il faut les baptiser, leur donner un nom. Et de là naîtront tous les problèmes.

— Pourquoi cela engendrerait-il des problèmes que de donner un nom à ces pages ? dis-je. Pourquoi serait-ce la mort d'une chose que de la nommer ?

Il me regarda, surpris, et me répondit : « Ce n'est pas de nommer une chose qui est dangereux. Mais donner un nom à ce manuscrit, c'est participer à l'élaboration d'une nouvelle religion.

— Comment cela ? lui demandai-je.

Pour toute réponse, il me tendit le manuscrit et me dit : « Ces feuillets sont maintenant vôtres...

— Richard », lui dis-je.

Alors, il poursuivit en disant : « C'est à vous, Richard, que je remets ces feuillets directement issus de la Lumière de l'Amour. Voudrez-vous, en retour, les faire partager au reste du monde, les faire connaître à tous ceux qui ont faim et soif de vérité et qui n'ont pas eu comme vous le privilège d'en prendre connaissance dès l'instant où ils sont apparus ? Ou préférerez-vous les garder en votre seule possession ?

— Je les ferai connaître au monde, répondis-je.

— Et quel nom leur donnerez-vous ? » me demanda-t-il.

Mais où veut-il bien en venir ? me dis-je à moi-même. Puis, tout haut, je lui demandai : « Cela a-t-il une quelconque importance ?

— Oui, me répondit-il, car si vous ne vous chargez pas de leur donner un nom, d'autres s'en chargeront à votre place. Et ils appelleront ces feuillets *Le livre de Richard.*

— Ah ! très bien, je comprends, lui dis-je. Dans ce cas, je ne leur donnerai aucun nom en particulier et les appellerai simplement les pages.

— Et veillerez-vous sur ces Pages ? Vous assurerez-vous que personne n'en change le contenu, même s'il est obscur, ou n'en retire les passages qu'il n'aime pas ou ne comprend pas ?

— Je vous le promets, comme je promets que je ne tolérerai qu'aucun changement soit apporté à leur contenu. Après tout, ces feuillets sont issus directement de la Lumière !

— Êtes-vous bien sûr de ce que vous avancez ? » me demanda-t-il encore. « M'assurez-vous que jamais vous ne permettrez qu'on n'apporte quelque changement que ce soit aux feuillets, et pour aucune raison si valable soit-elle ? Et si les gens n'en comprennent pas le message ? S'ils le trouvent obscur ou qu'ils en sont offensés ?

— Le manuscrit restera tel quel », l'assurai-je encore.

Alors, l'ermite fronça les sourcils et me dit : « Qui donc croyez-vous être ainsi pour vous porter le défenseur des feuillets ?

— Mais j'étais ici quand ils sont apparus ! lui répondis-je. N'est-ce pas là une raison suffisante ?

— Ainsi donc, rétorqua l'ermite, vous êtes devenu le défenseur des feuillets !

— Ç'aurait pu être un autre, lui répondis-je. N'importe qui consentant à veiller sur les feuillets !

— Mais il doit y avoir un défenseur des feuillets, n'est-ce pas ? me demanda-t-il.

— C'est ce que je crois ! lui répondis-je.

— Et de cette croyance naîtra un nouveau culte, le culte des feuillets », proclama-t-il soudain. « Car quiconque se porte le défenseur d'un savoir et se dit prêt à donner sa vie pour ce savoir, en devient aussi l'esclave. De fait, il devient l'un des prêtres du dit savoir, de même que l'instigateur de changements et de bouleversements.

— Mais ces feuillets n'ont rien de menaçant, rétorquai-je. Ils parlent d'amour et de liberté.

— Et que sont l'amour et la liberté, sinon le contraire de la peur et de l'esclavage ? rétorqua-t-il à son tour.

— Cela semble évident », dis-je, vexé.

Mais où donc veut-il bien en venir ? pensai-je à ce moment. *Et pourquoi Leslie ne dit-elle mot ? Serait-ce qu'elle n'est pas d'accord avec moi ?*

« Croyez-vous », me demanda encore Le Clerc « que ceux qui tirent profit de la peur et de l'esclavage seront heureux que ces feuillets soient mis à la disposition du monde ? Croyez-vous qu'ils en apprécieront le message ?

— Je ne le crois pas, dis-je. Néanmoins, je considère que ces raisons ne sont pas valables et qu'elles ne devraient pas nous empêcher de propager le message contenu dans les feuillets. Car on ne peut laisser se perdre pareille Lumière !

— Donc, dit encore Le Clerc, vous me promettez que vous diffuserez le message de la Lumière et que vous vous en porterez le défenseur ?

— Je le promets !

— Et vos amis, les Pagites, vous promettez qu'eux aussi se porteront défenseurs de la Lumière ?

— Je le promets !

— Et s'il arrive, insista Le Clerc, que les apôtres de la peur et de l'esclavage convainquent le roi de ce pays que vous êtes dangereux, s'ils pillent votre maison et vous menacent de leurs épées, que ferez-vous alors ? Et comment protégerez-vous les feuillets ?

— Je m'enfuirai au loin et les emporterai avec moi, dis-je.

— Et si l'on vous poursuit et que l'on vous traque, que ferez-vous ? dit encore Le Clerc.

— Je me défendrai et me battrai. Tout cela au nom de la Lumière et des feuillets. Car certaines idées valent plus que la vie elle-même. S'il le faut, je donnerai ma vie pour les feuillets ! »

Le vieil homme soupira et dit : « Et ainsi débuta la guerre des Pagites. Les villes furent mises à feu et à sang. L'on vit dans les rues déferler des milliers de soldats à pied ou à cheval, portant casques, armures, épées, boucliers et bannières. » Puis il ajouta, sérieux : « Si elles ont lieu, ces guerres seront des guerres d'importance. Des dizaines de milliers de croyants, les apôtres du culte des feuillets, se joindront à vous, tandis que des dizaines de milliers d'apôtres de la peur et de l'esclavage se dresseront contre vous, menacés qu'ils seront par les principes d'égalité dont il est fait mention dans les feuillets. »

Je commençais à comprendre où voulait en venir Le Clerc.

« Pour qu'on puisse vous identifier, vous aurez besoin d'un sigle, d'un symbole, poursuivit-il. Lequel choisirez-vous ?

— Je choisirai le symbole de la Lumière, le sigle de la Flamme, dis-je le coeur serré.

— Et ainsi soit-il, dit à son tour Le Clerc. Les armées des défenseurs de la Flamme se mesureront aux armées des défenseurs de la Croix, sur les champs de bataille en territoire français. La victoire sera grande pour les défenseurs de la Flamme qui apporteront le feu purificateur aux citoyens des villes gouvernées par les défenseurs de la Croix. Mais bientôt, les armées des défenseurs du Croissant iront augmenter le nombre de celles des défenseurs de la Croix et, ensemble, ils marcheront sur vous. Ils seront cent mille venus du Nord, du Sud et de l'Est et vous, vous ne serez que quatre-vingt mille et ne pourrez les combattre.

— Arrêtez, voulais-je lui dire. Je connais la suite ! » Mais il poursuivit en disant :

« Et vous tous qui aurez voulu vous porter les défenseurs des Pages, vous serez maudits par les familles de ceux que vous aurez assassinés. Les pères, les mères, les femmes, les enfants et les amis de chacun des défenseurs de la Croix et du Croissant ayant succombé à vos coups, vous en voudront des meurtres que vous aurez commis et jureront de causer la perte des Pages et de leurs protecteurs. Vous, à votre tour, haïrez les chrétiens, les musulmans, les défenseurs de la Croix et ceux du Croissant, car ils auront tué les vôtres.

— Non », dis-je en sachant pertinemment que chacune des paroles qu'il prononçait était véridique.

— Et au cours de ces guerres, des autels et des cathédrales seront érigés à la gloire des feuillets et de leurs adeptes. Les chercheurs de vérité seront soumis à de nouvelles règles qui, plutôt que de leur apporter joie et délivrance, les étoufferont. Il leur faudra adhérer à de nouveaux rites, sous forme de chants, de rituels, de cérémonies à l'intérieur desquelles les prières et les offrandes d'encens et d'or seront obligatoires. De culte de l'amour, le culte des Pages se transformera en culte de l'or. De l'or pour construire de nouveaux temples toujours plus beaux, pour acheter des épées et pour sauver l'âme des incroyants.

« Enfin, lorsque vous mourrez, vous, premier défenseur des Pages, des fidèles désireront vous immortaliser. Ils sculpteront des statues et frapperont des pièces à votre effigie. Ils feront imprimer des images et peindre des tableaux et des fresques relatant votre histoire. Sur cette fresque particulière, seront représentées la Lumière, les Pages et la porte du Paradis. Il y aura aussi Richard le Grand, en armure, agenouillé devant l'ange de la Lumière lui confiant gentiment les feuillets. Puis, moi, le vieux Le Clerc, témoin de l'apparition, à genoux devant son humble feu de camp... Et ainsi se dérouleront les événements », dit-il en nous dévoilant une page non encore écrite de l'Histoire.

Non, pensai-je, *c'est impossible.*

Mais ce n'était pas impossible, c'était inévitable.

« Remettez ces feuillets au monde, dit encore Le Clerc, et on assistera à l'avènement d'une autre grande religion, d'un autre culte désireux de diviser les gens entre eux. Dans cent ans, un million de personnes auront péri à cause des feuillets et des idées qu'ils véhiculent. Dans mille ans, ce seront des dizaines de millions de personnes qui auront été anéanties. Tout ça à cause d'un bout de papier. »

Pas un instant, pendant son allocution, Jean-Paul Le Clerc ne s'était montré cynique, amer ou désabusé. Sa longue expérience et le savoir qu'il avait acquis le portaient à accepter les choses telles qu'elles étaient.

Je regardai Leslie et m'aperçut qu'elle frissonnait.

« Veux-tu mon manteau ? lui demandai-je.

— Je te remercie, Wookie, me répondit-elle, mais je n'ai pas froid. Si je frémis, c'est pour une tout autre raison.

« — Je crois avoir une idée de ce qui pourrait vous réchauffer », lui dit alors Le Clerc, en ramassant un tison et en faisant mine de mettre le feu aux feuillets.

« — Non », dis-je en m'emparant du manuscrit : « Vous n'avez pas le droit de brûler ce document porteur de vérité.

« — Le document brûlera, mais la vérité restera, répondit Le Clerc. Car la vérité est à la portée de quiconque désire la trouver. Ceci dit, c'est à vous qu'il revient de décider si oui ou non les feuillets doivent être détruits. Vous pouvez contribuer à l'avènement d'une nouvelle religion et être portés au rang des saints, ou vous pouvez... »

Ces dernières paroles m'horrifièrent. Je regardai alors Leslie et lut, sur son visage, une répulsion semblable à la mienne.

Puis, je vis Leslie prendre le tison des mains de l'ermite et mettre le feu aux quatre coins du manuscrit. Celui-ci s'enflamma immédiatement, puis s'envola en fumée, ne laissant que quelques cendres éparses, çà et là sur le sol.

Le vieil homme soupira d'aise. « Quelle soirée bénie », murmura-t-il enfin. « Car ce n'est pas tous les jours qu'il nous est donné de protéger le monde contre la venue d'une nouvelle religion ! »

Puis, regardant Leslie, il lui demanda, une lueur d'espoir dans les yeux : « Avons-nous épargné au monde cette guerre de religion ?

« — Oui, lui répondit-elle, car nulle part dans l'histoire, il n'est fait mention de guerre de religion entre les défenseurs des Pages et les défenseurs de la Croix. »

Puis, tous deux, échangèrent de tendres adieux, de sceptique à sceptique, et ensuite, le vieil homme nous salua de la tête et reprit la route vers ses montagnes.

Quant à moi, je ne pouvais me détacher de l'image des feuillets en train de brûler, de cette source d'inspiration devenue cendres et poussières.

« Que deviendront maintenant ceux qui auraient pu bénéficier du savoir contenu dans les feuillets ? Comment accéderont-ils à la vérité ? demandai-je à Leslie.

— Le Clerc te l'a dit », me répondit-elle, en regardant le vieillard qui s'éloignait. « La Vérité et la Lumière sont à la portée de ceux qui désirent les connaître.

— Je n'en suis pas certain, dis-je. Parfois, il est nécessaire d'avoir un professeur. »

Leslie se tourna alors vers moi et me dit : « Tu seras mieux à même de comprendre si tu te prêtes à l'exercice que voici : D'abord, imagine que de tout ton coeur, tu désires savoir qui tu es, d'où tu viens, où tu vas et la raison pour laquelle tu te trouves ici. Imagine ensuite que tu n'auras de cesse que lorsque tu auras trouvé réponse à toutes ces questions. »

J'acquiesçai et me prêtai à l'exercice suggéré par Leslie. Devant moi, une pile de livres que je passais au peigne fin, des manuscrits. Puis, je me vis en train d'assister à des conférences et de prendre part à des séminaires. Ensuite, je me vis méditer au sommet d'une montagne, tenir un journal dans lequel je faisais part de mes impressions, de mes déductions et de mes intuitions. Puis, je me vis m'informer auprès de gens instruits dans le domaine, bref en train d'accomplir toutes ces choses qu'il importe d'effectuer lorsqu'on désire accéder à la connaissance.

« Mission accomplie, dis-je à Leslie quand j'eus terminé l'exercice.

— Bien, me répondit-elle. Et maintenant, crois-tu qu'il t'aurait été impossible de ne pas trouver ? »

Ouf !, me dis-je alors intérieurement, *cette femme a le don de me faire comprendre ce qui, au départ, me semble incompréhensible !*

Puis m'adressant à elle, je lui dis : « Madame Le Clerc. Ma princesse du savoir. »

Et elle en retour, me fit une révérence dans le noir et me dit «Mon seigneur Richard, prince de la flamme.»

Puis, dans le silence de la nuit, au beau milieu des montagnes, je la pris dans mes bras, et les étoiles soudainement semblèrent nous entourer, comme si elles étaient descendues du ciel jusqu'à nous. Et alors nous ne firent plus qu'un. Un avec les étoiles. Un avec Le Clerc, les feuillets et l'amour. Un avec Pye, Atkin et Attila. Un avec tout ce qui existe ou n'existera jamais. Un, nous étions un!

Chapitre XI

Heureux et tranquilles, nous survolâmes pendant des heures et des heures de vastes étendues du plan. Je songeai que si seulement chacun avait la chance au moins une fois dans sa vie de se retrouver ici, quelle merveille ce serait ! Mais malheureusement, les occasions pour qu'il en soit ainsi n'étaient que de une sur des billions !

Un banc de corail lumineux au fond de l'océan attira notre attention, et Leslie, en amorçant un virage dans cette direction, dit :

« Comme c'est beau ! Peut-être devrions-nous amerrir ? »

Le banc de corail m'attirait autant qu'il lui était captivant, aussi je pris la peine, avant de lui faire part de mon opinion, de lui demander si c'était bien là qu'il fallait se poser et ce que son intuition lui signifiait à ce sujet.

« Nous devons chercher à connaître ce qu'il importe le plus que nous connaissions », me répondit-elle.

J'acquiesçai et alors nous nous posâmes.

∞

Nous nous retrouvâmes à Moscou, sur ce que je crus être la place Rouge. Le sol, sous nos pieds, était recouvert de dalles et derrière nous, s'élevaient de grands murs desquels émergeaient des toits dorés en forme de dômes. Nul doute, nous nous trouvions en plein coeur de Moscou sans guide ni visa, au beau milieu de l'hiver et à la tombée de la nuit.

«Oh! mon Dieu», dis-je en apercevant l'endroit.

Autour de nous, la foule se pressait et les gens, bien emmitouflés dans leurs manteaux de fourrure, se protégeaient le visage de la neige qui tombait.

«Peux-tu dire, à en juger d'après leur habillement, qui ils sont?» me demanda Leslie. «Suppose qu'ils soient des New-Yorkais coiffés de chapeaux de poils?»

Nous ne pouvions pas être à New York, car les rues n'étaient pas suffisamment étroites et je ne ressentais pas cette peur que l'on éprouve à New York le soir. Mais ces considérations mises à part, il était difficile de juger, à l'allure des gens, de l'endroit où nous nous trouvions.

«Cela n'a rien à voir avec les chapeaux, dis-je au bout d'un moment. Mais de toute évidence, ces gens sont des Russes!

— Ne crois-tu pas qu'ils pourraient être des Américains? me demanda-t-elle encore. Et si nous nous trouvions à Minneapolis et que nous rencontrions ces personnes, dirais-tu que ce sont des Russes? Et moi, ai-je l'air d'une Russe?» ajouta-t-elle au bout d'un moment.

Je penchai la tête, fis semblant de loucher en sa direction et me fis la réflexion suivante: *Au beau milieu de tous ces Soviétiques, une femme aux yeux bleus, aux cheveux blonds et aux pommettes saillantes...* Puis à voix haute, je lui dis: «Vous êtes très belles, vous, les femmes russes!

— Spasibo», me répondit-elle avec un air de modestie affectée.

Un couple qui marchait bras dessus bras dessous et s'avançait en notre direction, s'arrêta net lorsqu'ils nous aperçurent. Puis, ils se mirent à nous dévisager comme si nous avions été des Martiens fraîchement débarqués de leur soucoupe volante. Et les autres piétons, lorsqu'ils arrivaient à leur hauteur, leur jetaient des regards noirs, fâchés qu'ils étaient d'être ralentis dans leur course. Puis les contournant, ils poursuivaient leur chemin. Le couple ne leur portait pas même attention et gardait les yeux rivés sur nous, se demandant comment il se faisait que les passants puissent passer au travers nous comme au travers de l'air.

« Bonjour ! » leur dit Leslie en leur faisant un petit signe de la main.

L'homme et la femme, qui se trouvaient à sept mètres de là, restèrent cois et ne lui rendirent pas son salut ; aussi, me demandai-je si nous avions perdu notre merveilleuse faculté de nous faire comprendre en quelque langue que ce soit.

Puis, m'essayant à mon tour, je leur dis :

« Bonjour ! Comment allez-vous ? Est-ce nous que vous cherchez ? »

La jeune femme fut la première à se ressaisir. Elle avait de longs cheveux bouclés qui tombaient en cascades sur ses épaules et des yeux intelligents qui, pour l'instant, nous détaillaient. « Nous vous cherchons, dites-vous ? » nous demanda-t-elle. « Eh bien, si tel est le cas, alors nous vous souhaitons la bienvenue ! »

Puis se rapprochant de nous, elle entraîna avec elle son ami qui aurait visiblement préféré garder ses distances.

« Vous êtes Américains, n'est-ce pas ? » nous demanda ce dernier.

Depuis un bon moment, je retenais mon souffle et ne m'en aperçus que lorsque je commençai à respirer de nouveau.

« Nous étions justement à nous demander si vous étiez des Russes, lui répondis-je. Mais qu'est-ce qui vous porte à croire que nous sommes des Américains ? ajoutai-je ensuite.

— Vous en avez l'air, me répondit-il.

— Et à quoi jugez-vous de cet air ? lui demandai-je. Se trouve-t-il quelque chose dans nos yeux qui indique que nous appartenions au Nouveau Monde ?

— Non, me répondit-il. Mais nous reconnaissons les Américains à leurs chaussures. »

Leslie ne put s'empêcher de rire à cette remarque et elle lui demanda : « Et à quoi alors distinguez-vous les Italiens ? »

Il hésita un moment avant de lui répondre, puis osant un sourire timide, il lui dit : « Les Italiens, pas besoin de chercher longtemps, on les reconnaît au premier coup d'oeil. »

Tous, nous nous esclaffâmes et je pensai alors en moi-même : *Comme c'est étrange ! Cela fait à peine quelques minutes que nous nous connaissons et déjà nous nous comportons comme si nous étions des amis.*

Puis, nous leur apprîmes qui nous étions et leur fîmes part de ce qui nous était arrivé. Mais plus que tout autre chose, ce fut notre état d'immatérialité qui les convainquit que nous étions bien réels. D'être de nationalité américaine, cela sembla fasciner Tatiana et Ivan Kirilov davantage que le fait que nous soyons leurs moi parallèles.

« Je vous invite à la maison », nous dit Tatiana au bout d'un moment. « Et vous verrez, ce n'est pas très loin... »

J'avais toujours pensé que les Russes, comme les Américains, étaient des barbares civilisés et que c'était pour cette raison que nous en avions fait nos adversaires. Ceci dit, l'appartement des Russes n'avait rien de barbare, et se voulait au contraire chaleureux et sympathique.

« Mais entrez donc ! » nous dit Tatiana en ouvrant la porte et en nous conduisant au salon. « Bon très bien. Maintenant, installez-vous confortablement. »

Une chatte persane somnolait paresseusement sur le divan. « Allô, Pétrouchka », lui dit Tatiana d'un ton enjoué. « As-tu été bonne fille aujourd'hui ? » Puis s'assoyant à côté du chat, elle le prit sur ses genoux et le flatta gentiment. Pour toute réponse, Pétrouchka cligna des paupières, puis se recroquevilla sur elle-même et se rendormit.

De larges fenêtres donnaient sur la face est de la pièce, et le matin, les chauds rayons du soleil devaient y pénétrer. Sur la face opposée, une bibliothèque avait été aménagée et sur les rayons, on pouvait voir des livres, des bandes sonores et des disques. Parmi ceux-ci, s'empilaient des disques de Bartok, de Bach, de Prokofiev, que nous-mêmes écoutions à la maison, ainsi qu'un disque de Tina Turner et un autre de Nick Jameson.

Des livres sur les différents états de conscience, sur les perceptions extra-sensorielles et sur les expériences du seuil de la mort attirèrent mon attention et je me fis la réflexion en les apercevant que Tatiana ne devait avoir lu aucun de ceux-ci. La seule chose qui manquait au décor était les ordinateurs et je me demandai comment ils faisaient pour vivre sans eux.

Ivan nous apprit qu'il avait une formation d'ingénieur en aéronautique, qu'il était membre du Parti et qu'il occupait maintenant un poste important au ministère de l'Aviation.

« Il n'importe guère au vent de savoir si nous pilotons pour l'aile soviétique ou l'aile américaine », dit Ivan au bout d'un moment et en s'adressant à moi. « Dépassez l'angle critique et c'est la panne, n'est-ce pas ?

— Oh, les avions américains n'ont jamais de problèmes avec leur ailes » lui dis-je pince-sans-rire. « Et qui plus est, les appareils américains ne tombent jamais en panne.

— Bof ! », fit Ivan en hochant la tête, « nous connaissons bien ces appareils. L'ennui c'est que nous n'avons jamais réussi à faire monter des passagers à bord de ces avions qui ne peuvent même pas atterrir et qu'il nous a fallu capturer, avec des filets, les papillons pour les réexpédier à Seattle... »

Nos épouses ne nous écoutaient pas et tout à coup, j'entendis Tatiana dire à Leslie : « Il y a vingt ans, j'ai cru devenir folle !

Le gouvernement faisait tout son possible pour que les choses ne tournent pas rond, sous prétexte que cela fournirait du travail aux gens qui auraient alors pour tâche de réparer leurs gaffes. Mais moi, je n'en pouvais plus et un jour, je leur ai dit que j'en avais assez de toute cette bureaucratie et que ce n'était pas à nous d'encourager un tel désordre. Et je leur ai dit aussi de ne pas oublier que nous oeuvrions dans le domaine cinématographique et que notre métier en était un de communicateur, pas de gratte-papier. Mais ils ont ri de moi et ils m'ont dit de conserver mon calme. Par chance, il y a maintenant perestroika et glanost, et les choses commencent à bouger un peu.

— Ce qui fait que tu n'es plus obligée de conserver ton calme ! lui dit son époux pour la taquiner.

— Vanya, je t'en prie, lui répondit-elle. Cela signifie simplement que maintenant je peux faire de mon mieux, donner ma pleine mesure puisque tout est plus simple ! Qui plus est, je suis on ne peut plus calme !

— Nous souhaiterions tellement que tout soit plus simple au gouvernement, dit Leslie en engageant la conversation.

— Votre gouvernement commence à ressembler au nôtre, renchéris-je, et ceci ne peut être que très bien. Mais ce qui est terrible toutefois, c'est que le nôtre commence à ressembler au vôtre.

— N'est-il pas préférable de se ressembler que de passer son temps à se quereller, rétorqua Ivan. Mais ceci dit, nous ne comprenons pas que votre président ait pu faire une telle déclaration !

— Vous faites sans doute allusion à la déclaration qu'il a faite relativement à l'empire du mal ? » s'enquit Leslie, qui sans même attendre la réponse de Ivan, s'empressa d'ajouter : « Mais ne vous en faites pas, le président a parfois tendance à dramatiser !

— Qu'il nous ait traités de toutes sortes de noms n'est pas dramatique, mais plutôt ridicule, et se veut maintenant chose du passé », rétorqua Tatiana en s'adressant à nous. « Non, nous faisons référence à cette déclaration dont il est fait mention dans les journaux d'aujourd'hui. » Puis s'emparant du journal, elle l'ouvrit et commença à nous faire la lecture du fameux passage dans lequel étaient rapportées les paroles du président. Il se présentait comme suit : « La tache superficielle causée par l'irradiation en sol étranger n'est rien par rapport à la tache indélébile faite sur l'esprit des enfants américains par le communisme. Ceci dit, je suis fier du courage dont ont su faire preuve nos citoyens et je leur suis reconnaissant pour leurs prières. Si Dieu me le permet, je conduirai le peuple à la victoire et je ferai triompher la liberté. »

À ces paroles, mon sang ne fit qu'un tour et je me dis en moi-même : *Lorsque le dieu de la haine montre le bout de son nez, mieux vaut le surveiller !*

« Oh ! mais voyons, dit Leslie. Cela n'a pas de sens. La tache superficielle causée par l'irradiation ? Et le triomphe de la liberté ? De quoi veut-il bien parler ?

— Il affirme qu'il possède la faveur du peuple et que celui-ci l'appuie dans ses décisions », dit alors Ivan. Et cela signifie-t-il que les Américains veulent détruire les Soviétiques ?

— Bien sûr que non ! dis-je. Mais le président laisse entendre une façon un peu bizarre de s'exprimer. Toujours, il affirme qu'il détient l'appui de ses citoyens et ce, jusqu'à ce qu'une esclandre ou une manifestation devant la Maison-Blanche ne vienne prouver le contraire. Et il espère que nous le croirons.

— Nos mentalités étaient en train de changer, me fit alors remarquer Tatiana et nous en étions même arrivés à penser que nous consacrions trop d'argent à la défense contre les États-Unis. Mais ces paroles insensées nous prouvent le contraire et peut-être devrons-nous consacrer plus d'argent encore au budget de la défense. Mais quand donc cette roue cessera-t-elle de tourner ? Et qui dira qu'elle a assez tourné ?

— Quelle serait votre réaction, dis-je, si vous héritiez d'une maison que vous n'avez jamais vue auparavant et que vous vous rendiez compte en y entrant qu'aux fenêtres sont braqués des…

— Des fusils, enchaîna Ivan, étonné. Mais comment se fait-il, ajouta-t-il aussitôt, que vous autres, Américains, vous connaissiez cette histoire inventée par un Russe qui n'est autre que moi-même ? »

Puis il poursuivit en disant : « Des mitrailleuses, des canons et des missiles pointés en direction d'une autre maison, située non loin de là. Et aux fenêtres de cette autre maison, seraient aussi braqués en direction des fenêtres de la première, des mitrailleuses, des canons et des lance-missiles. Bref, les habitants de ces deux maisons disposeraient d'un nombre d'armes qui leur permettraient de se détruire plus de cent fois les uns les autres... »

Puis, s'accompagnant d'un geste de la main, il me retourna la question et me dit : « Quelle réaction aurions-nous si nous héritions de ces maisons ?

— Nous dormirions à côté de nos fusils, dis-je, et nous appellerions cela être en bons termes avec notre voisin. Et, constatant qu'il vient de s'acheter d'autres armes, nous en achèterions aussi afin de ne pas être en reste avec lui. Et enfin, nous ne nous soucierions pas que nos toits coulent ou que la peinture de nos murs s'écaillent et nous nous contenterions de savoir que nos armes sont bien astiquées et prêtes à servir.

— Et le voisin ? s'enquit alors Leslie. Quand croyez-vous qu'il serait le plus enclin à se servir de ses armes ? Quand nous aurions retiré nos armes des fenêtres, ou au moment où nous en aurions ajouté d'autres ?

— Et si nous ne retirions que quelques-unes de nos armes et que nous ne pouvions tuer notre voisin que quatre-vingt-dix fois au lieu de cent, dit Tatiana, croyez-vous que cela inciterait ce dernier à se servir de ses armes ? Eh bien, il est probable que non et ce, même s'il était le plus fort. Aussi, pour cette raison, nous enlèverions quelques-unes de nos armes de nos fenêtres.

— Et cette décision, Tatiana, lui demandai-je, vous la prendriez unilatéralement ? Vous n'insisteriez pas pour qu'il y ait des négociations et pour qu'un accord soit signé ? Vous procéderiez à un désarmement unilatéral même en sachant que les armes de vos voisins sont encore braquées sur vous ?

— Oui, répondit-elle, convaincue. Nous prendrions cette décision de façon unilatérale. »

Son époux approuva de la tête et il enchaîna en disant :

« Ensuite, nous inviterions notre voisin à prendre le thé et nous lui dirions :

« Mon oncle m'a légué sa maison tout comme votre oncle vous a légué la sienne. Or, nous sommes devenus des voisins et nous n'avons pas à imiter nos oncles qui l'étaient aussi et passaient leur temps à se quereller. Personnellement, je suis bien disposé à votre égard et espère qu'il en va de même pour vous. Et en passant, auriez-vous, vous aussi, un problème de toit qui coule ? »

Puis, en se joignant les mains, il jeta un regard à la ronde et nous demanda : « Et comment croyez-vous que le voisin réagira maintenant ? Est-ce qu'après avoir bu son thé et dégusté sa pâtisserie, il rentrera chez lui et s'empressera de nous tirer dessus ? »

Puis, se tournant vers moi, il me dit en souriant : « À mon avis, les Américains sont fous, Richard ! Mais vous, qu'en pensez-vous ? Et croyez-vous aussi qu'aussitôt rentrés chez eux, ils s'empresseraient de nous tuer ?

— Les Américains ne sont pas fous, lui répondis-je, ce sont des gens astucieux.

À ces paroles, il me jeta un regard oblique et je poursuivis en disant :

« Vous croyez à tort que les Américains dépensent des fortunes pour la fabrication de missiles et de systèmes téléguidés des plus sophistiqués. Car, en vérité, nous économisons des millions de dollars sur la fabrication de ces systèmes. Vous vous demandez sans doute de quelle façon », lui dis-je en le regardant droit dans les yeux.

— De quelle façon ? me demanda-t-il.

— Eh bien, Ivan, lui répondis-je. Nous économisons en ne fabriquant pas de systèmes téléguidés, car en vérité nos missiles ne sont pas téléguidés et il ne s'y trouve rien, sinon des ogives à l'intérieur. Pour ce qui est du reste et de tout ce qu'on affirme à leur sujet, ce n'est que de la frime. Ceci dit, c'est bien avant l'incident de Tchernobyl que nous avons compris qu'il n'importait guère de savoir où allaient les ogives. »

Il me regarda d'un air solennel et me demanda : « Vous croyez qu'il n'est pas important de savoir où vont les ogives ?

— Non, lui répondis-je. Pas plus qu'il n'est important de savoir où nous construisons nos silos à missiles, ceux-ci, où qu'ils soient situés, abritent toujours une puissance nucléaire de cinq cents mégatonnes. Et pour en revenir à Tchernobyl, vous savez peut-être que ce petit accident nucléaire à l'autre bout du monde et dont la puissance n'équivalait qu'à un centième de la puissance produite par une seule ogive nucléaire, nous a obligés à jeter du lait en provenance du Wisconsin, contaminé par vos rayons gamma.

Ivan hocha la tête et dit : « Alors, vous avez compris que... »

J'acquiesçai et poursuivit en disant : « Nous avons compris que si dix millions de mégatonnes de puissance atomique explosent en présence de dix autres millions de mégatonnes de puissance atomique, il n'est guère important de savoir où se produit l'explosion. Car tout le monde est tué de toute façon. Et ceci étant établi, vous croyez que nous serions assez fous, nous les Américains, pour continuer à dépenser des fortunes en missiles et en ordinateurs ? Non. Nous préférons employer cet argent à l'édification de Disneyland et attendre que vous, les Soviétiques, vous déclariez faillite. »

Tatiana me regardait, bouche bée.

« Le renseignement que je viens de vous communiquer, lui dis-je sur le ton de la confidence, est un secret d'État bien gardé que m'ont fait partagé d'anciens compagnons dans les forces armées de l'air, maintenant devenus généraux. Ceci dit, les missiles MRP sont les seuls missiles téléguidés qui existent présentement aux États-Unis.

— Les missiles MRP? s'enquit Tatiana en se tournant vers son mari, qui lui non plus n'avait jamais entendu parler de ceux-ci.

— Les missiles des relations publiques, dis-je en guise d'explication. Et de temps à autre, nous en lançons un, histoire de vérifier quel effet il produira...

— Et vous vous empressez séance tenante, enchaîna Ivan, de filmer la scène au moyen de centaines de caméras et de la reproduire au petit écran afin que les Russes, bien plus que les Américains, puissent la visionner!

— Bien sûr, lui répondis-je en ajoutant aussitôt : « Et ne vous êtes-vous jamais demandé, vous les Russes, comment il se faisait que nos missiles étaient tous identiques? Eh bien, s'il en est ainsi, expliquai-je ensuite, c'est que nous ne disposons que d'un seul missile et d'une seule roquette qui, invariablement, réapparaissent à l'écran. »

À ces paroles, Tatiana regarda son époux qui pouffa d'un grand éclat de rire. Et quand il eut terminé, je poursuivis en disant :

« Si le KGB écoute notre conversation et qu'il n'entend que votre partie du discours, que pensera-t-il donc?

— Et si la CIA nous écoute et qu'elle ne capte que votre partie du discours, rétorqua Ivan, que croyez-vous qu'elle dira ou fera?

— Eh bien, lui répondis-je. Si la CIA nous entend, c'en est fini de nous. Ils nous qualifieront de traîtres et diront que nous avons dévoilé leur ultime secret d'État, nommément qu'ils ne vous attaqueront pas, mais qu'ils vous conduiront à la ruine en vous laissant dépenser des fortunes pour la fabrication d'armes nucléaires.

— Et si notre gouvernement découvre que..., dit alors Tatiana.

— S'il découvre que la course aux armements est devenue inutile, enchaîna Leslie, eh bien, peut-être que cela l'incitera à se mettre à la fabrication d'armes et à croire véritablement que nous ne pouvons vous attaquer, nos missiles étant remplis de sable. Oh! bien sûr, nous pourrions toujours vous les envoyer par la poste, accompagnés de sifflets pour chiens, mais quelle en serait l'utilité?

— Cela ne serait d'aucune utilité, dis-je en prenant la parole à mon tour, six jours plus tard, nous serions nous-mêmes contaminés par nos propres radiations. Car il suffirait que l'on fasse exploser chez vous des bombes pour que c'en soit fini chez nous de la soirée du football. Et sachez donc en terminant, chers amis russes, que la règle d'or du capitalisme est la consommation et que nous ne sommes pas intéressés à perdre de précieux clients et à faire baisser les revenus en provenance de l'industrie du cosmétique ou de la publicité. »

Quand j'eus terminé, Ivan poussa un profond soupir et jeta un regard interrogateur à Tatiana. Elle lui rendit son regard et fit un léger mouvement de la tête en signe d'approbation. Ivan prit alors la parole et dit :

« Les Russes ont aussi leurs secrets et, pour gagner la partie contre les États-Unis dans la course aux armements, ils tiennent à leur faire croire qu'ils sont inférieurs et qu'ils n'accordent aucune importance au progrès. Ils ont besoin de les persuader que pour eux, l'idéologie est plus considérable que l'économie.

— Mais vous construisez des sous-marins, lui fis-je remarquer, et des porte-avions. Qui plus est, vos missiles sont dotés de systèmes qui fonctionnent réellement.

— Bien sûr, répondit Ivan. Mais ceci dit, la CIA ne s'est-elle pas aperçue de l'absence de missiles à bord de nos sous-marins et que ceux-ci étaient pourvus de fenêtres de verre? »

Puis, faisant une pause, il regarda son épouse et lui demanda : « Devrions-nous leur dévoiler notre secret d'État? »

Elle fit un oui vigoureux de la tête et alors il poursuivit en disant : « Les sous-marins peuvent être très rentables. Ils peuvent servir à…

— À l'industrie du tourisme en eau profonde», enchaîna Tatiana, qui nous expliqua ensuite que le premier pays qui réussirait à promouvoir cette forme de tourisme ne pourrait faire autrement que de s'enrichir.

— Et n'avez-vous jamais songé, ajouta ensuite Ivan, que nos porte-avions ne sont pas des porte-avions, mais des condominiums flottants conçus à l'intention des personnes qui aiment voyager, mais détestent quitter leur chez soi? Ils constituent de véritables villes à l'abri de la pollution et possèdent les plus grands courts de tennis au monde. Vous pouvez aller où vous voulez dans ces condominiums flottants, jusque dans les Tropiques, si vous voulez!»

Puis en me regardant d'un air finaud, il me demanda:

«Et que dire maintenant de notre programme de colonisation de l'espace! Car savez-vous combien de personnes attendent en ligne que vienne leur tour pour aller se promener dans l'espace, et ce, à n'importe quel prix?» Et sans même attendre ma réponse, il ajouta aussitôt: «Par conséquent, il est loin le jour où l'Union Soviétique fera faillite.»

C'était à mon tour d'être étonné et aussi ne pus-je réprimer l'envie de lui demander: «Ainsi donc, vous avez l'intention de vendre des voyages dans l'espace? Mais que faites-vous du communisme?

— Et alors? me répondit-il en haussant les épaules. Ne croyez-vous pas que les communistes aiment l'argent, eux aussi?

— Ne te l'avais-je pas dit? me fit remarquer Leslie en se tournant vers moi.

— Mais que vous avait-elle dit? s'enquit Ivan quand il entendit ces paroles.

— Que nous les Américains et vous les Russes, nous étions en tous points semblables, lui répondis-je, et qu'il conviendrait que nous le vérifions par nous-mêmes afin d'en avoir le coeur net une fois pour toutes.

— Pour nombre d'Américains », dit alors Leslie en me coupant presque la parole, « la guerre froide entre Russes et Américains s'est terminée à l'occasion d'une émission de télévision à l'intérieur de laquelle on nous montrait les Soviétiques en train d'assiéger les États-Unis et de prendre la tête du gouvernement. Et à la fin de l'émission, le pays tout entier se mourait d'ennui et se disait que jamais il n'aurait pensé qu'un gouvernement puisse être aussi peu stimulant. Et ensuite les gens se sont dit qu'ils aimeraient juger par eux-mêmes de la situation, et c'est ainsi qu'en l'espace d'une nuit, le tourisme en direction de l'U.R.S.S. a triplé.

— Sommes-nous si ennuyants ? s'enquit alors Tatiana qui m'interrogeait du regard.

— Vous n'êtes pas si ennuyants, lui répondis-je, quoiqu'on ne puisse nier le fait que certains aspects du système communiste le soient et que certains aspects du système capitaliste américain le soient aussi. Ceci dit, des bonnes choses se retrouvent chez chacun de ces deux gouvernements privilégiant des valeurs différentes. Car n'est-il pas vrai que vous, les Russes, vous avez sacrifié liberté à sécurité et que nous, les Américains, nous avons sacrifié sécurité à liberté ? Et que chez vous, il n'existe pas de pornographie et chez nous, pas de lois interdisant les voyages ? Mais quoi qu'il en soit, personne n'est désagréable au point que nous devions espérer la fin du monde.

— Tout conflit peut devenir un outil de croissance et de connaissance », dit Leslie en prenant la parole à son tour. « Car qu'arriverait-il si nous choisissions d'apprendre plutôt que de nous défendre et que nous nous montrions curieux plutôt qu'apeurés ?

— Et n'est-ce pas là ce qui est graduellement en train de se produire dans le monde ? dis-je en guise de commentaire et en me demandant ce que nous étions venus faire en ce pays et ce que les Russes pouvaient bien avoir à nous apprendre. Car tous, pensai-je, que nous soyons Américains, Russes, Africains, Chinois, Arabes, Scandinaves ou Indiens, nous sommes partie intégrante de ce même tout qui a choisi de se manifester dans l'espace-temps et de s'incarner en chacun de nous sous des formes différentes !

Et ainsi nous passâmes la soirée à discuter avec nos amis russes de ce qui nous plaisait et de ce qui nous plaisait moins chez chacun de nos gouvernements respectifs, ces deux superpuissances qui avaient main mise sur nous. Et plus la soirée avançait, moins il nous serait venu à l'idée de penser que nous pourrions déclencher une guerre contre ceux qui nous étaient si chers et que nous avions l'impression de connaître depuis l'enfance. Bref, pour nous, la roue s'était arrêtée de tourner, et ces gens qu'on disait appartenir à l'empire du mal ne nous effrayaient plus du tout et nous apparaissaient maintenant comme des êtres humains ordinaires, essayant comme nous de donner un sens à leur vie.

— J'aimerais vous raconter une histoire qui nous est chère à nous les Soviétiques, dit Ivan au bout d'un moment, et qui parle d'un loup et d'un lapin dansant.

Et au moment où il allait se lever debout pour mimer la fable, Tatiana fit un geste de la main pour lui dire de rester assis et en faisant chut avec la bouche, elle nous intima l'ordre de prêter l'oreille à ce qui se passait à l'extérieur.

Ivan la regarda surpris, tandis que dehors, on entendit un espèce de gémissement qui allait grandissant, comme si la ville tout entière s'était mise à se plaindre.

Puis il y eut des bruits de sirènes, et on aurait cru qu'elles étaient des centaines à déchirer l'espace de leurs longs cris stridents. Et quand elle les entendit, Tatiana se mit debout sur ses pieds et dit : « Vanya, ce sont les Américains. »

Tous, nous accourûmes aux fenêtres et nous nous rendîmes compte que des lumières éclairaient maintenant la ville tout entière.

« C'est impossible, dit enfin Leslie au bout d'un moment.

— Impossible mais vrai », rétorqua Ivan en se tournant vers nous, l'air angoissé. Puis, sans plus de commentaire, il se dirigea vers une garde-robe et en sortit deux sacs de couchage. Il en conserva un pour lui et tendit l'autre à Tatiana qui s'empressa d'y fourrer Pétrouchka, à moitié endormie. Puis, ils se précipitèrent à l'extérieur, laissant la porte ouverte derrière eux.

Mais l'instant d'après, Ivan réapparut à la porte et, s'adressant à nous, il nous dit : «Mais ne restez pas là à attendre. Venez avec moi, car nous disposons de cinq minutes à peine.»

Nous déboulâmes les escaliers quatre à quatre et nous nous retrouvâmes dans le cohue, au beau milieu de la rue. Partout autour de nous, des gens se pressaient en direction d'abris souterrains. Des parents tenaient des bébés dans leurs bras, et des enfants s'accrochaient aux rebords de leurs manteaux. Des personnes âgées essayaient de se frayer un chemin à travers cette masse terrifiée qui déambulait, impatiente ou résignée, dans la mesure où les individus qui la constituaient savaient ou non que déjà il était trop tard.

À un moment donné, Ivan, qui avait essayé de se dégager de la foule et qui avait entraîné Tatiana dans son mouvement, se tourna vers nous et nous dit, les larmes aux yeux et le sourire brisé :

«Il est inutile, Richard et Leslie, que vous nous accompagniez. Car vous êtes les seuls à pouvoir quitter les lieux.» Puis, en essayant de reprendre son souffle et sans la moindre trace de colère ou de haine à notre égard, il poursuivit en disant :

«Retournez-vous-en de la même manière que vous êtes venus et allez leur dire à eux les Américains ce qu'ils ont fait. Et arrangez-vous ensuite pour que cela ne vous arrive jamais...»

Puis nous n'entendîmes plus rien, car ils furent emportés par la foule, et Leslie et moi, nous restâmes là tous les deux, au beau milieu de cette rue de Moscou à observer le cauchemar qui prenait forme. Et ni l'un ni l'autre, nous ne nous souciions alors de savoir si nous allions vivre ou mourir ou si nous trouverions le moyen de nous enfuir.

Et pourquoi, me dis-je alors à moi-même, *aller discuter de la chose avec les Américains, puisque le problème n'est pas qu'ils ne savent pas ce qu'ils font, mais qu'ils ont décidé en toute con-*

naissance de cause de détruire le monde ? Et le monde serait-il différent s'il savait... ?

Puis nous ressentîmes une brusque secousse, et la ville tout entière se mit à trembler devant nous. Ensuite, elle alla voler en éclaboussures contre le pare-brise de l'hydravion et se dissipa en milliers de gouttelettes translucides qui retombèrent dans l'océan. Et pendant un long moment, nous restâmes assis sans mot dire dans l'hydravion, Leslie, la main encore posée sur la manette des gaz.

Chapitre XII

« *P*ourquoi?» hurlai-je. «Le génocide est-il si merveilleux que personne encore dans toute l'histoire n'a pu trouver de solutions de rechange aux problèmes du genre humain? Et sommes-nous si peu intelligents que nous ne puissions penser à rien de mieux que de tuer quiconque n'est pas d'accord avec nous? Serions-nous donc encore des hommes des cavernes qui ne savent que dire: *Zog a peur, donc Zog tuer toi!...* C'est ... Je n'arrive pas à croire que nous ayons toujours été aussi... aussi *stupides!* Que personne n'ait pu...»

Je ne me contenais plus et me sentais tellement frustré que je n'arrivais pas à terminer mes phrases. Tournant enfin les yeux en direction de Leslie, je vis que des larmes jaillissaient de ses yeux et roulaient le long de ses joues. La raison qui m'avait poussé à une telle rage l'avait fait verser, elle, dans un abîme de chagrin.

«Tatiana... Ivan... Ce cher, adorable et spirituel... Et Pétrouchka... Oh! mon Dieu!»

Elle éclata en sanglots.

Je sentis que je devais reprendre les commandes de notre vie et pris donc la main de Leslie pour la réconforter. Comme j'aurais aimé que Pye fût là. Qu'aurait-elle dit devant notre fureur et nos larmes?

Zut et zut! me dis-je. *En dépit de toute la beauté qu'il nous est donné d'être, de toute la gloire que tant d'entre nous sommes déjà, faut-il vraiment que tout se limite au plus insignifiant des abrutis qui ira appuyer sur un bouton pour ainsi décréter qu'il n'y aura désormais jamais plus de lumière? N'y a-t-il vraiment personne, dans tout ce plan, qui ait une meilleure idée de...*

Avais-je bien entendu, ou était-ce le fruit de mon imagination?...

Vire à droite. Pilote jusqu'à ce que le plan tourne au ambre.

Leslie ne posa aucune question lorsque j'amorçai le virage à droite, ne s'enquit même pas de notre destination. Les yeux fermés, elle continuait à pleurer et je pouvais voir les larmes qui coulaient le long de ses joues.

Je serrai sa main dans la mienne et tentai de la sortir de son désespoir en disant: «Tiens bon, ma chérie. Je crois que nous allons bientôt découvrir à quoi ressemble un monde de paix.»

Le sentier m'apparut enfin. J'ouvris les gaz, la quille toucha l'eau et le monde, une fois de plus se transforma en un rideau d'écume...

Nous nous retrouvâmes en vol inversé, à quelque six mille pieds d'altitude.

Puis l'avion piqua du nez.

Pendant une seconde, je crus que le Seabird tombait en vrille mais eus tôt fait de reprendre mes esprits en prenant conscience que nous ne nous trouvions pas à bord de notre Ronchonneur, mais bien à l'intérieur d'un avion de chasse.

La cabine était exiguë, et si Leslie et moi n'avions été des fantômes, il était évident que nous n'aurions pu tenir comme nous le faisions, côte à côte derrière le pilote.

Droit devant nous, ou plutôt à cinq cents pieds au-dessous de notre appareil, un second avion de chasse tourneboulait dans les airs, tentant désespérément de nous échapper. La vue qui s'offrait à nous, à travers le pare-brise, me glaça d'horreur: Un cercle diamanté entourait la presque totalité de l'envergure du second avion, le point brillant de notre fronteau de mire cherchant avidement à cibler la cabine.

Un monde de paix, vraiment? Après tout ce qui s'était passé à Moscou, voilà que nous nous apprêtions à assister à la désintégration, en plein ciel, d'un être humain!

Je frémis d'horreur à cette idée, mais continuai néanmoins à observer la scène avec intérêt. Bientôt, je m'aperçus que l'avion que nous pourchassions n'était pas un jet, ni un Mustang, un Spitfire ou un Messerschmitt et que, de fait, il était d'un modèle que je ne connaissais pas.

Le pilote de chasse que j'étais ne pouvait faire autrement que d'approuver les manoeuvres du pilote se trouvant à l'intérieur de notre cabine et qui, à mon sens, faisait preuve d'une incroyable dextérité: Repérer ainsi la cible jusqu'à ce qu'on l'ait dans son champ de tir, ajuster son plan de vol jusqu'à mimer celui de la cible en tous points, remonter, virer, plonger avec la cible...

Leslie, qui se tenait toute raide à mes côtés, avait retenu sa respiration et fixait des yeux l'avion que nous traquions tandis que nous nous rapprochions du sol à toute vitesse. Pour la réconforter, je passai mon bras autour de ses épaules et la tint solidement contre moi.

Si j'avais pu m'emparer du levier de commande pour virer ou ramener la manette des gaz vers l'arrière, je l'aurais fait sans hésiter. Mais il régnait un tel vacarme à l'intérieur de l'habitacle, qu'il m'était impossible de même crier au pilote, de toute évidence résolu à tuer, de s'arrêter.

Je remarquai alors, à travers notre fronteau de mire, que les ailes de l'avion que nous poursuivions affichaient les étoiles rouges de la République populaire de Chine. *Oh, mon Dieu!* me dis-je, *la folie se serait-elle donc emparée de tous les mondes existants? Serions-nous aussi en guerre avec la Chine?*

L'appareil chinois, peint qu'il était en bleu pâle, en vert et en marron, ressemblait plus à un avion d'apparat, prêt à se livrer à des acrobaties aériennes, qu'à un avion de chasse. Enfin je remarquai en jetant un coup d'oeil à l'anémomètre, qu'en dépit du vacarme et du va-et-vient nous ne volions qu'à trois cents milles à l'heure.

Si nous sommes bel et bien en guerre, me dis-je, *où sont les avions à réaction? Et en quelle année sommes-nous donc?*

L'avion que nous relancions virevolta soudainement sur le dos et son pilote, espérant nous échapper, tira si brusquement sur la commande des gouvernails que des volutes de vapeur s'échappèrent de l'extrémité des ailes de l'appareil. Loin de se laisser berner par cette ruse de l'adversaire, notre pilote exécuta la même manoeuvre. Or l'impact produit par la force de gravitation à ce moment ne sembla pas l'affecter outre mesure, quoique nous vîmes son corps se tasser sous le choc et son casque pencher vers le sol.

Ce pilote, est un autre moi parallèle, me dis-je en observant la scène. *Car à nouveau je suis pilote de chasse. Que l'armée soit damnée! Mais combien de fois me faudra-t-il répéter la même erreur avant de comprendre la leçon? Je m'apprête à tuer quelqu'un et ce geste, je le regretterai toute ma vie...*

Le pilote de l'avion pourchassé effectua un virage de quatre-vingt-dix degrés à droite, puis, dans un geste de désespoir, inversa la manoeuvre... pour se retrouver directement dans le losange de notre fronteau de mire. Sans plus attendre, mon moi parallèle appuya sur la gâchette de la commande des gouvernails et les mitrailleuses de notre avion se mirent à cracher le feu, faisant entendre un bruit de pétards étouffés à l'intérieur des ailes. L'instant d'après, un nuage de fumée blanche s'échappait du capot du moteur de l'appareil ennemi.

«En plein dans le mille!» s'écria notre pilote. «Enfin presque...»

La voix de Leslie! Depuis le début j'avais présumé, manifestement à tort, que la personne qui pilotait l'appareil dans lequel nous nous trouvions était un de mes moi parallèles. Or elle était un moi parallèle de Leslie!

Les mots CIBLE ENDOMMAGÉE apparurent au-dessus du fronteau de mire de notre appareil.

«Merde!» s'exclama notre pilote qui, pour s'encourager elle-même, dit: «Allons, Linda...»

Puis elle se rapprocha de la cible et appuya longuement sur la gâchette qui se trouvait devant elle. Une odeur de poudre à canon envahit la cabine.

Devant nous, la fumée blanche vira au noir tandis que l'huile du moteur de notre malheureuse victime venait gicler contre notre pare-brise.

«Là! C'est fait!» dit encore le pilote.

Soudain, la radio laissa filtrer une voix, à peine audible: «Leader Delta! Virez immédiatement à droite! Virage à droite urgent! *Virez!*»

Le pilote ne se donna même pas la peine de tourner la tête pour voir de quoi il retournait, mais s'empressa de tirer sur la commande des gouvernails et de virer à droite comme si sa vie en dépendait.

Mais il était trop tard.

En moins de deux, notre pare-brise fut souillé d'huile à moteur chaude et on put voir de la fumée s'échapper sous le capot. Quant au moteur, il s'arrêta après quelques ratés et l'hélice s'immobilisa.

Une cloche se fit entendre dans la cabine, rappelant à s'y méprendre le timbre qui annonce la fin d'un round lors d'un combat de boxe. Au-dessus du fronteau de mire apparurent les mots CIBLE DÉTRUITE.

Le silence se fit dans la cabine et nous pûmes entendre le sifflement strident du vent et le crépitement du moteur en flammes.

Au bout d'un moment, je regardai derrière et vis, par-delà un flot d'huile noire, qu'un avion s'approchait de nous à toute vitesse; il était presque identique à celui que nous avions endommagé quelques minutes auparavant, à cette exception près qu'il arborait un motif à carreaux orange et jaune. Comme il se trouvait à moins de cinquante pieds de nous, je pus entrevoir l'homme qui venait de tirer sur nous; riant à gorge déployée, l'air triomphant, il nous salua de la main.

Relevant la visière de son casque, notre pilote rendit son salut à son homologue et dit en maugréant: «Sacré nom de Dieu! Je saurai bien me venger, Xiao!»

L'avion nous dépassa, ses contours estompés, les marques de nombreuses victoires ornant le devant de son habitacle, ses carreaux orange et jaune flamboyant au soleil. Puis, en une escalade serrée, le pilote se précipita à la rencontre de notre ailier qui, assoiffé de vengeance, fonçait droit sur lui. Trente secondes plus tard et les deux appareils avaient disparu, roulant en demi-cercles l'un autour de l'autre.

Il n'y avait pas de flammes dans notre cabine, à peine un mince ruban de fumée, et pour quelqu'un qui venait tout juste de perdre la bataille, notre pilote affichait un calme olympien.

«Dites donc, Leader Delta!» tonitrua une voix dans la radio, qui vint briser le silence. «Votre caméra serait-elle détraquée! par hasard? Car j'ai un voyant lumineux ici qui m'indique que votre appareil a été descendu. Dites-moi que ce n'est pas vrai!

— Désolée, chef, répondit le pilote. Mais on ne peut pas plaire à tout le monde, nom de Dieu! Bref, je me suis fait descendre par ce sacré Xiao Xien Ping.

— Gardez vos excuses pour vos admirateurs, voulez-vous?» lui répondit la voix. «J'avais parié cent dollars que Linda Albright s'inscrirait dans la catégorie des triples as aujourd'hui. Or voilà que j'ai perdu. Ceci dit, où comptez-vous atterrir?

— Je ne suis qu'à quelques minutes du Shanghai Trois. Mais je peux pousser jusqu'à Shanghai Deux, si vous voulez.

— Non, ça va pour Trois; je vous y inscrirai pour les réparations d'usage, demain, Vous m'appelez ce soir, n'est-ce pas?

— Ouais», répondit-elle, déconfite. Puis, se ressaisissant, elle dit encore: «Vraiment, chef, je suis désolée.»

La voix se radoucit et dit: «On ne peut pas plaire à tout le monde.»

Le ciel, limpide à l'exception de quelques cumulus disséminés ici et là. Nous jouissions donc d'une excellente visibilité et nous avions pris suffisamment d'altitude pour pouvoir descendre en vol plané jusqu'à l'aéroport. Bref, l'atterrissage s'annonçait relativement facile, en dépit du moteur hors d'usage et du cambouis qui couvrait le pare-brise.

Linda poussa un des boutons de la radio et appela: «Shanghai Trois, ici Leader Delta États-Unis, dix sud à cinq. Appareil descendu, permission d'atterrir.»

Le centre de contrôle attendait manifestement son appel car on lui répondit immédiatement pour lui dire: «Leader Delta États-Unis, vous atterrirez en deuxième sur le sentier des moteurs à réparer, voie deux huit droite. Bienvenue à Shanghai!

— Merci, soupira-t-elle en s'affalant dans son siège.

— Salut, lui dis-je, en osant enfin lui adresser la parole.

— Cela vous dérangerait-il de nous expliquer ce qui se passe?»

À sa place, j'aurais été si surpris de constater qu'il y avait quelqu'un dans l'avion avec moi que je serais passé à travers la carlingue. Mais Linda Albright ne parut nullement étonnée de ma présence ou de ma question, et c'est avec un éclat de colère dans la voix qu'elle me répondit:

«Je viens de perdre une journée entière, voilà ce qui se passe.» Puis frappant du poing sur le tableau de bord, elle dit encore:

«Moi qui suis censée être une superstar, je viens de faire perdre dix points à mon équipe dans le cadre de la semi-finale internationale! Ceci dit, je n'ai rien à foutre de qui que ce soit! Jamais plus je... Bref, désormais, je regarderai toujours derrière moi!»

Ces paroles terminées, elle expira alors profondément puis, se rendant compte qu'elle venait de répondre à une question, elle se tourna vers nous pour voir qui l'interrogeait.

«Mais qui êtes-vous donc?» dit-elle.

Nous le lui dîmes. Et comme elle atteignait enfin les coordonnées indiquées par le centre de contrôle de Shanghai Trois, elle avait déjà accepté nos explications, comme s'il lui arrivait tous les jours de rencontrer des gens provenant de mondes parallèles. Je crois bien qu'elle était toujours préoccupée par ces dix points perdus.

«Vous en avez fait un sport, n'est-ce pas? m'enquis-je. Vous considérez les combats aériens *comme un sport?*

C'est ainsi qu'on les appelle», rétorqua Linda d'une voix lugubre. «Les Jeux aériens. Mais ça n'a rien d'un jeu, croyez-moi; c'est très sérieux. Dès que vous sortez des lignes de placard, vous devenez pratiquement un professionnel mondial de la télésat. Je l'ai descendu au Simple, l'année dernière; oui, j'ai descendu Xiao Xien Ping en vingt minutes! Mais je lui ai littéralement permis de me bouffer toute crue cette fois-ci, bon sang, et ce, simplement parce que j'ai omis de surveiller mes arrières. Je suis bel et bien finie, à présent.»

Elle abaissa rageusement la manette du train d'atterrissage, comme si cela aurait pu changer quoi que ce soit à ce qui venait de se passer.

«Le train d'atterrissage est en place», déclara-t-elle d'une voix hargneuse.

Le rôle d'un ailier au combat est de garder l'oeil ouvert, mais son ailier l'avait prévenue trop tard du danger qui la guettait. Le chasseur chinois était sorti tout droit des nuages et l'avait eue du premier coup, d'où l'ire de Linda.

Décrivant un dernier cercle, nous planâmes en direction de la voie de droite. Nos roues crissèrent sur la chaussée d'asphalte et nous roulâmes lentement pour finalement nous arrêter à la hauteur d'une ligne rouge qu'on avait tracée un peu en retrait de la piste de roulement. Devant nous avaient été installées des caméras de télévision qui nous fixaient de leurs lentilles.

Je me rendis compte que nous ne nous trouvions pas dans un aéroport conventionnel, mais plutôt dans une espèce de gigantesque arène. D'immenses tribunes se dressaient de part et d'autre des deux pistes. Il devait bien y avoir près de deux cent mille personnes qui toutes étaient occupées à observer sur des écrans géants un gros plan de notre avion de chasse en train d'atterrir.

À quelques pieds de nous et juste en deçà de la ligne rouge, on pouvait voir deux autres avions américains ainsi que l'appareil chinois que Linda avait endommagé. À l'instar de notre appareil, tous trois étaient maculés de cambouis du nez jusqu'à la queue. Des équipes s'affairaient autour des trois avions, les nettoyant et remplaçant les distributeurs de fumée et d'huile. Je remarquai que, contrairement à l'avion de Xiao Xien Ping, aucun de ces appareils n'affichait de symboles indiquant le nombre de victoires de son pilote.

La presse se précipita sur nous pour une interview.

«Ce que je peux détester ça! nous dit Linda. En ce moment, on raconte partout à travers le monde que Linda Albright, du premier canal de guerre, s'est vue acculée à la ligne rouge parce qu'elle a été descendue par derrière comme une bon Dieu de novice. Bah!» fit-elle en soupirant. «Sachons faire montre de bonne volonté sous la pression, Linda.»

En quelques secondes, notre petit avion faisait l'objet d'un plan rapproché, tel un maringouin qu'on aurait cherché à examiner sous un microscope. Dans les estrades, les écrans géants montraient l'image de Linda au moment où elle avait entrouvert la verrière de l'habitacle et enlevé son casque, ébrouant sa longue chevelure qu'elle avait alors repoussée pêle-mêle derrière ses épaules. Elle avait l'air à la fois chagrinée et dégoûtée.

Bien entendu, ni Leslie ni moi n'apparaissions sur ces écrans.

L'annonceur de l'arène fut le premier à parvenir aux côtés de Linda. «L'As américain Linda Albright!» s'écria-t-il dans son microphone. «Vainqueur de l'excellente bataille contre Li Cheng Tan, mais victime infortunée de Xiao Xien Ping de la province de Szu-ch'uan! Parlez-nous des batailles que vous avez menées aujourd'hui, mademoiselle Albright!»

De l'autre côté de la ligne rouge se trouvait une foule de fanatiques des Jeux de l'air, la plupart arborant un chapeau et une veste aux couleurs de l'escadron de chasse de leur pays respectif, davantage chinois. Tous savouraient ce moment, regardant attentivement les moniteurs vidéos tout en ayant la chance d'entra-percevoir Linda Albright, en chair et en os, entre deux caméras. C'est qu'on l'accueillait chaleureusement, cette célébrité de la journée! Sous son image, on pouvait lire sur l'écran les mots LINDA ALBRIGHT N° 2, suivis d'une rangée de scores de 9,8 et 9,9.

L'auditoire se tut respectueusement lorsque Linda prit enfin la parole et déclara:

«L'honorable Xiao compte au nombre des joueurs les plus galants qui honorent les cieux de ce monde.» Puis, ses paroles étant traduites et retransmises par des haut-parleurs au fur et à mesure qu'elle parlait, elle poursuivit en disant: «C'est avec respect que je salue le courage et l'habileté de votre grand pilote. Les États-Unis d'Amérique se verraient honorés si l'humble personne que je suis se voyait offrir la chance de se mesurer de nouveau à lui dans le ciel de votre merveilleux pays.»

La foule applaudit frénétiquement. De toute évidence, il y avait beaucoup plus à être une star des Jeux de l'air que de simplement savoir tirer sur la gâchette.

L'annonceur porta la main à son casque d'écoute et, en hochant la tête, il lui dit: «Merci, mademoiselle Albright.» Puis, concluant l'entrevue, il lui dit encore: «Nous vous sommes reconnaissants de votre visite à l'arène Trois. Nous espérons que vous passerez un agréable séjour dans notre ville et nous vous souhaitons la meilleure des chances aux Jeux internationaux!» Puis, se tournant vers les caméras, il déclara à l'intention du public: «Rejoignons maintenant Yuan Ch'ing Chih, qui survole présentement la zone Quatre où il s'apprête à livrer une vaste offensive...»

Les écrans montrèrent alors une vue aérienne de trois avions de chasse chinois qui se mettaient en formation, s'apprêtant manifestement à intercepter huit appareils américains. À cette vue, l'auditoire hoqueta de surprise et tous les regards restèrent rivés aux écrans, dans l'attente de la scène qui allait se dérouler. Quant aux trois pilotes chinois, ils étaient ou bien suprêmement confiants en eux-mêmes, ou bien assoiffés de scores et de gloire; mais il n'empêche que leur courage manifeste exerçait un fort magnétisme sur la foule.

La bataille était retransmise par des caméras installées à bord de chacun des avions de chasse, en plus de celles que transportaient les avions-caméras du réseau de télévision, avec pour résultat que le directeur de la programmation devait bien avoir près de vingt images parmi lesquelles effectuer un choix. Et d'autres images étaient en route: Deux escadrons se composant chacun de quatre avions s'élevèrent en vrombissant de la piste pour se diriger à toute vitesse au coeur de la bataille, désireux de faire pencher la balance en leur faveur avant que l'affrontement de la Zone Quatre ne passe à l'histoire des sports.

Linda Albright retira son harnais de parachutiste et descendit de l'avion, un modèle de prestige et de style dans son costume couleur de feu qui lui seyait comme le léotard d'une ballerine, sa veste de satin bleu tachetée d'étoiles blanches, son foulard à rayures rouges et blanches s'agitant dans la brise.

Leslie et moi attendîmes tandis que les reporters l'encerclaient en tentant de s'arracher une interview exclusive avec cette star qui venait tout juste de descendre du ciel. Il était évident que la formation de pilote qu'avait reçue cette dernière, lui avait permis de maîtriser aussi bien le tact et la courtoisie que les acrobaties et l'artillerie. À chacune des questions qu'on lui posait, elle répondait de façon insolite tout en réussissant à se montrer à la fois modeste et confiante.

Quand elle eut fini avec les reporters, une foule de gens se précipita sur elle, la pressant de questions, et lui présentant des programmes à autographier, et sur lesquels apparaissait sa photo pleine page.

«Si c'est ainsi que se passent les choses quand elle perd dans un pays étranger», fit remarquer Leslie, «j'aimerais bien être là quand elle gagne aux États-Unis.»

Finalement, des policiers nous ouvrirent la voie jusqu'à une limousine. Trente minutes plus tard, nous nous retrouvions tous trois dans le calme de l'appartement de terrasse de l'hôtel de Linda. Nous pouvions apercevoir l'arène de l'une des fenêtres, tandis qu'une autre nous offrait le spectacle de la ville et de la rivière. La ville ressemblait bien au Shanghai de notre temps, avec ceci de différent qu'elle était beaucoup plus vaste, plus haute et plus moderne. Dans la pièce, l'écran du téléviseur nous renvoyait des reprises de l'interview de Linda, accompagnées de commentaires de toutes sortes.

Linda Albright poussa un bouton de la console pour éteindre le téléviseur et s'écroula sur le canapé. «Quelle journée! s'exclama-t-elle.

— Que s'est-il passé? s'enquit Leslie. Comment...

— J'ai dérogé à ma propre règle à l'effet qu'il faut toujours regarder derrière soi, voilà ce qui s'est passé», déclara mon moi parallèle. «Xiao est un superbe pilote et nous aurions pu nous livrer un magnifique combat mais...

— Non», dit mon épouse en l'interrompant, «vous vous méprenez. J'aimerais connaître l'origine de ces Jeux et le pourquoi de leur existence. Que signifient-ils?

— Vous venez vraiment d'un autre temps, n'est-ce pas? fit Linda. D'une quelconque utopie d'où l'on a éliminé toute forme de compétition, un monde où l'on ne connaît pas la guerre? C'est bien cela, n'est-ce pas? Eh bien, permettez-moi de vous dire que cela me paraît mortellement ennuyant!

— Nous ne venons pas d'un autre monde où l'on ne connaît pas la guerre, affirmai-je. Et ce monde n'a rien d'ennuyant, il est tout simplement stupide. Des milliers, voire des millions de personnes y trouvent la mort. Nos gouvernements nous terrifient, nos religions nous montent les uns contre les autres...»

Linda installa un coussin derrière sa nuque avant de répondre, d'un air dégoûté: «Des milliers d'entre nous meurent aussi, vous savez. Combien de fois pensez-vous que j'ai trouvé la mort au cours de ma carrière? Oh, pas souvent bien sûr, surtout depuis que j'oeuvre à titre de professionnelle; touchez du bois! Mais il n'en demeure pas moins qu'une journée comme celle d'aujourd'hui n'est pas rare. Tenez, en 1980 par exemple, la totalité de l'équipe américaine fut détruite en seulement trois jours! Et privés de protection aérienne pendant trois jours, vous imaginez ce qui a pu nous arriver au sol et en mer! Les Polonais...» Elle secoua la tête puis poursuivit en disant: «Eh bien, il nous fut tout simplement impossible d'arrêter les compétitions mondiales, cette année-là. Trois divisions, trois cent mille joueurs, tous éliminés! La totalité de l'équipe américaine acculée à la ligne rouge. Zéro!»

Cet éclat passé, Linda parut soulagée de la colère qu'avait engendrée sa défaite de ce jour-là et c'est d'une voix radoucie qu'elle reprit son discours en disant:

«Non pas que nous ne nous trouvions pas en bonne compagnie. Car les Polonais avaient anéanti aussi l'Union Soviétique, le Japon et l'Israël. Et quand ils défirent enfin le Canada et qu'ils gagnèrent la médaille d'or... Eh bien, nul besoin de vous dire que la Pologne délirait de joie. Et pour célébrer sa victoire, elle a acheté sa propre chaîne de télévision!»

Inexplicablement, Linda parut presque fière à ce souvenir.

«Vous ne comprenez pas», dit Leslie. «Nos guerres n'ont rien d'un jeu et les gens meurent réellement au cours de celles-ci. Bref, nous ne nous contentons pas de tuer les gens par le truchement d'un tableau de scores.»

À ces paroles, le visage de Linda s'assombrit.

«C'est parfois le cas aussi dans notre monde, dit-elle. Ainsi, il arrive qu'il y ait des collisions durant les Jeux aériens. Et l'année dernière, au cours d'une tempête, les Britanniques ont perdu un navire et l'équipage tout entier a péri alors qu'ils participaient aux Jeux aquatiques. Ceci dit, ce sont les Jeux au sol qui sont vraiment les pires de tous, car ils exigent la manipulation d'équipements ultra-rapides en terrains accidentés. D'ailleurs, je suis d'avis que les joueurs au sol font montre de plus de courage que de jugement quand ils se présentent devant les caméras. Il y a beaucoup trop d'accidents...

— Ne comprenez-vous pas ce que vous dit ma femme?» lui demandai-je alors en lui coupant la parole. «Dans notre monde, les choses se veulent mortellement sérieuses.

— Écoutez, répliqua Linda, dès qu'on tente d'accomplir quelque chose, tout devient forcément dangereux et mortellement sérieux. Mais il demeure que nos efforts nous ont valu la station martienne, que nous occupons avec les Soviétiques; et puis, il y a la mission pour Alpha du Centaure, l'année prochaine, et la plupart des scientifiques de la planète se préparent à ce projet. Vous pensez bien qu'une industrie qui rapporte plusieurs trillions de dollars n'ira pas mettre fin à de telles activités simplement à cause de quelques accidents.

— Comment arriver à vous faire entendre raison? insista Leslie. Nous ne parlons pas d'accidents, de jeux ou de compétitions. Nous essayons de vous dire que nos guerres ne sont rien de moins que des génocides délibérés et prémédités.»

Sur le canapé, Linda Albright se redressa pour nous regarder d'un air ahuri.

«Doux Jésus! s'écria-t-elle. Mais vous parlez de *guerre!*» Manifestement, la chose était à ce point impensable à ses yeux que l'idée ne lui en avait jamais effleuré l'esprit. «Oh, comme je suis désolée», reprit-elle d'une voix empreinte de sympathie. «Jamais je n'aurais pensé... Nous aussi nous nous sommes livrés à de véritables guerres, il y a nombre d'années de cela. Des guerres mondiales. Jusqu'à ce que nous ayons pris conscience que la prochaine guerre nous annihilerait hors de tout doute.

— Que s'est-il passé? Comment en êtes-vous arrivés à mettre un terme à toutes ces guerres? lui demandai-je à mon tour.

— Oh, nous n'avons pas cessé pour autant, répliqua Linda. Non, nous avons changé, tout simplement. En fait, ce sont les Japonais qui ont commencé, en inondant le marché mondial de leurs voitures. Or, il y a trente ans, la société Matsumoto s'inscrivit aux courses aériennes des États-Unis, dans un but qui se voulait purement publicitaire au départ. Ils munirent leur avion de course d'un moteur Sundai, installèrent des mini-caméras dans les ailes et participèrent aux courses aériennes nationales, enregistrant une excellent métrage par la même occasion. Et c'est ainsi que naquirent les réclames de la Balade Sundai. On se fichait bien de ce que Matsumoto ne s'était classée que quatrième; les ventes de Sundai grimpèrent en flèche.

— Et c'est ce qui a changé le monde? demandai-je.

— C'était un début. C'est alors qu'arriva Gordon Brewer, le promoteur de spectacles aériens, qui eut l'idée d'équiper des avions avec des micro-caméras de télévision et des mitrailleuses munies de compteurs au laser; il établit ensuite les règles du jeu et offrit de magnifiques prix aux pilotes qui voulaient bien y participer. Pendant près d'un mois, le spectacle n'afficha que des couleurs locales, puis le combat aérien devint soudain le sport par excellence. De nos jours, c'est un jeu d'équipes mené par de véritables vedettes. Les stratégies qu'il faut y déployer relèvent à la fois du karaté, des échecs, de l'escrime et du rugby tridimensionnel. C'est un jeu rapide et bruyant, et qui semble encore plus dangereux que l'enfer!»

Les yeux de Linda avaient retrouvé tout leur éclat. Peu importe la raison qui l'avait poussée à pratiquer ce sport au départ, il était évident qu'elle n'en avait pas changé en cours de route. Aussi n'était-il pas étonnant qu'elle fut une experte.

«Ces caméras permirent pour ainsi dire aux spectateurs de s'asseoir dans l'habitacle de l'avion, poursuivit Linda. On n'avait jamais rien vu de tel: Semaine après semaine, on avait l'impression d'assister au Derby du Kentucky, à l'Indianapolis 500 et au Super Bowl en un! Et lorsque Brewer décida de télédiffuser l'émission à la grandeur du pays, ce fut tout comme s'il venait de jeter une allumette dans un entrepôt d'explosifs. Du jour au lendemain, son émission atteignit le second rang des cotes d'écoute, puis le premier; et avant même qu'on ait eu le temps de s'en rendre compte, les Jeux aériens américains firent le tour du monde par télésat, se propageant avec la rapidité de l'éclair!

— Une question d'argent, sans doute, fit remarquer Leslie.

— Et comment! Des villes se mirent à acheter des concessions pour des équipes de combat, puis il y eut les équipes nationales à la suite des éliminatoires. Ensuite, et c'est là que les choses commencèrent à changer pour de vrai, vinrent les compétitions internationales, une sorte de Jeux olympiques aériens. Deux milliards de téléspectateurs restaient braqués devant leurs téléviseurs pendant sept jours consécutifs, tandis que les pays qui avaient les moyens de se payer ce sport s'affrontaient comme des fous furieux. Avez-vous idée des revenus que rapporta la publicité, avec un tel auditoire? Certains pays réussirent même à régler leur dette nationale et ce, dès la toute première compétition.»

Sidérés, Leslie et moi buvions ses paroles.

«Vous n'avez pas idée de la rapidité avec laquelle tout cela est survenu, poursuivit Linda. Toute ville qui avait un aéroport et quelques avions commanditait son équipe amateur. En quelques années à peine, les enfants du ghetto devinrent de véritables héros de ce sport. Et si vous vous considériez rapide, astucieux et courageux, si vous n'aviez pas objection à devenir une vedette internationale du petit écran, alors rien ne pouvait vous empêcher de gagner encore plus d'argent que le président.

«Entretemps, les forces armées de l'air perdaient en force et en popularité, car dès qu'un pilote avait terminé son tour de service, il démissionnait pour aller se joindre aux Jeux; et bien sûr, plus personne ne voulait s'enrôler. Après tout, qui peut bien vouloir devenir un officier sous-payé, représentant officiel de la loi martiale dans une base perdue, passant son temps dans des simulateurs de vol stressants ou pilotant des avions beaucoup plus meurtriers qu'agréables, alors même que la seule chose qui soit sûre est que vous serez le premier à être abattu lors d'un conflit armé? Eh bien, ils sont rares, ceux qui pensent ainsi!»

Mais bien sûr, me dis-je intérieurement. S'il y avait eu des équipes civiles de vol dans ma jeunesse et s'il nous avait été donné de nous tailler une place au soleil en pilotant pour celles-ci, jamais le jeune Richard que j'étais ne se serait enrôlé dans les forces armées de l'air. Pas plus que le bagne, celles-ci ne l'auraient intéressé.

«Mais comment se fait-il qu'avec tout cet argent, vous ne pilotiez encore que des appareils à hélices? m'enquis-je. Vous devez bien avoir six cents chevaux vapeur, au bas mot. Pourquoi n'avez-vous pas d'avions à réaction?

— Neuf cents chevaux vapeur, précisa Linda. Et la raison, c'est que les jets nous ennuient terriblement. Songez qu'une courte bataille ne durera pas plus d'une demi-seconde avec des jets; et un affrontement de plus longue durée ne mettra que trente secondes, tout au plus. Qui plus est, ces avions volent à si haute altitude qu'il est impossible de les voir; clignez simplement des yeux, et voilà que vous avez raté le spectacle! En fait, une fois passé le charme de la nouveauté, les téléspectateurs se lassèrent des avions à réaction; il faut bien avouer après tout qu'il est difficile d'encourager un technicien universitaire qui pilote un ordinateur supersonique.

— Je puis comprendre ce qui a pu attirer les pilotes, fit observer Leslie. Mais qu'en est-il des armées de terre et de mer?

— Oh, elles n'étaient pas bien loin derrière. Les armées de terre, pour leur part, comptaient tellement de chars d'assaut en Europe qu'elles en vinrent vite à se demander pourquoi elles n'y installeraient pas des caméras pour ainsi faire fortune avec toute ferraille. Et bien entendu, les armées de mer n'allaient pas être laissées pour compte et de fait, elle firent tant et si bien qu'elles se méritèrent la Coupe américaine dès la première année.

«On baptisa le tout du nom de Jeux de la Troisième Guerre mondiale. Mais les militaires s'avérèrent lents et ennuyants. À la télé, vous ne pouvez gagner avec des zombies qui ont peine à penser par eux-mêmes, et de l'équipement qui tombe constamment en panne. Vous gagnez en comptant les coups au but.

«Et puis, le secteur privé s'est mis de la partie avec des équipes civiles pour les Jeux de terre et de mer, des équipes à la fois plus rapides et plus astucieuses. Les militaires s'éliminèrent d'eux-mêmes tellement ils avaient honte; ils n'arrivaient pas à garder leurs soldats, car l'argent et la gloire se trouvaient maintenant au sein d'équipes de combat civiles.»

Des voyants lumineux s'allumèrent sur la console téléphonique. Linda les ignora, captivée par le plaisir qu'elle avait à raconter l'histoire des Jeux à ces deux personnes venues d'un monde guerrier.

«Plus personne ne pensait à combattre pour de vrai», dit-elle en reprenant son récit, «tant les Jeux exigeaient de planification et d'exercice. À quoi bon en effet comploter une guerre qui pouvait peut-être se réaliser dans un avenir incertain, alors qu'on trouvait une satisfaction instantanée à combattre immédiatement et à s'enrichir par la même occasion!

— Les militaires ont donc déclaré faillite? demandai-je sur le ton de la plaisanterie.

— En un sens, oui; ils n'ont pas eu le choix. Poussés par l'habitude, les gouvernements continuèrent bien à pourvoir les armées pendant quelques années encore, mais la rébellion contre l'impôt et d'autres soulèvements du genre mirent fin à tout cela.

— Et les armées s'éteignirent? Dieu soit loué! m'exclamai-je.

— Oh, pas du tout, rétorqua Linda en riant. Le peuple les a sauvées.

— Comment est-ce possible? demanda Leslie, l'air étonné.

— Ne vous méprenez pas, dit Linda, mais nous aimons bien l'armée. Lorsque je complète ma déclaration d'impôt sur le revenu, je coche toujours la petite case qui lui est allouée et lui verse ainsi une fortune chaque année. Et cela parce que, croyez-le ou non, les militaires ont changé! Ils ont fini par comprendre qu'ils devraient se désassombrir et se sont défait une fois pour toutes de la corruption et de la bureaucratie qui les écrasaient depuis si longtemps; et ils ont cessé de gaspiller des tonnes d'argent pour se procurer des peccadilles. Ils choisirent plutôt de travailler à quelque chose de dangereux et de stimulant à la fois, un travail qui requérait la mise en commun des ressources de toutes les nations de ce monde: la colonisation de l'espace! Dix ans plus tard, nous avions la station martienne, et nous sommes maintenant en route pour Alpha du Centaure.»

C'est que ça pourrait bien marcher, pensai-je. Il ne m'était jamais venu à l'esprit qu'il pouvait y avoir une alternative à la guerre, autre que la paix totale. J'avais tort.

«Ça pourrait très bien marcher! répétai-je à haute voix à l'adresse de Leslie.

— Ça marche déjà, me répondit celle-ci. Du moins, ça marche ici.

— Et les emplois qui sont le résultat de tout cela! s'exclama Linda. Les Jeux ont accompli de véritables miracles pour l'économie. S'est profilée une recrudescence monstre d'offres pour les mécaniciens, les techniciens, les pilotes, les stratèges, et j'en passe. Et le flot d'argent qui découle de tout cela est tout simplement incroyable. J'ignore ce que la haute direction en retire, mais je sais qu'un bon joueur peut gagner des millions de dollars. Et si l'on compte les honoraires de base, les bonis de victoire et ceux qu'on nous accorde pour chaque jeune que nous sommes prêts à former... eh bien, nous gagnons plus d'argent que nous ne pouvons en dépenser. Et puis, il y a suffisamment de danger pour nous garder heureux, même un peu trop parfois. Il faut se montrer particulièrement alerte au début d'un affrontement, car il y a quarante-huit autres combattants qui compétitionnent pour se faire voir à la télé...»

Elle s'interrompit en entendant le timbre de la porte.

«Il y a suffisamment de couverture de presse pour satisfaire le plus énorme des egos», poursuivit Linda en se levant pour aller ouvrir. «Et bien entendu, personne n'a à deviner qui est susceptible de gagner la prochaine guerre: On n'a qu'à attendre au 21 juin pour voir les résultats par télésat. Et les paris sont nombreux, bien sûr. Mais je vous prie de m'excuser un moment.»

Elle ouvrit la porte à un visiteur qui se dissimulait derrière un énorme bouquet vaporeux de fleurs printanières.

«Pauvre chérie», fit le visiteur sans autre préambule. «Avons-nous besoin de sympathie, ce soir?»

— Krys! s'écria Linda en mettant les bras autour du cou de son visiteur, l'embrasure de la porrte encadrant deux silhouettes vêtues de combinaisons flamboyantes, telles des papillons au milieu d'un jardin de fleurs.

Je regardai Leslie, lui demandant silencieusement si le moment n'était pas venu peut-être de poursuivre notre chemin. Son moi parallèle aurait en effet bien du mal à poursuivre une conversation avec des gens que son ami était dans l'incapacité de voir. Mais lorsque je regardai à nouveau en direction de la porte, ce fut pour me rendre compte que le problème ne se posait pas: Le nouveau venu était un autre moi-même.

«Mon chéri, que fais-tu ici? lui demanda Linda. Tu devrais être à Taïpei, en ce moment. Tu pilotes en troisième période à Taïpei, n'est-ce pas?»

L'homme haussa les épaules et regarda ses bottes d'aviateurs qu'il entreprit de polir sur la moquette.

«Mais c'était une magnifique bataille, Lindie!» dit-il.

Linda ouvrit la bouche de surprise.

«Ton appareil a été descendu?

— Endommagé seulement. Le chef d'escadron des États-Unis est un fantastique pilote!

L'homme fit une pause, savourant la surprise de Linda, puis il éclata de rire.

«Mais pas si fantastique, après tout, reprit-il. Il oublie que fumée blanche n'est pas fumée noire. Je fais un dernier effort: Je sors le train d'atterrissage, volets baissés, pleins gaz d'un coup sec au sommet du virage; lui apparaît dans mon champ de tir et je le descends. C'est rien que chance, mais le directeur a dit que c'est superbe sur écran. Combat de vingt-deux minutes! Mais là je suis loin de Taïpei, alors j'appelle Shangai Trois. Et quand j'atterris, j'aperçois ton appareil, aussi noir qu'un mouton! Dès que mes interviews sont terminées, je me dis que mon épouse a besoin de réconfort...»

Il avait levé les yeux et nous avait enfin aperçus. Regardant Linda, il dit: «Ah! La presse. Je te laisse seule un moment?»

— Ce n'est pas la presse», répondit Linda en scrutant son visage. Puis, se tournant vers nous, elle nous dit: «Leslie et Richard, j'aimerais vous présenter mon mari, Krzysztof Sobieski, le plus grand des as polonais.»

L'homme n'était pas tout à fait aussi grand que moi; ses cheveux étaient aussi plus pâles et ses sourcils plus épais que les miens. Il portait une veste cramoisie et blanche arborant un écusson sur lequel étaient inscrits les mots: *Escadron Un — Équipe de l'air de Pologne*. Ceci mis à part, j'aurais pu tout aussi bien me trouver en présence de ma propre réflexion étonnée.

Leslie et moi saluâmes Krzysztof, et Leslie lui expliqua aussi simplement qu'elle le put la raison de notre présence chez Linda.

«Je vois», fit-il, l'air inquiet, mais acceptant tout de même notre explication en raison de l'acceptation évidente de sa femme.

«Ce monde d'où vous venez, il ressemble beaucoup au nôtre? nous demanda-t-il.

— Non, répondis-je. Je crois comprendre que votre monde en est un de jeux, comme si votre planète était un parc d'amusement, une espèce de carnaval. Il me faut avouer que tout cela nous semble quelque peu insolite.

— Vous venez de m'apprendre que votre monde en est un de guerre, *de vraie guerre,* où le génocide délibéré règne en maître sur une planète qui court à sa propre perte, rétorqua Linda. Voilà qui est *vraiment* insolite!

— Vous croyez qu'ici, c'est un parc d'amusement, expliqua son mari, mais c'est un monde de paix, de travail ardu et de prospérité. Même l'industrie des armes est en plein essor, mais avions et navires et chars d'assaut viennent maintenant avec des fusils qui tirent à blanc et des compteurs au laser. Pourquoi se battre, pourquoi s'entretuer pour rien quand on peut jouer la bataille sur télésat et vivre pour dépenser ses redevances? Après tout, les acteurs ne meurent pas vraiment dans les films. Les Jeux représentent une grande industrie. Certains disent que ce n'est pas bien de parier sur les Jeux, mais nous croyons qu'il vaut mieux parier que... comment dire... que de nous désintégrer.»

Il accompagna sa femme jusqu'au canapé et lui prit la main tandis qu'il poursuivait: «Et Lindie ne vous dit pas quel soulagement cela représente de ne plus haïr personne! Aujourd'hui, je vois que l'avion de ma femme est descendu par un pilote chinois. Est-ce que je deviens fou furieux? Est-ce que je hais l'homme qui l'a descendu, de même que tous les Chinois et peut-être la vie elle-même? La seule chose que je hais est de me retrouver moi dans les bottes de ce pauvre homme la prochaine fois que ma Lindie le rencontrera dans les airs! Elle est l'As numéro deux des États-Unis.»

Voyant que Linda grimaçait, il ajouta: «Elle ne vous le dit pas, je crois?

— Je serai le dernier des numéros si je ne pense pas à regarder par-dessus mon épaule, rétorqua Linda. Jamais je ne me suis sentie aussi idiote, Krys, jamais je... La première chose que j'ai sue, le voyant indiquait que mon appareil avait été descendu et le moteur est mort tout de suite après. Et Xiao qui passe à toute vitesse, en riant comme un fou...»

Les voyants de la console téléphonique, qui s'étaient allumés à quelques reprises depuis notre arrivée, se firent plus insistants. Finalement, tous les voyants s'allumèrent en même temps, et Linda et Krys se virent obligés de prendre ce déluge d'appels prioritaires de la part de producteurs, de réalisateurs et de fonctionnaires, et de répondre aux requêtes des médias et aux invitations pressantes. Si Linda et Krys avaient été de notre espace-temps, nous aurions pu croire qu'ils étaient deux vedettes rock en tournée.

J'ai tellement d'autres questions à leur poser encore, pensai-je. Mais non seulement devaient-ils planifier leurs stratégies du lendemain avec leurs équipes de soutien, il leur fallait aussi leur intimité et fort probablement beaucoup de repos.

Leslie et moi, nous nous levâmes alors qu'ils étaient tous deux au téléphone et les saluâmes de la main. Voyant cela, Linda couvrit le récepteur de sa main et s'écria: «Ne partez pas! Nous n'en avons pas pour longtemps et...»

Krys couvrit le combiné à son tour pour nous dire: «Attendez! Nous dînerons ensemble. Vous restez, s'il vous plaît!

— Merci, non, répondit Leslie. Vous nous avez déjà accordé beaucoup trop de votre temps.

— Bonne chance, vous deux, dis-je. Et mademoiselle Albright, n'oubliez pas de regarder derrière vous, désormais!»

Linda Albright se couvrit moqueusement le visage de ses mains, feignant la gêne. Puis son monde disparut.

Chapitre XIII

*D*e retour dans les airs, Leslie et moi discutâmes à bâtons rompus du monde de Linda et de Krys, et il nous apparut que celui-ci était une merveilleuse alternative à notre monde de guerre dont le seul but semblait être de s'emprisonner lui-même dans un âge moyen de haute technologie.

« Quel espoir ! dis-je.

— Quel contraste ! renchérit Leslie. On ne peut faire autrement que de constater à quel point nous dilapidons nos vies dans la peur, la suspicion et la destruction.

— À ton avis, combien crois-tu qu'il y ait de mondes, dans le plan infini, qui soient aussi créatifs que celui de Linda Albright ? demandai-je. J'aime penser qu'ils sont plus nombreux à ressembler au sien qu'au nôtre.

— Peut-être sont-ils *tous* créatifs, ici ! Posons-nous, veux-tu ?

La sphère du soleil, couleur de cuivre, reposait au milieu d'un ciel violacé. Sa circonférence était de deux fois celle de notre propre soleil, mais son éclat beaucoup moins grand et sa chaleur moins intense. Il était aussi beaucoup plus proche de cette planète sans toutefois être plus chaud et il teintait le paysage d'un or doux. L'atmosphère était imprégnée d'une odeur, quasi imperceptible, de vanille.

Leslie et moi, nous nous trouvions au sommet d'une colline, à la frontière d'une forêt et d'un pré, une spirale de minuscules fleurs argentées brillant de mille feux tout autour de nous. Plus loin, en bas, nous pouvions apercevoir un océan d'un violet presque aussi intense que celui du ciel et une rivière diamantée qui courait à sa rencontre ; il y avait aussi une vaste plaine débouchant sur des collines et des vallées sans âge. L'endroit était inculte et silencieux, et je ne pus m'empêcher de penser au jardin d'Éden.

À première vue, j'aurais pu jurer que nous venions d'échouer sur la planète Terre avant l'apparition du genre humain. Ou était-ce que les habitants avaient choisi de se transformer en fleurs ?

« On dirait un paysage tiré d'un film de science-fiction, déclara Leslie.

— Et personne en vue, dis-je. Mais que faisons-nous ici, sur cette planète déserte ?

— Elle ne peut être déserte, rétorqua Leslie. Car je suis certaine que nous y rencontrerons tôt ou tard des moi parallèles.

Un second coup d'oeil, plus attentif, me permit de discerner au loin une espèce de damier, à peine visible, où s'entrecroisaient de subtiles lignes sombres qui démarquaient ce qui m'apparut être des pâtés de maisons et formant ici des rubans et là des angles, comme si, déjà, des autoroutes où avaient roulé des voitures s'étaient depuis longtemps envolées en poussière.

Mon intuition me trompe rarement.

« Je vois ce que c'est, déclarai-je. Nous avons retrouvé Los Angeles, mais sommes en retard d'un millénaire ! Tu vois, là-bas ? C'est là que se trouvait Santa Monica ; et là, Beverly Hills. La civilisation a disparu !

— Peut-être, répondit Leslie. Mais le ciel de Los Angeles ne ressemble en rien à celui-ci ; à ce que je sache, il ne s'y est jamais trouvé deux lunes. »

Loin au-dessus des montagnes, je vis en effet flotter une lune rouge et une lune jaune, toutes deux beaucoup plus petites que notre satellite, l'une d'entre elles plus avancée déjà dans sa courbe.

« Bon, d'accord, fis-je, convaincu. Ce n'est pas Los Angeles. C'est un film de science-fiction ! »

Soudain, nous perçûmes un mouvement dans la forêt.

Un léopard s'avançait vers nous, sa fourrure couleur de cuivre tachetée de flocons de neige. Du moins, je crus reconnaître un léopard, bien que la bête eût la taille d'un tigre. Elle se déplaçait d'un curieux pas hésitant, gravissant la colline avec peine, et nous l'entendîmes haleter alors qu'elle se rapprochait de nous.

Cet animal ne peut nous voir et ne peut donc nous attaquer, pensai-je. *Il ne semble pas affamé, mais comment savoir si un tigre a faim ou pas ?*

« Richie, il est blessé ! »

Le pas hésitant ne dénotait donc pas une créature extra-terrestre, comme je l'avais cru au départ ; un poids terrible avait dû écraser la pauvre bête. Ses yeux ambres enflammés de souffrance, elle titubait comme si sa vie dépendait de ce qu'elle réussît à se traîner vaille que vaille à travers la clairière, jusqu'à la forêt qui se trouvait derrière nous.

Nous accourûmes tous deux pour l'aider, bien que je me demandai ce que nous aurions pu faire même si nous avions été de chair et d'os.

Nous arrivâmes à la hauteur du tigre, car c'en était un, et il était gigantesque. Aussi long que Leslie était haute, ce félin géant devait bien peser une tonne.

Leslie et moi, nous nous rendîmes compte à sa respiration qu'il était à l'agonie et nous arrivâmes à la conclusion qu'il n'en avait plus pour longtemps. Du sang séché maculait ses épaules et ses flancs.

La bête s'affaissa soudain, puis se releva, fit quelques pas, s'affaissa de nouveau parmi les fleurs argentées. Je me demandai pourquoi elle s'efforçait tant d'atteindre les arbres en ces derniers moments de sa vie.

« Richie, qu'allons-nous faire ? » me demanda Leslie, ses yeux reflétant l'angoisse qu'elle ressentait devant tant de souffrance. « Nous ne pouvons tout de même pas rester là, impuissants. Il doit bien y avoir un moyen... »

Elle s'arrêta et s'agenouilla près de la tête massive pour tenter de réconforter la bête brisée, mais bien sûr sa main passa à travers la fourrure et le tigre ne perçut pas sa présence à ses côtés.

« Calme-toi, chérie », dis-je à l'intention de Leslie. « Les tigres choisissent leur destinée tout comme les humains, et la mort n'est pas plus une fin pour eux qu'elle ne l'est pour nous. »

Ce qui est tout à fait vrai, pensai-je en moi-même, *mais guère consolant.*

« Non ! » s'exclama Leslie en dépit de mes paroles réconfortantes. « Je refuse de croire que la raison de notre présence ici soit de regarder s'éteindre cette merveilleuse créature. Richie, non !

— Chérie, dis-je en la prenant dans mes bras, j'admets qu'il doit sûrement y avoir une explication. D'ailleurs, tu sais comme moi qu'il existe toujours une explication à tout. Mais il nous reste à la découvrir. »

La voix qui se fit entendre à ce moment, de l'orée du bois, était aussi chaleureuse qu'un rayon de soleil, mais elle réverbéra comme un coup de tonnerre à travers la clairière.

« Tyeen ! »

Leslie et moi, nous nous retournâmes pour voir qui avait poussé ce cri.

Une femme se tenait là, tout près de la spirale de fleurs argentées. Je crus tout d'abord qu'il s'agissait de Pye, mais constatai que tel n'était pas le cas, car la femme avait le teint plus pâle que celui de Pye et les cheveux longs et blonds plutôt que noirs. Mais ces détails mis à part, la nouvelle venue était tout autant le sosie de Pye dans cet autre espace-temps que celui de Leslie dans ce monde-ci, affichant la même courbe carrée de la mâchoire, le même air de détermination. Elle était vêtue d'une robe d'un vert printanier par-dessus laquelle elle avait jeté une cape de couleur émeraude, qui balaya l'herbe lorsqu'elle se mit à courir en direction de l'animal blessé.

L'énorme créature remua la tête à sa vue et poussa un rugissement rauque dans sa direction.

La femme parvint enfin à ses côtés dans un tourbillon de verts. Elle s'agenouilla et caressa l'énorme visage de ses mains menues, puis dans un murmure, elle lui dit :

« Allez, lève-toi maintenant. »

L'animal lutta désespérément pour obéir, fendant l'air de ses pattes.

« J'ai bien peur qu'il ne soit grièvement blessé, madame, dis-je. Je ne crois pas que vous puissiez faire grand chose pour lui. »

Mais elle ne m'entendit pas. Les paupières closes, elle semblait se concentrer sur la forme monstrueuse qu'elle caressait doucement. Soudain, elle rouvrit les yeux et dit : « Tyeen. Lève-toi, mon petit. »

Poussant un féroce rugissement, la bête sauta sur ses pattes et fit voler l'herbe autour d'elle. Elle respira longuement et profondément, dominant la femme de sa haute taille.

Celle-ci se leva à son tour et, passant ses bras autour du cou de l'animal, elle caressa ses blessures et remit de l'ordre dans sa fourrure.

« Tu n'es qu'une petite idiote, Tyeen », fit-elle au bout d'un moment. « Où est donc passée ta sagesse ? Le moment n'est pas venu de mourir ! »

Le sang avait disparu, comme s'il s'était agi de poussière que le vent avait balayée de sa fourrure exotique. Le gigantesque animal regarda la femme, puis ferma les yeux et fourra son museau sur son épaule.

« Je te demanderais bien de rester encore un peu, dit la femme, mais comment expliquerais-tu ton absence prolongée à tes bébés affamés, hein ? Allez, va ton chemin. »

L'animal fit alors entendre un grondement qui rappelait celui du dragon.

« Va. Et sois prudent en escaladant les falaises ; tu n'as rien d'une chèvre des montagnes ! »

Il regarda la femme encore une fois, se secoua puis déguerpit au pas de course allongé, traversant le pré de sa gracieuse silhouette. On ne vit bientôt plus qu'une ombre ondulante, et il disparut derrière les arbres.

La femme le regarda jusqu'à ce qu'il ait complètement disparu, puis elle se tourna vers nous.

« Elle adore les hauteurs », déclara-t-elle d'une voix prosaïque, comme si elle s'était résignée à cette folie de la part de l'animal. « En fait, elle ne peut leur résister ; mais elle n'arrive pas à comprendre que les rochers ne sont pas tous en mesure de supporter son poids considérable !

— Comment avez-vous fait ? s'enquit Leslie. Nous étions tous deux persuadés… Elle se trouvait dans un si pitoyable état que nous avons cru…

Mais déjà, la femme s'était retournée et ayant entrepris de gravir la colline, nous enjoignait de la suivre d'un signe de la main.

« Ici, les animaux se rétablissent très rapidement », nous dit-elle en guise d'explication, « mais il arrive parfois qu'ils aient besoin d'un peu d'amour pour pouvoir se remettre de leurs malaises. Tyeen est une vieille connaissance. »

— Nous aussi devons être de vieilles connaissances, rétorquai-je, puisque vous pouvez nous voir. Qui êtes-vous ?

Elle nous examina comme nous marchions, son ravissant visage, ses yeux d'un vert encore plus sombre que celui de sa cape, nous scrutant à la vitesse d'un rayon laser pendant un bref moment en de petits mouvements horizontaux, comme si elle effectuait une lecture rapide de nos âmes. Quelle intelligence se lisait dans ce regard dénué de prétention et d'artifice.

Elle sourit enfin comme si elle venait tout à coup de comprendre quelque chose qui, jusque-là, lui avait échappé.

« Leslie et Richard ! Je suis Mashara ! »

Comment se faisait-il qu'elle nous connaissait ? Où nous étions-nous rencontrés ? Et puis, que signifiait sa présence en ce lieu, et qu'était ce lieu pour elle ? Quel type de civilisation pouvait bien se terrer ici ? Quelles étaient ses valeurs ? *Qui donc était cette femme ?*

« Dans cette dimension, je suis vous », dit Mashara, comme si elle avait lu les questions qui se bousculaient dans ma tête. « Ici, ceux qui vous connaissent tous les deux vous appellent Mashara. »

« Mais quelle est cette dimension ? lui demanda Leslie. Où sommes-nous ? Et quand…

— J'ai moi-même nombre de questions à vous poser, répliqua Mashara en riant. Suivez-moi.

Au-delà des abords du pré se dressait une petite maison en roc qu'aucun mortier ne soutenait et, de fait, les pierres avaient été entassées de façon telle qu'il aurait été impossible d'insérer même une feuille de papier entre elles. Les fenêtres étaient dépourvues de vitres et la porte n'était rien de plus qu'une embrasure pratiquée dans un des murs.

Une famille de volatiles dodus traversa la cour à la queue leu leu. Nous pûmes apercevoir une espèce de créature duveteuse, à la fourrure bigarrée et au masque de bandit, qui s'était pelotonnée au creux d'une branche ; elle ouvrit les yeux comme nous approchions, mais les referma pour se rendormir aussitôt.

Mashara nous invita à la suivre à l'intérieur de la maison où un animal, de la couleur d'un nuage d'été et ressemblant à un jeune alpaga, reposait sur un lit de feuilles et de paille près de l'une des fenêtres. La bête fit montre d'une certaine curiosité en dressant les oreilles dans notre direction, mais elle ne daigna pas se lever.

La maisonnette ne comprenait ni poêle, ni dépense, ni lit, comme si la propriétaire ne mangeait ni ne dormait et pourtant, elle dégageait chaleur et douce sécurité. Laissé à mon imagination, j'en aurais conclu que Mashara n'était nulle autre que la bonne fée de la forêt.

Mashara nous invita à prendre place sur des bancs, à une table située près de la plus grande des fenêtres qui nous offrait une vue panoramique du pré et de la vallée qui s'étendaient plus bas.

« Mon monde est un espace-temps parallèle au vôtre », nous dit Mashara lorsque nous fûmes confortablement installés. « Mais cela, vous le saviez déjà, bien sûr. La planète, le soleil, la galaxie, l'univers de ce monde diffèrent de ceux que vous connaissez. Mais il reste que le moment présent est le même pour vous comme pour moi.

— Mashara, se peut-il qu'un cataclysme ait ravagé cette planète, il y a longtemps ? s'enquit Leslie.

Je compris où elle voulait en venir. Les démarcations à demi effacées que nous avions aperçues, l'ensemble de la planète à l'état sauvage... Se pouvait-il que Mashara fût la dernière survivante d'une civilisation qui avait jadis gouverné ce monde ?

« Vous vous rappelez ! » s'étonna notre moi parallèle. « Mais est-il mal qu'une civilisation détruise sa planète, du fond sous-marin jusqu'à la stratosphère... Est-il si terrible que cette civilisation s'éteigne ? Est-il mal qu'une planète cherche à se guérir elle-même ? »

Pour la toute première fois depuis notre arrivée, je sentis un malaise m'envahir, imaginant les derniers moments d'agonie de ce monde alors qu'il glissait inexorablement vers la mort avec force plaintes et hurlements.

« Est-il bien qu'une vie, quelle qu'elle soit, périsse ? m'enquis-je à mon tour.

— Qu'elle périsse, non, rétorqua Mashara. Mais il est bien qu'elle change. Or, certains de vos moi parallèles ont choisi de créer une telle société, des moi qui s'y délectaient en même temps qu'ils s'acharnaient désespérément à la changer. Certains ont réussi, d'autres ont perdu ; mais tous ont appris.

— Mais la planète s'en est remise, fit observer Leslie. Il n'y a qu'à regarder autour de nous : des rivières, des arbres, des fleurs... Elle est merveilleuse !

— La planète s'en est remise, oui, mais pas ses habitants », fit Mashara en détournant son regard.

Il m'apparut clairement à ce moment que cette femme était totalement dépourvue d'ego, de modestie et de jugement, et qu'elle ne faisait que refléter la vérité de ce qui s'était passé.

L'alpaga se leva, déambula lentement en direction de la porte.

« L'évolution a fait de la civilisation l'intendant de cette planète », reprit Mashara après un moment. « Cent mille ans plus tard, l'intendant se tenait toujours devant l'évolution, mais il était devenu un destructeur ; de guérisseur qu'il avait été, il s'était transformé en parasite. Et l'évolution a alors repris son présent : Elle s'est détournée de la civilisation pour sauver la planète des ravages de l'intelligence et la remettre entre les mains de l'amour.

— Et est-ce là votre mission, Mashara ? demanda Leslie. Vous auriez pour mission de sauver les planètes ? »

Mashara hocha la tête en signe d'assentiment.

« Oui, j'ai pour mission de sauver cette planète, pour laquelle je symbolise patience et protection, compassion et compréhension. Je représente les plus nobles desseins que les anciens peuples de ce monde avaient conçus pour eux-mêmes. De bien des façons, ces peuples constituaient une merveilleuse culture, une société talentueuse qui s'est trouvée finalement piégée par sa propre cupidité et son étroitesse d'esprit. Et ils ont alors ravagé les forêts, en ont fait des déserts ; ils ont consumé l'âme de la Terre pour en faire une mine de désolation ; ils ont étouffé son atmosphère et ses océans, ont stérilisé le sol avec leurs radiations et leurs poisons. Pourtant, il leur fut offert des milliers d'occasions de changer, mais tous s'y refusèrent. Et à même le sol, ils ont creusé le luxe pour certains, le travail pour le reste et des tombes pour les enfants de tous. À la fin, les enfants manifestèrent leur désaccord, mais il était trop tard.

— Mais comment une civilisation entière a-t-elle pu être aveugle à ce point ? dis-je. Et ce que vous faites maintenant... Mashara, vous avez trouvé la réponse ! »

Un silence se fit. Le soleil versa dans l'horizon, mais je calculai qu'il restait encore un moment avant qu'il ne fasse nuit.

« Qu'est-il arrivé à tous ces peuples ? demanda Leslie en s'adressant à Mashara.

— Durant les toutes dernières années, expliqua celle-ci, alors qu'ils en étaient venus à prendre conscience qu'il était trop tard, ils se sont mis à fabriquer des super-ordinateurs à hyperconductibilité. Puis ils nous intégrèrent à même leurs dômes, nous enseignèrent à restaurer la planète et nous lâchèrent enfin dans la nature afin que nous travaillions dans l'air qu'eux n'étaient plus en mesure de respirer. Le dernier geste qu'ils posèrent, en vue de demander pardon à la nature, fut de nous faire don de leurs dômes pour que nous puissions y sauvegarder le peu de vie sauvage qui pouvait encore subsister. Ils nous donnèrent le nom d'écologistes-restaurateurs planétaires. Et c'est ainsi qu'ils nous baptisèrent, nous donnèrent leur bénédiction, puis s'en furent ensemble s'immerger dans ce poison qu'avait jadis été la forêt. »

Mashara regarda le sol, puis ajouta : « Ils ne revinrent jamais. »

Leslie et moi voguâmes un moment sur l'écho de ses paroles, tentant d'imaginer toute la solitude et la désolation qu'avait dû endurer cette femme. Et pourtant, c'est sur un ton si léger qu'elle avait prononcé sa dernière phrase.

« Mashara, dis-je soudain, ils vous ont fabriquée de toutes pièces ? Vous êtes un *ordinateur* ? »

Quelque part en moi je sus, à l'instant même où je posais cette question, que je perdais ma vision d'ensemble des choses, car je n'arrivais plus à discerner clairement qui était vraiment Mashara et où elle s'inscrivait dans l'ordre des choses.

Mashara tourna son magnifique visage dans ma direction et me répondit : « Je puis en effet être décrite comme telle. Et vous aussi.

— Mais êtes-vous… Mashara, êtes-vous vivante ?

— Cela vous paraît-il impossible ? Quelle différence cela fait-il que l'humanité brille à travers des atomes de silicium ou de gallium, plutôt que des atomes de carbone ? Est-il vraiment quelque chose qui soit humain à la naissance ?

— Mais bien sûr que si ! m'exclamai-je. Même les plus inférieurs d'entre nous, même les destructeurs et les meurtriers sont humains. Certes, nous ne les aimons pas, mais il demeure qu'ils sont des êtres humains. »

Mashara secoua la tête, montrant son désaccord.

« Un être humain est l'expression de la vie, dit-elle. Porteur de la lumière, il réfléchit l'amour à travers l'une ou l'autre dimension qu'il choisit de toucher et sous quelque forme qu'il choisit de prendre. L'humanité n'est pas une entité physique, Richard, mais un dessein spirituel ; ce n'est pas quelque chose qui nous est donné, mais bien quelque chose qu'il nous faut mériter. »

Une bouleversante pensée me traversa l'esprit quant au sort tragique de cette planète, et en dépit de mes efforts à considérer Mashara comme une machine, un ordinateur, une simple *chose*, je n'arrivais pas à y croire. De fait, ce n'était nullement la composition chimique de son corps qui définissait sa vie, mais bien plutôt la profondeur de son amour.

« Il faut croire que j'ai pris l'habitude de qualifier les gens d'humains, dis-je enfin.

— Peut-être auriez-vous intérêt à réviser votre jugement, rétorqua Mashara. »

Mais quelque part en moi, l'attirance que je pouvais avoir pour les phénomènes de cirque me fit rouler de gros yeux en direction de Mashara, et je dévisageai celle-ci à travers l'incertitude brumeuse d'une étiquette que j'avais pourtant peine à lui accoler. Un super-ordinateur !

Je fus soudainement pris d'une irrésistible envie de la mettre à l'épreuve et lui demandai à brûle-pourpoint :

« Que font deux mille deux cent quatre-vingt-dix-sept divisés par deux virgule trois, deux, trois, sept, neuf, zéro, zéro, un, au carré ?

— Est-il si important que je vous réponde ? me demanda-t-elle à son tour. »

Je hochai la tête en signe d'assentiment.

Et Mashara de me répondre en soupirant : « Deux, quatre, six, deux virgule zéro, sept, quatre, zéro, deux, cinq, huit, quatre, huit, deux, huit, zéro, six, trois, neuf, huit, un... Dois-je poursuivre l'énumération des décimales ?

— Fantastique ! m'écriai-je pour toute réponse.

— Et comment savez-vous que je ne viens pas d'inventer cette réponse de toutes pièces ? s'enquit Mashara sur un ton anodin.

— Je suis désolé, fis-je. C'est tout simplement que... Vous me semblez si...

— Que diriez-vous de tenter un ultime test ? me demanda-t-elle.

— Richard ! dit alors Leslie d'une voix circonspecte.

À ce moment, Mashara jeta un regard reconnaissant à mon épouse, puis elle me dit :

« Connaissez-vous le test ultime de la vie, Richard ?

— Euh, non. Il y a toujours une ligne de démarcation entre...

— Cela vous ennuierait de répondre à une autre question ? m'interrompit-elle.

— Non, bien sûr. »

Et elle me regarda alors droit dans les yeux, cette bonne fée de la forêt, impassible devant ce qui était encore à venir.

— Dites-moi, reprit-elle, ce que vous ressentiriez si je mourais à l'instant même ? »

Leslie en eut le souffle coupé.

« Non ! » m'écriai-je en sautant sur mes pieds.

Un vent de panique me traversa à l'idée que la plus grande preuve d'amour que puisse donner notre moi parallèle résidât dans son autodestruction, afin de nous faire saisir toute l'ampleur de la perte de la vie qu'elle était.

« Mashara, non ! » hurlai-je encore.

Elle s'écroula aussi doucement qu'une fleur et resta là, immobile comme la mort, ses magnifiques yeux verts dénués de vie.

Leslie se précipita à ses côtés, de fantôme de personne à fantôme d'ordinateur. Elle l'enlaça doucement dans ses bras, tout comme la bonne fée avait tenu le gigantesque chat qu'elle aimait tant.

« Et comment vous sentirez-vous, Mashara, dit alors Leslie, lorsque Tyeen et ses petits, lorsque les forêts, les océans et la planète qu'on vous a donnés à aimer, mourront avec vous ? Honorerez-vous leurs vies comme nous honorons la vôtre ? »

Lentement, très lentement, la vie revint et la belle Mashara remua enfin pour faire face à sa sœur d'un autre temps. Miroir l'une de l'autre, toutes deux faisaient briller les mêmes fières valeurs dans deux mondes différents.

« Je vous aime », déclara-t-elle en se dressant sur son séant. « Vous ne devez pas penser... que je suis incapable d'aimer.

— Comment pourrions-nous contempler votre planète et penser en même temps que vous êtes incapable d'amour ? » fit Leslie en esquissant un triste sourire. « Et comment pourrions-nous aimer notre propre Terre sans vous aimer aussi, chère intendante ?

— Il vous faut partir, maintenant », dit Mashara en fermant les yeux. Puis elle murmura : « Surtout, je vous en supplie, n'oubliez pas. »

Je pris la main de Leslie et hochai la tête.

« Les toutes premières fleurs que nous planterons chaque année désormais, les tout premiers arbres, nous les planterons pour Mashara », déclara Leslie.

L'alpaga pénétra silencieusement à l'intérieur de la maison, les oreilles recourbées vers l'avant, le regard sombre, avançant, inquiet, son museau vers la femme qui symbolisait son foyer. La bonne fée de la forêt passa ses bras autour du cou de l'animal, le réconfortant de sa chaleur.

Soudain, la maisonnette se transforma en écume cependant que notre Ronchonneur s'élevait à nouveau au-dessus du plan.

« Quelle belle âme ! dis-je. L'un des plus aimables êtres humains qu'il nous ait été donné de connaître est un ordinateur ! »

Chapitre XIV

*E*ncore imprégnés de l'amour de Mashara, nous nous retrouvâmes Leslie et moi à bord de notre hydravion et en plein ciel. Nous avions la tête remplie des images de la superbe planète que nous venions de quitter, et je songeai à quel point il nous était maintenant naturel de penser que nous comptions des amis dans des espaces-temps totalement différents du nôtre.

Certes, nous avions connu la joie et l'horreur au cours de ce périple qui cependant nous menait toujours plus loin, toujours plus avant. Qui plus est, il nous avait permis de vivre des aventures que jamais nous n'aurions vécues et de comprendre des choses que jamais nous n'aurions comprises, eussions-nous vécu des centaines de vies.

Aussi, plus que jamais désirions-nous, Leslie et moi, poursuivre notre aventure.

Au-dessous de nous, le plan vira au rose pâle et des sentiers de couleur or s'y découpèrent. Je n'eus pas besoin de réfléchir bien longtemps ou de m'en remettre à mon intuition pour comprendre que je désirais toucher ces couleurs. Je regardai Leslie pour voir ce qu'elle en pensait et compris à son hochement de tête qu'elle partageait mon sentiment.

« Tu es prête ?

— Je crois que si... », me répondit-elle. Et elle me fit son imitation du passager terrifié, s'agrippant de toutes ses forces au tableau de bord.

L'hydravion se fraya un chemin à travers l'écume qu'avait soulevée notre amerrissage et pendant quelques instants, nous nous laissâmes doucement portés par le courant. Bientôt cependant, je constatai que nous n'étions pas en mer, comme nous aurions dû logiquement l'être et que le plan avait disparu.

De fait, nous nous trouvions sur un lac bordé de montagnes et de conifères, et que prolongeait une grève couleur de miel. L'eau du lac était claire et les rayons du soleil qui réchauffaient le sable de la grève venaient s'y réfléchir.

Nous nous laissâmes dériver un moment, tentant de comprendre ce qui nous arrivait.

« Leslie ! m'exclamai-je soudain. C'est ici que je viens pratiquer mes amerrissages. Nous sommes au lac Healey ! Nous sommes sortis du plan !

— Tu en es certain ? » fit Leslie en scrutant le paysage pour y trouver des signes du contraire.

— Presque certain. »

Je regardai à nouveau tout autour de moi et aperçus à ma gauche les pentes abruptes recouvertes de conifères et au bout du lac, les feuillus, moins élancés. Derrière ceux-ci s'étendait la vallée.

« Hourra ! » m'écriai-je alors, sans grand enthousiasme. Puis je me tournai vers Leslie et pus lire la déception sur son visage.

« Oh, je sais que je devrais être contente d'être enfin de retour, me dit-elle. Mais nous commencions à peine à apprendre et il nous reste tant de choses à comprendre. »

Je dus reconnaître qu'elle avait parfaitement raison et sentais pour ma part qu'on venait de me frustrer de quelque chose de spectaculaire, un peu comme si, au théâtre, les lumières s'étaient toutes allumées en même temps et que les acteurs avaient quitté la scène avant la fin de la pièce.

J'abaissai le gouvernail de direction et appuyai sur la pédale pour amorcer le virage en direction de la grève.

Leslie eut un hoquet de surprise.

« Regarde ! » s'exclama-t-elle en pointant le doigt en direction de la grève.

Un peu en amont de l'extrémité de notre aileron droit, comme nous tournions, j'aperçus un autre Martin Seabird échoué sur la grève.

« Ha ! ha ! exultai-je. Il n'y a plus de doute, cette fois : Tout le monde vient pratiquer ici. Nous sommes bel et bien revenus à la maison. »

Je poussai la manette des gaz et nous glissâmes en direction du second hydravion. Puis je coupai le moteur pour franchir silencieusement les derniers pieds, bien qu'il n'y eût personne en vue. Bientôt, le nez de notre appareil se trouva enfoui dans le sable, à deux cents pieds environ de l'autre Seabird.

Je retirai mes chaussures et sautai de l'hydravion, et me retrouvai dans l'eau jusqu'aux chevilles ; puis je fis le tour de l'appareil pour aider Leslie à descendre à son tour. Cela fait, je soulevai le nez de l'hydravion que je tirai un peu plus sur la grève. Et tandis que je l'ancrais dans le sable, Leslie se dirigea vers le second appareil.

« Holà ! Il y a quelqu'un ? » cria-t-elle en s'approchant.

— Il n'y a personne ? » lui demandai-je en la rejoignant.

Leslie ne répondit pas. Elle se tenait maintenant à la hauteur de la cabine et regardait à l'intérieur.

Cet appareil était en tous points semblable à notre Ronchonneur. Sur sa carlingue, avait été dessiné le même décor de neige et d'arc-en-ciel que Leslie et moi avions conçu pour notre Seabird. L'intérieur de la cabine aussi était identique et on y retrouvait le même tapis sur le sol, le même tissu sur les sièges. De fait, l'ensemble de la conception était identique à la nôtre, de l'anti-reflets que nous avions fait fabriquer sur commande jusqu'au lettrage qu'affichait le tableau de bord.

« Tu crois que c'est une coïncidence, me demanda Leslie, et qu'il puisse exister un autre hydravion identique à Ronchonneur ? »

— Cela me paraît en effet étrange, rétorquai-je. »

Je tendis la main pour toucher le capot du moteur. Celui-ci était encore chaud.

Un curieux sentiment m'envahit. Je pris la main de Leslie et nous nous acheminâmes vers notre propre hydravion. À mi-chemin, Leslie s'arrêta brusquement et jeta un coup d'oeil par-dessus son épaule. Puis elle me dit :

« Regarde, Richard. Il n'y a aucune trace de pas dans le sable, à part les nôtres. Comment ce pilote a-t-il pu atterrir, descendre de son avion et disparaître sans même laisser d'empreintes derrière lui ? »

Nous restâmes là, entre les deux Seabird, déconcertés.

« Tu es sûr que nous sommes de retour dans notre propre espace-temps ? s'enquit Leslie. J'ai pourtant la nette impression que nous nous trouvons encore à l'intérieur du plan.

— Devant une réplique du lac Healey ? » dis-je, quelque peu incrédule. « Et si tel est le cas, comment se fait-il que nous, fantômes, nous laissions des traces derrière nous ?

— Tu as sans doute raison, me répondit-elle. D'ailleurs, si nous nous étions posés quelque part dans le plan, nul doute que nous aurions déjà rencontré un moi parallèle à l'un ou l'autre d'entre nous. »

Puis sans rien ajouter, elle resta là perplexe à regarder l'autre Seabird.

« Si nous nous trouvons toujours à l'intérieur du plan et ici en particulier », dis-je au bout d'un moment, « c'est peut-être parce qu'il nous faut subir une épreuve. Et s'il ne semble y avoir personne, c'est peut-être alors que l'un ou l'autre de nos moi se trouve ici, mais sous une autre forme. Rappelle-toi que nous sommes indivisibles de nos moi et que nous ne sommes jamais seuls, à moins de croire que nous le sommes. »

Un rayon laser de couleur rubis scintilla à moins de vingt pieds de nous et là, vêtue d'un jean blanc et d'un chemisier, se tenait notre moi parallèle.

« Vous savez pourquoi je vous aime ? » dit cette personne en nous tendant les bras. « Parce que vous n'avez pas oublié ! »

— Pye ! » s'écria joyeusement Leslie, qui courut embrasser la nouvelle venue.

En ce lieu, plan ou pas, nous n'étions plus des fantômes, et c'est ainsi que Leslie et Pye purent s'embrasser sans qu'elles passent l'une au travers de l'autre.

« Comme je suis heureuse de vous revoir, dit Leslie. Jamais vous ne devinerez où nous sommes allés ! Nous avons rencontré la plus aimable des créatures de ce monde et avons aussi fait la connaissance du plus méchant des hommes. Oh, Pye ! Nous avons tant de choses à vous raconter, et tant de questions à vous poser ! »

Ces paroles terminées, Pye se tourna vers moi.

« Quel plaisir de vous revoir ! » lui dis-je en la serrant à mon tour dans mes bras. « Pourquoi nous avoir quittés si soudainement ? »

Elle se contenta de sourire et se dirigea vers le lac. Puis lorsqu'elle fut à proximité du bord de l'eau, elle s'assit sur la grève et nous invita d'un geste de la main à nous joindre à elle.

« Parce que j'étais à peu près certaine de ce qui allait se passer », répondit-elle enfin. « Et quand vous aimez des êtres et que vous savez hors de tout doute qu'ils sont prêts à apprendre et à croître, alors vous les laissez partir. Car comment auriez-vous pu apprendre, comment auriez-vous pu vivre vos diverses expériences en sachant que j'étais là, comme une espèce d'écran protecteur s'immisçant entre vous et vos choix ? »

Elle me regarda, le sourire aux lèvres.

« Ce lac est bel et bien une réplique du lac Healey que vous connaissez, Richard. Quant à l'hydravion, il est là pour mon plaisir. Vous m'avez rappelé combien j'aime piloter ; aussi ai-je reproduit le Ronchonneur et ai-je décollé, pour me pratiquer bien sûr, mais aussi pour vous retrouver, tous les deux. Cela dit, il me faut avouer que c'est quand même surprenant d'amerrir alors que le train d'atterrissage est sorti, vous ne croyez pas ? »

Elle leva la main à la vue de mon visage horrifié.

« Ne vous en faites pas, je m'en suis souvenu à temps ! Une seconde à peine avant de toucher l'eau, j'ai fait appel à cet aspect de moi qui est le plus familier avec les hydravions et je vous ai entendu qui me criiez de remonter le train d'atterrissage. Merci ! »

Elle posa alors la main sur l'épaule de Leslie et lui dit : « Et vous avez remarqué que je n'ai laissé aucune trace de pas sur le sable. Quel esprit d'observation vous avez. Sachez que j'ai fait cela pour vous rappeler à tous les deux que c'est à vous qu'il revient de choisir la voie que vous emprunterez et de répondre à votre sens le plus élevé de ce que vous savez être bien, et non celui des autres. Mais cela, vous le savez déjà.

— Oh ! Pye ! » dit Leslie. Mais comment respecter notre sens du bien dans un monde qui… Vous connaissez Ivan et Tatiana ? »

Pye fit signe que oui.

La voix de Leslie se brisa alors qu'elle poursuivit en disant : « Nous les aimions tant. Et dire que ce sont des Américains qui les ont tués. Dire que c'est *nous* qui les avons tués !

— Non, ce n'est pas vous, lui affirma Pye. Comment avez-vous pu penser une chose pareille ?

Elle tendit la main et releva le menton de Leslie pour alors la regarder droit dans les yeux.

« Rappelez-vous, Leslie, qu'il n'est rien dans le plan qui soit là par hasard, rien qui ne s'y trouve sans motif.

— Quel motif peut justifier la destruction de Moscou ? » lui dis-je d'un ton cassant. « Et comment pouvez-vous affirmer une telle chose puisque vous n'étiez pas là au moment de cet incident et n'avez pas ressenti la terreur comme nous l'avons ressentie ! »

Je me vis à nouveau submergé par les événements qui avaient marqué cette nuit à Moscou, et me sentis comme si Leslie et moi avions assassiné tous les membres de notre famille sous le couvert de la nuit.

« Richard, le plan comporte toutes les possibilités qui se puissent imaginer », dit Pye d'une voix douce, « et constitue en ce sens une liberté absolue de choix. Le plan est comparable à un livre : Chaque événement y est gravé en un mot, une phrase imprimée à jamais sur les pages de ce livre relatant une histoire sans fin. C'est la *conscience* qui se transforme, choisissant de lire ceci plutôt que cela. Ainsi, lorsque vous tombez sur une page qui traite de guerre nucléaire, vous laissez-vous aller au désespoir ou tentez-vous plutôt de tirer une leçon de ce que dit cette page ? Mourrez-vous en lisant cette page ou passerez-vous plutôt aux pages suivantes, d'autant plus sage pour l'avoir lue ?

— Nous ne sommes pas encore morts, dis-je alors. Et j'espère bien que nous sommes plus sages.

— Vous avez partagé une page avec Tatiana et Ivan Kirilov, poursuivit Pye, « et lorsque vous en avez terminé la lecture, vous avez tourné cette page. Mais celle-ci existe toujours, en ce moment même, attendant de transformer le coeur de quiconque choisira de la lire. Quant à vous, maintenant que vous avez appris, vous n'avez plus à relire cette page, car vous vous êtes projeté au-delà de celle-ci. Et il en va de même pour Ivan et Tatiana.

— C'est bien vrai ? s'exclama Leslie, osant espérer à nouveau.

— Linda Albright ne vous rappelait-elle pas Tatiana Kirilova ? rétorqua Pye en souriant. N'avez-vous pas cru reconnaître votre ami Ivan dans Krzysztof ? Et les pilotes des Jeux de l'air n'ont-ils pas fait un divertissement de la terreur de la guerre pour ainsi sauver leur monde de la destruction ? *Qui croyez-vous donc qu'ils sont ?*

— Auraient-ils lu, eux aussi, cette page relatant la terrible nuit à Moscou ?

— Oui !

— Et ces pilotes ? C'est nous ? demandai-je.

— Oui ! » Les yeux de Pye brillaient de mille feux. « Vous et Leslie, Linda, Tatiana, Mashara, Jean-Paul, Attila, Ivan, Atkin, Tink et moi. *Nous ne faisons qu'un !* »

Dans le silence qui s'ensuivit, nous pûmes entendre la brise qui caressait les feuilles des arbres, tandis que de minuscules vagues venaient lécher la grève.

« Il y a une raison à notre rencontre », reprit Pye, « tout comme il y a une raison à votre rencontre avec Attila. Ainsi, vous vous souciez de la guerre et de la paix ? Alors vous atterrissez sur des pages qui vous permettent de prendre un aperçu de la guerre et de la paix. Vous craignez de ne pas pouvoir vivre l'un sans l'autre et craignez que la mort ne vous sépare ? Alors vous atterrissez dans des vies qui vous enseignent les choses de la séparation et de la mort ; et ce que vous apprenez changera le monde qui vous entoure à jamais. Vous aimez la Terre et croyez que l'humanité s'acharne à la détruire ? Alors vous percevez le meilleur et le pire de ce qui peut arriver, et apprenez que tout dépend de vos choix individuels. »

— Vous êtes en train de nous dire que nous créons notre propre réalité, n'est-ce pas ? dis-je. Cependant, je ne suis pas d'accord avec cette idée pourtant populaire. »

Pye éclata d'un rire joyeux et pointa le doigt en direction de l'est, elle dit d'une voix mystérieuse :

« Il fait encore nuit... Nous sommes assis sur une plage identique à celle-ci... Et nous pouvons discerner les premiers signes de l'aube, le froid... »

Leslie et moi étions là avec elle, dans la noirceur et le froid, vivant sa mise en scène. Au bout d'un moment, elle poursuivit en disant :

« Devant nous se dressent des chevalets et des toiles, et nous tenons dans nos mains une palette et des pinceaux. »

Ces yeux sombres... J'avais l'impression qu'ils m'hypnotisaient, me subjuguaient. Je sentis la palette dans ma main droite et dans ma gauche, les pinceaux aux manches en bois rugueux.

« Et maintenant, la lumière se fait lentement à l'est. Vous la voyez ? Le ciel s'enflamme d'or et des prismes de glace fondent sous le soleil levant... »

Oui, nous pouvions voir tout cela, et nous étions ébahis par la magnificence des couleurs.

« Peignez ! nous dit Pye. Transposez l'aube sur votre toile ! Emparez-vous de cette lumière qui vous caresse le visage et transperce vos yeux, et faites-en un art. Vite, hâtez-vous et vivez l'aube à travers votre pinceau ! »

Bien que je n'aie rien d'un artiste, je vis néanmoins en esprit cette glorieuse aube se transformer en gros traits sur ma toile. J'imaginai aussi la toile de Leslie, vis sa propre aube s'y dessiner si délicatement, des rayons se fondant prudemment en un éclatement d'huiles.

« C'est fait ? » s'enquit Pye au bout d'un moment.

Leslie et moi hochâmes la tête.

« Alors, qu'avez-vous créé ? » reprit Pye.

Comme j'aurais aimé pouvoir peindre le portrait de notre mentor, à ce moment, et capturer toute la luminosité de son regard.

«Deux levers de soleil extrêmement différents, fit Leslie à la question de Pye.

— Oh, non, pas deux levers de soleil, rétorqua Pye.

— L'artiste ne crée jamais un lever de soleil. Il crée...

— Ça y est, j'ai compris ! s'exclama Leslie. L'artiste crée le *tableau* !

— Voilà ! exulta Pye.

— Vous voulez dire que le lever du soleil constitue la réalité, tandis que le tableau représente ce que nous faisons de cette réalité ? m'enquis-je.

— Exactement ! Si chacun de nous devait créer sa propre réalité, avez-vous idée du chaos qui en résulterait ? Songez que la réalité se verrait dès lors multipliée par ce que chacun de nous pourrait y inventer !»

Mon imagination s'enflamma. *Comment en effet créer un lever de soleil si je n'en ai jamais vu un ? Que faire avec le ciel noir de la nuit si je désire commencer une journée ? Serais-je capable de penser un ciel ? De penser la nuit et le jour ?*

«La réalité n'a rien à voir avec les apparences, déclara Pye. Elle ne relève en rien de notre vision étroite des choses de ce monde. La réalité est l'expression de l'amour, de l'amour parfait et pur, un amour que ni le temps ni l'espace n'ont encore terni.

«Vous êtes-vous jamais sentis en harmonie avec l'univers, avec tout ce qui existe, au point d'être inondés d'amour ?» nous demanda Pye en nous regardant tour à tour. «Car *voilà* la réalité, *voilà la vérité*. Or, ce que nous faisons de cette vérité ne dépend que de nous, tout comme la représentation de l'aube relève uniquement de l'artiste qui la peint.

«Dans notre monde, l'humanité s'est écartée de la vérité qu'est l'amour. Elle vit maintenant de haine, de luttes de pouvoir et de la manipulation de la Terre elle-même, pour ses propres étroits motifs. Et si elle continue sur sa lancée, personne ne verra jamais l'aube pour ce qu'elle est. Oh, le soleil se lèvera toujours bien sûr, mais les habitants de la Terre n'en sauront rien et à la fin, l'histoire de sa beauté s'éteindra de leurs connaissances. »

Oh, Mashara, pensai-je, *faut-il que ton passé devienne notre avenir ?*

« Mais comment apporter l'amour à notre monde ? demanda alors Leslie. Il s'y trouve tant de menaces, tant... d'Attila ! »

Pye demeura silencieuse un moment puis, pour essayer de se faire comprendre, elle traça un minuscule carré dans le sable. Ensuite elle désigna ce quadrilatère et poursuivit en disant :

« Supposons que nous vivions en ce lieu terrible, lieu que nous appellerons Menaceville. Plus nous nous attardons dans cette ville et moins elle nous plaît, car violences et destructions y règnent en maîtres. Qui plus est, nous n'aimons pas ses habitants, n'aimons pas les choix qu'ils font. Nous n'appartenons pas à cette ville. Non, Menaceville n'est pas *notre* ville. »

Elle s'arrêta un moment pour tracer une ligne ondulée qui s'éloignait du quadrilatère, ajoutant ici et là des angles et des boucles. Au bout de la ligne, elle traça un cercle.

« Un bon jour, nous faisons nos valises et partons en quête de la Cité de la Paix. » Et elle nous montra alors la route accidentée qu'elle venait de tracer dans le sable, suivant du doigt chacun des tournants. « Nous choisissons de tourner à droite, puis à gauche ; nous empruntons l'autoroute, prenons des raccourcis. Nous suivons la carte, animés de nos plus grands espoirs, et nous voilà enfin, roulant vers ce doux havre de paix. »

Pye arrêta son doigt au centre du cercle et y piqua de minuscules brindilles qui représentaient des arbres. Elle reprit alors son récit en disant :

« Nous trouvons un foyer, dans cette Cité de la Paix, et au fur et à mesure que nous faisons connaissance avec ses habitants, nous découvrons que ceux-ci partagent les mêmes valeurs que celles qui nous ont poussés à venir nous établir ici. Certains ont choisi de s'y établir sans vraiment savoir ce qu'ils faisaient ; d'autres l'ont fait parce qu'ils étaient persuadés que la défense dont on parlait ailleurs se transformerait bientôt en offensive. Et d'autres encore se sentaient impuissants à mettre fin aux atrocités qu'ils avaient connues. Or, l'une des façons de choisir son avenir est de croire que ce dernier est inévitable. »

Puis pointant le doigt en direction du cercle et de ses minuscules arbres, elle conclut en disant :

« Et lorsque nous choisissons la paix, nous vivons en paix.

— Y a-t-il un moyen qui nous permettrait d'entrer en contact avec ceux qui vivent dans la Cité de la Paix, dit Leslie, et de communiquer avec nos moi parallèles qui pourraient nous enseigner ce qu'ils savent déjà ?

— Mais c'est exactement ce que vous êtes en train de faire en ce moment, lui répondit Pye en souriant.

— Mais comment y arriver, demandai-je à mon tour, sans sauter dans un hydravion, avec seulement une chance sur un trillion de nous rendre dans une autre dimension et de vous y trouver ?

— Si je comprends bien, dit Pye, vous aimeriez par le simple biais de votre imagination entrer en contact avec n'importe lequel de vos moi parallèles ?

— C'est cela, dis-je.

— Eh bien, cela n'a rien de bien sorcier », me répondit-elle à son tour, « et ça marche. Pour ce faire, vous n'avez qu'à imaginer le moi à qui vous désirez parler et à faire comme si vous lui parliez réellement. Ensuite, vous n'avez qu'à imaginer qu'il vous répond. Cela dit, aimeriez-vous tenter l'expérience ?

— Maintenant ? dis-je, me sentant soudain nerveux.

— Pourquoi pas ? me répondit-elle.

— Bon, d'accord. Dois-je fermer les yeux ?

— Si vous voulez.

— Il n'y a aucun rituel, je suppose ?

— Si vous éprouvez le besoin d'un quelconque rituel, répliqua Pye, je vous propose celui-ci : Inspirez profondément, puis imaginez une porte qui donne sur un magnifique vestibule rempli de lumières multicolores ; voyez alors la personne qui se déplace dans la lumière. Ou laissez tomber la lumière et imaginez plutôt que vous entendez une voix qui vous parle ; il est parfois plus facile d'imaginer des sons que des images. Ou alors, oubliez la lumière et les sons et essayez de sentir la sagesse de cette personne alors qu'elle inonde la vôtre. Ou encore, imaginez que la prochaine personne que vous rencontrerez vous donnera la réponse, pour peu que vous lui posiez la question. Ou répétez simplement un mot qui vous semble magique, tout en faisant appel à votre imagination créatrice. »

Je choisis l'imagination et un mot. Les yeux clos, j'imaginai qu'au moment où je prendrais la parole, je verrais un moi parallèle qui me révélerait ce que je désirais savoir.

Je me détendis et vis flotter de douces couleurs pastel. *Quand je prononcerai le mot*, me dis-je, *je verrai apparaître cette personne. Mais je ne suis pas pressé.*

Tels des nuages, les coloris se déplacèrent lentement derrière mes paupières.

« Un », dis-je alors.

Et je vis, comme si l'on venait soudainement d'ouvrir un volet, un homme qui se tenait près de l'aile d'un curieux avion stationné dans un fétu de paille, avec un ciel bleu et un éclat de soleil derrière lui. Je ne pouvais discerner le visage de l'homme, mais la scène se voulait aussi calme qu'un été dans l'Iowa, et j'entendis alors sa voix comme s'il avait été assis avec nous sur la plage.

« Avant longtemps, tu auras besoin de tout ton savoir pour pouvoir en arriver à nier les apparences, me dit l'homme. Rappelle-toi que pour passer d'un monde à un autre dans ton hydravion interdimensionnel, tu as besoin du pouvoir de Leslie alors qu'elle a besoin de tes ailes. Ensemble, vous volez. »

Le volet se referma et j'ouvris les yeux de surprise.

«Quelque chose? me demanda Leslie.

— Si! Mais je ne sais trop comment m'en servir.» Et je lui racontai tout ce que j'avais vu et entendu. «Je ne comprends pas, dis-je en terminant.

— Lorsque vous en aurez vraiment besoin, vous comprendrez», me fit alors remarquer Pye. «Quand on apprend quelque chose sans en avoir fait l'expérience tangible, on n'en découvre pas toujours immédiatement la véritable signification.

— Il nous faut bien avouer que nous n'avons pas appris que des choses pratiques, ici», déclara Leslie en souriant.

Pye traça et retraça le chiffre huit dans le sable, et dit : «Il n'est rien qui soit pratique, tant que nous n'en connaissons pas la valeur. Il existe des aspects de vous qui n'hésiteraient pas à vous adorer comme si vous étiez des dieux, simplement parce que vous pilotez un Martin Seabird. Et il en est d'autres que vous-mêmes prendriez pour de véritables magiciens.

— Comme vous, dis-je.

— Comme n'importe quel magicien répliqua Pye. De fait, je vous semble magique parce que vous ignorez à quel point il m'a fallu pratiquer pour devenir qui je suis ! Tout comme vous, je représente un point de conscience qui s'exprime à l'intérieur du plan ; et comme vous, je ne suis jamais née et je ne mourrai jamais. Et même si nous devions nous séparer, vous et moi, rappelez-vous que cela sous-entend une différence qui n'existe pas.

«Tout comme vous ne faites qu'un avec la personne que vous étiez il y a une seconde, tout comme vous ne faites qu'un avec la personne que vous serez dans une seconde, aussi ne faites-vous qu'un avec la personne que vous étiez il y a une vie de cela, ainsi qu'avec celle que vous êtes dans une vie parallèle et celle que vous serez au cours des centaines de vies à venir dans ce que vous appelez le futur.»

Elle se leva alors en se frottant les mains pour en faire tomber le sable.

« Je dois maintenant poursuivre mon chemin. Rappelez-vous l'aube et les artistes. Et quoi qu'il advienne, quoi qu'il vous semble, rappelez-vous que l'amour est la seule réalité qui soit... »

Elle entoura Leslie de ses bras et l'étreignit.

« Oh, Pye ! s'exclama Leslie. Comme nous sommes malheureux de vous voir partir !

— Partir ? Je peux disparaître, mes petits, mais jamais je ne pourrais vous quitter ! Après tout, combien sommes-nous ?

— Un, chère Pye, dis-je en la serrant dans mes bras.

— Pourquoi est-ce que je vous aime ? demanda Pye en riant. Parce que vous vous souvenez... »

Elle disparut.

Leslie et moi restâmes longtemps assis près du dessin qu'avait tracé Pye dans le sable, ébauchant le chiffre huit comme elle l'avait fait, aimant ses petites villes et ses forêts et l'histoire qu'elle nous avait racontée.

Finalement, nous nous en retournâmes au Ronchonneur en nous tenant par la taille. Je roulai la corde de l'ancre, aidai Leslie à monter dans la cabine, poussai l'hydravion à l'eau et montai à bord. Le Martin Seabird se déplaça lentement sous l'effet de la brise. Après un moment, je mis le moteur en marche.

« Je suis curieux de savoir ce qui nous attend, à présent, dis-je à Leslie.

— C'est étrange, fit celle-ci. Lorsque nous avons amerri ici en pensant que nous étions sortis du plan, je me suis sentie toute triste à l'idée que notre aventure venait de prendre fin. Et maintenant je me sens... Tu sais, le fait d'avoir revu Pye a complété quelque chose en moi. Nous avons tellement appris en si peu de temps ! J'aimerais pouvoir rentrer à la maison pour réfléchir à tout cela et y découvrir un sens.

— Moi aussi ! » m'exclamai-je.

Leslie et moi nous regardâmes pendant un long moment, partageant le même sentiment.

« Soit, nous retournons à la maison, dis-je. Il ne nous reste plus qu'à apprendre comment nous y prendre ! »

Je tendis la main vers la manette que je poussai vers l'avant. Cette fois-ci, je n'eus nul besoin de recourir à mon imagination. Le moteur de Ronchonneur se mit à rugir et tandis que l'hydravion filait droit devant, je me pris à me demander pourquoi il m'était si difficile de poser ce geste, pourtant si simple, quand je ne pouvais voir la manette des gaz.

Ronchonneur quitta l'eau et le lac disparut. Encore une fois, nous nous retrouvions au-dessus de tous les mondes inimaginables.

Chapitre XV

*D*énué de quelque indication qui nous aurait permis de retrouver le chemin du retour, le plan se déployait sous nos yeux, aussi mystérieux que jamais.

« As-tu une idée de la façon dont nous devrions nous y prendre ? demandai-je à Leslie.

— Que dirais-tu que nous ayons recours une fois de plus à notre intuition ? s'enquit Leslie à son tour.

— L'intuition, c'est trop vague, trop plein de surprises, rétorquai-je. Oh, elle nous a certes permis de rencontrer Tink, Pye et Mashara, mais il nous a aussi fallu faire la connaissance d'Attila ! Et puis, saura-t-elle nous ramener à l'endroit exact du plan où nous nous trouvions alors que nous faisions route vers Los Angeles ? »

J'avais l'impression de me livrer à l'un de ces diaboliques tests d'intelligence, si faciles quand on connaît les réponses. Mais le temps qu'on met à trouver celles-ci, on peut devenir dément.

Leslie posa la main sur mon bras.

« Richard, la toute première fois que nous nous sommes posés à l'intérieur du plan, ce n'est pas Attila ou Tink que nous avons rencontrés. Au départ, il ne nous était donné de ne reconnaître que nous ; c'est ainsi que nous nous sommes reconnus à Carmel, puis en ces deux moi plus jeunes. Tu te souviens ? Mais lorsque nous avons poussé plus loin...

— Mais c'est pourtant vrai ! m'exclamai-je. C'est en poussant plus loin dans le plan que nous avons commencé à changer... Tu proposes donc que nous retournions sur nos pas, histoire de voir si nous ne pourrions pas rencontrer quelque aspect de nous qui nous serait familier ? Mais, bien sûr, c'est évident !

— Nous pouvons essayer, en tout cas », dit Leslie en hochant la tête. « De quel côté nous dirigerons-nous ? »

Nous regardâmes tout autour de nous. Le plan brillait toujours de mille et un feux, mais il n'y avait ni soleil ni point de repérage au sol, rien qui eût pu nous guider.

Nous montâmes en spirale tout en gardant un oeil attentif sur le plan, espérant y reconnaître un signe qui nous indiquerait l'un des endroits où nous avions atterri auparavant. Enfin, loin au-dessous de nous, je crus apercevoir un bout du sentier rose et or où nous avions rencontré Pye pour la première fois.

« Leslie, regarde », dis-je en virant sur l'aile pour lui permettre de voir le sentier. « Crois-tu que...

— Rose... rose et or ! » s'exclama-t-elle.

Nous nous regardâmes, une lueur d'espoir dans les yeux, puis nous montâmes encore plus haut.

« C'est bien cela, fit Leslie. Et plus loin, là-bas, au-delà du sentier rose et or, est-ce bien le sentier vert ? Là où nous avons rencontré Mashara ? »

Je virai à gauche, dirigeant notre Ronchonneur vers les premiers sentiers que nous avions vus dans le plan.

Tel un atome de poussière dans le vaste ciel, l'hydravion fendit l'air au-dessus de la matrice de vies, dépassa le vert de Mashara, la coralline de cette tragique nuit à Moscou, le sombre bourgogne d'Attila. J'eus soudain l'impression que nous volions depuis des heures.

« Quand Los Angeles a disparu pour la toute première fois, l'eau était bleue, et des sentiers de couleur or et argent la traversaient, tu te souviens ? » dit Leslie en pointant le doigt en direction du lointain horizon. « Tu vois, là-bas ? Oui, les voilà ! »

Soulagée, elle ajouta, les yeux brillants : « Eh bien, c'est plus facile que je ne croyais. Tu ne trouves pas que c'est plus facile ? »

Non, ça ne l'est pas, me dis-je à moi-même.

Nous approchions maintenant des sentiers bleu et or, qui s'étendaient devant nous à perte de vue. Quelque part par là devaient se trouver à quelques pieds de l'eau, les traces bien spécifiques où il nous faudrait nous poser afin d'ouvrir la porte qui donnait sur notre propre espace-temps. Mais où ?

Nous poursuivîmes notre route, tournant de ci de là, cherchant du regard les deux sentiers qui nous avaient menés à notre rencontre à Carmel. L'ennui, c'est qu'il y avait là des millions de sentiers, des millions de parallèles et d'intersections.

« Oh, Richie », dit finalement Leslie, sa voix maintenant aussi lasse qu'elle avait été gaie quelques minutes auparavant. « Nous ne trouverons jamais !

— Bien sûr que si, lui rétorquai-je. Mais intérieurement, je me dis qu'elle avait peut-être raison.

« Écoute, repris-je, tu ne crois pas que nous devrions nous servir à nouveau de notre intuition ? Je crains que nous n'ayons plus vraiment le choix. Je ne vois rien ici qui ressemble à notre sentier.

— D'accord, fit Leslie. Toi ou moi ?

— Toi. »

Leslie se détendit un moment sur son siège, puis elle ferma les yeux et demeura silencieuse pendant quelques secondes.

«Vire à gauche», me dit-elle au bout d'un moment.

Perçut-elle comme moi le chagrin dont s'était imprégnée sa voix ?

«Vire de quatre-vingts degrés à gauche puis descends...»

Le bistrot était pratiquement désert. Un homme était assis seul au bout du bar tandis qu'un couple âgé s'était installé à l'une des tables latérales.

Mais que pouvons-nous bien faire dans un bar, me dis-je. J'ai toujours détesté ce genre d'endroit, que je me fais un devoir d'éviter autant que faire se peut.

«Partons d'ici», dis-je à Leslie.

Mais celle-ci me retint par le bras tout en me rétorquant : «Il nous a semblé à maintes reprises que nous avions atterri à certains endroits par erreur ; ou c'est du moins ce que nous croyions au début. Mais Tink était-elle une erreur ? Et le lac Healey ? »

Et sans attendre ma réponse, elle se dirigea vers le comptoir. Puis elle se retourna pour regarder le couple âgé et ses yeux s'agrandirent de surprise.

Je la rejoignis en quelques enjambées.

«Étonnant, murmurai-je. Il ne fait aucun doute que c'est nous mais...» Je secouai la tête.

Mais comme nous avions changé ! Le visage de Leslie et celui de Richard étaient ravagés par le temps et leurs bouches ne formaient plus qu'un pli dur. Richard avait les traits tirés et le teint couleur de cendres. Non pas qu'il fût vraiment vieux ; il affichait plutôt un air de chien battu.

Devant eux, sur la table, deux bouteilles de bière ainsi que des plats de hamburgers et de frites. Un peu en retrait se trouvait un exemplaire de notre dernier livre.

Tous deux étaient absorbés dans leur conversation.

« Qu'en penses-tu ? me demanda Leslie dans un murmure.

— Ce sont des moi parrallèles aux nôtres, dans notre espace-temps et qui lisent notre livre, suggérai-je.

— Mais pourquoi ne nous voient-ils pas ?

— Ils sont probablement saouls. Viens, partons. »

Leslie ignora ma dernière remarque.

« Je sens que nous devrions leur adresser la parole, me dit-elle. Mais je n'aimerais pas intervenir mal à-propos ; et puis, ils ont l'air si austères. Allons nous asseoir un moment à la table adjacente et écoutons ce qu'ils disent.

— Leslie ! dis-je, sidéré. Tu voudrais écouter aux portes, maintenant ?

— Non ? fit-elle. Eh bien, soit : Va les déranger, et je me joindrai à toi si je vois qu'ils veulent de la compagnie.

J'examinai à nouveau le couple.

« Tu as peut-être raison, après tout », dis-je.

Nous prîmes place à la table attenante à la leur, nous installant de façon à voir leurs visages.

L'homme toussa à plusieurs reprises, tapota le livre de son index.

« Puisque je te dis que j'aurais pu en faire autant », dit-il en mordant dans son hamburger. « Que j'aurais pu faire tout ce qui se trouve dans ce livre !

— C'est bien possible, David, lui répondit la femme en poussant un soupir.

— C'est vrai, quoi ! » Il toussa encore. Écoute, Lorraine, le type pilote un vieux biplan. Et après ? Tu sais bien que j'ai pris des leçons de pilotage. Encore un peu et j'aurais volé solo. Qu'y a-t-il de si difficile à piloter un vieil engin comme celui-là ? »

Mais je n'ai pas dit que c'était difficile, pensai-je en moi-même, *j'ai simplement rapporté que j'avais fait le cabotin pendant un moment, lorsque je m'étais rendu compte que ma vie n'allait nulle part.*

« Il y a autre chose dans ce livre, tu sais, à part les vieux avions, lui fit remarquer sa femme.

— Eh bien, moi je te dis que c'est un sacré menteur. Personne ne peut gagner sa vie à faire faire des tours d'avions aux gens. Et en décollant d'un champ, en plus ! Il a inventé cela de toutes pièces. Et sa pimbêche de femme, hein ? Tu penses bien qu'il l'a inventée, elle aussi. Il n'y a rien là-dedans qui soit vrai. Pourquoi refuses-tu de comprendre ? »

Quelle était donc la raison de son cynisme ? Si je devais lire un livre écrit par un de mes moi parallèles, ne me reconnaîtrais-je pas forcément dans les pages ?

Et si cet homme est un aspect de ce que je suis maintenant, pensai-je, *comment se fait-il que nous n'ayons pas les mêmes valeurs ? Que fait-il dans ce bistrot, à boire de la bière, pour l'amour de Dieu ! À manger le corps haché et brûlé d'une pauvre vache morte ?*

Il était évident que cet homme avait l'âme en peine ; peut-être même était-il malheureux depuis fort longtemps. Son visage était celui que me renvoyait le miroir chaque jour, sauf que les rides qui marquaient le sien était à ce point profondes qu'il donnait l'impression de s'être tailladé les joues au couteau. Il me faisait aussi l'impression d'être extrêmement nerveux, et je n'avais d'autre désir que de m'éloigner de cet homme duquel émanait de mauvaises vibrations et de quitter cet endroit.

Percevant ma détresse, Leslie me prit la main pour me calmer.

« Mais qu'est-ce que ça peut bien faire s'ils ne sont que des fabrications, David ? » demanda la femme. « Ce n'est qu'un livre, après tout. Il n'y a pas de quoi se mettre en colère. »

L'homme prit le temps de terminer son hamburger, qu'il fit suivre d'une frite qu'il pigea dans l'assiette de sa femme.

« Tout ce que j'essaie de te dire, c'est que tu m'as harcelé jusqu'à ce que je lise ce livre. Eh bien voilà, je l'ai lu et je ne lui trouve rien de bien spécial. J'aurais pu faire tout ce que ce type écrit avoir fait. Je ne comprends pas pourquoi tu trouves que ce livre est si... ce que tu en penses, quoi !

— Mais je n'en pense rien. Je te dis simplement que les personnages de ce livre auraient pu être nous. N'est-ce pas ce que tu en dis toi-même ? »

Il la regarda d'un air étonné, mais elle leva la main en lui demandant de la laisser terminer.

« Qui sait ce qui se serait passé si tu avais persisté dans l'aviation ? Et tu écrivais toi aussi, à l'époque, tu te souviens ? Tu travaillais pour le *Courrier* et le soir, tu écrivais des histoires. Tout comme lui.

— Bah ! Des histoires ! Pour ce que j'en ai récolté. Une boîte pleine de bouts de papier roses sur lesquels était imprimé le mot non ; même pas du papier de format ordinaire. Qui a besoin de ça ? »

La voix de sa femme se fit presque douce lorsqu'elle répondit : « Peut-être as-tu abandonné trop tôt ?

— Peut-être bien... Mais j'aurais pu écrire cette histoire de goélands aussi bien que lui ! Quand j'étais jeune, j'allais me promener du côté des quais pour regarder les oiseaux. J'aurais bien aimé avoir des ailes, moi aussi... »

Je sais, pensai-je. Tu t'installais entre ces gros blocs de pierre roulée, t'accroupissant du mieux que tu le pouvais pour ne pas qu'on te voie. Et les goélands volaient si près que tu pouvais entendre le vent sur leurs ailes, telles des épées de plumes qui fendaient l'air. Puis un virage, et voilà qu'ils volaient à vau-vent dans le ciel, comme des chauves-souris. Et toi tu restais là, ancré au roc.

Je me sentis soudain envahi de compassion pour cet homme et les larmes me vinrent aux yeux tandis que je regardais son visage ravagé par le temps.

« J'aurais pu écrire ce livre, répéta l'homme, chacun des mots de ce livre. » Puis en toussant, il ajouta : « Et si je l'avais fait, je serais aujourd'hui un homme riche.

— Ouais », fit la femme pour toute réponse.

Elle termina tranquillement son hamburger tandis que son mari commandait une autre bière, s'allumant une cigarette en attendant qu'on la lui apporte, et il disparut pendant un moment derrière un épais nuage de fumée bleutée.

« Pourquoi as-tu cessé de piloter, David, si tu y tenais tant ?

— Je ne te l'ai jamais dit ? C'est pourtant simple. Ces leçons coûtaient une sacrée fortune, tu sais ; on exigeait vingt dollars l'heure, à une époque où l'on dépensait à peine vingt dollars en une semaine ! Tu imagines ? Faute d'argent, il fallait alors se crever à polir des carlingues des jours durant et à pomper de l'essence du matin au soir, uniquement pour effectuer un seul vol. Eh bien, je ne suis pas un esclave ! »

La femme ne répondit pas.

« Tu le ferais, toi ? reprit l'homme. Tu rentrerais tous les soirs de ta vie, empestant l'essence et la cire, uniquement pour pouvoir piloter un avion pendant une petite heure chaque semaine ? À ce train-là, il m'aurait fallu un an avant d'avoir mon permis. » Il poussa un long soupir avant d'ajouter : « Et il fallait obéir aux ordres de tous et chacun : *Essuie cette huile. Range ce hangar. Occupe-toi des ordures.* Eh bien, pas moi ! »

Sur ce, il aspira une bouffée de fumée de sa cigarette, comme s'il s'était agi du souvenir lui-même qui brûlait entre ses doigts.

« Et l'armée ne valait guère mieux », dit-il en expulsant un nuage de fumée. « Mais là au moins, je tirais une paye. »

Il laissa errer son regard dans la pièce, sans rien voir, l'esprit perdu dans un autre temps.

« Ils nous sortaient pour les manoeuvres et parfois, les avions passaient juste au-dessus de nous, un peu comme des javelots qui venaient effleurer nos têtes. Ils descendaient et remontaient si rapidement... Comme j'aurais aimé m'être enrôlé dans l'armée de l'air, à ces moments. J'aurais été un pilote de chasse. »

Oh non, David, pensai-je, *tu as fait un bon coup en t'enrôlant dans l'armée de terre. Là au moins, tu ne pouvais tuer qu'une personne à la fois, en général.*

L'homme soupira à nouveau, toussa.

« Je ne sais pas, dit-il. Peut-être as-tu raison après tout, pour ce bouquin. J'aurais pu être ce type. Il est certain en tout cas que tu aurais pu être cette femme. Tu étais si belle ; toi aussi, tu aurais pu être une actrice de cinéma. » Il haussa les épaules. « C'est qu'ils passent un mauvais quart d'heure, dans ce livre. Mais c'est sa faute à lui, bien sûr. »

L'air triste, il tira longuement sur sa cigarette avant de poursuivre en disant :

« Je ne leur envie pas leurs problèmes, ça non. Mais j'envie tout de même un peu la façon dont les choses ont tourné pour eux.

— Ne t'avise pas d'afficher ces airs envieux avec moi ! » rétorqua la femme. « Je suis bien contente que nous ne soyons pas eux. Je reconnais que leur vie a du bon, mais tout cela me semble si nerveux, comme s'ils vivaient au bord d'un précipice, et ils ont l'esprit beaucoup trop aventureux à mon goût. Je serais incapable de dormir, si j'étais elle. Toi et moi, nous avons eu une bonne vie, de bons emplois, et jamais nous n'avons manqué de travail ou d'argent. Et puis, nous avons une belle maison et des économies. Oh, nous ne sommes peut-être pas les gens les plus extravagants au monde et peut-être ne sommes-nous pas non plus les plus heureux, mais je t'aime, David.

— Et moi, je t'aime plus que tu ne m'aimes, lui répliqua-t-il en souriant et en lui tapotant la main.

— Oh, David ! » fit-elle en secouant la tête.

Ils se turent. Je dus admettre qu'ils avaient bien changé à mes yeux, depuis le peu de temps où Leslie et moi avions décidé de nous asseoir près de leur table. Certes, j'aurais préféré que David ne fume pas, mais ce type m'était tout de même devenu sympathique. J'étais passé de l'aversion à la sympathie pour un aspect de ma personne que je n'avais jamais connu. *La haine n'est rien de plus que de l'amour qui ne se base sur aucun fait,* avait dit Pye. *Qui que nous n'aimions pas,* me dis-je, *existerait-il des faits à leur sujet qui nous feraient changer d'avis ?*

« Tu sais ce que je vais te donner pour notre anniversaire de mariage ? dit soudain la femme.

— Nous en sommes aux anniversaires de mariage, à présent ? dit l'homme à son tour.

— Des leçons de pilotage ! » s'exclama la femme en ne tenant nullement compte de sa dernière remarque.

Son mari la regarda comme si elle venait soudainement d'être frappée de démence.

« Tu peux encore y arriver, tu sais, David. Je sais que tu le peux. »

Ils se turent à nouveau. Puis c'est d'une voix remplie de haine que l'homme s'exclama : « Sacré nom de Dieu ! Ce n'est pas juste !

— La justice, ça n'existe pas, rétorqua sa femme. Mais tu sais, il arrive parfois qu'ils disent qu'on n'en a que pour six mois et puis voilà que ça disparaît tout seul, et les gens vivent encore pendant des années !

— Tout s'est passé si vite, Lorraine. J'ai l'impression que c'est hier encore que je partais m'enrôler dans l'armée et pourtant, tout cela se passait il y a trente ans ! Pourquoi ne nous a-t-on jamais dit que le temps passait si rapidement ?

— Mais on nous l'a dit, rétorqua la femme.

— Pourquoi n'avons-nous pas écouté, alors? demanda-t-il en soupirant.

— Mais quelle différence cela aurait-il fait?

— Cela en ferait toute une maintenant, en tout cas. Oh, si seulement je pouvais tout recommencer, maintenant que je sais cela.

— Et que dirais-tu à nos enfants maintenant, si nous en avions eu?

— Je leur dirais de réfléchir. Je leur dirais que, chaque fois qu'ils entreprennent quelque chose, ils devraient se demander si c'est vraiment là ce qu'ils veulent faire. Plus que tout; je leur dirais que ce qu'ils font n'a guère d'importance et que ce qui importe, c'est qu'ils *veuillent* le faire! »

Elle le regarda, étonnée. *Il ne doit pas lui arriver souvent de s'exprimer de la sorte,* me dis-je.

« Je leur dirais aussi qu'il est loin d'être drôle de devoir envisager les derniers six mois de sa vie à se demander ce qu'il est advenu de ses plus nobles valeurs. » Il toussa en grimaçant et écrasa son mégot dans le cendrier avant de poursuivre en disant: « Je leur dirais que personne n'a à se laisser balloter sur les vagues de la médiocrité, mais que ce sont des choses qui arrivent, mes enfants, oh oui! Et cela vous arrivera à vous aussi, à moins que vous ne fassiez toujours les meilleurs choix qu'il vous soit possible de faire! »

— Oh, David! Tu aurais dû être écrivain. »

Il balaya ces paroles d'un geste de la main et dit: « Vois-tu, c'est comme si maintenant, à la fin, on me faisait passer un examen-surprise et qu'il me fallait répondre à la question: Êtes-vous fier de vous? Et je ne puis affirmer pour toute réponse que j'ai donné ma *vie* pour devenir la personne que je suis aujourd'hui! Mais voilà, le prix que j'ai dû payer pour ce faire, en valait-il vraiment la peine? »

Il se tut, visiblement épuisé.

Lorraine sortit un mouchoir de sa bourse et posa la tête sur l'épaule de son mari tout en épanchant ses larmes. Celui-ci essuya ses propres larmes puis enlaça sa femme pour la réconforter. Puis tous deux demeurèrent silencieux, à l'exception de la toux persistante de l'homme.

Peut-être était-il trop tard pour parler à ses enfants, pensai-je, *mais il restait qu'il s'était enfin ouvert à quelqu'un. Il avait dit à sa femme ce qu'il avait sur le coeur, et il nous l'avait dit à nous qui nous trouvions à une table en même temps qu'à un univers de là. Oh, David.*

Combien de fois n'avais-je pas imaginé cet homme, combien de fois ne lui avais-je pas soumis l'une ou l'autre de mes décisions en me demandant : Si je refuse cette épreuve, si j'opte pour la sécurité, comment me sentirai-je lorsque sera venu le moment de passer ma vie en revue ? Certains des choix que j'avais faits s'étaient certes avérés faciles, le choix de ne jamais cambrioler une banque par exemple, ou le choix que j'avais fait de ne jamais m'adonner à la boisson ou à la drogue, non plus que d'échanger ma vie contre un petit frisson bon marché. Mais le choix de partir à l'aventure, de tenter quelque chose de véritablement grand, je l'avais toujours mesuré à travers les yeux de cet homme en me demandant si, en regardant le passé, je serais satisfait d'avoir osé, ou de n'avoir pas osé. Et voilà que cet homme se trouvait devant moi, en chair et en os.

« Les pauvres chéris », fit Leslie en me tirant de ma rêverie. « Se peut-il que ces personnes soient nous, souhaitant avoir vécu différemment ?

— Nous travaillons trop, murmurai-je. Nous sommes si chanceux d'être ensemble, toi et moi. J'aimerais que nous ayons plus de temps pour en profiter, simplement pour que nous puissions être tranquilles ensemble.

— Moi aussi ! rétorqua Leslie. Tu sais, nous pouvons encore ralentir le rythme, Wookie. Nous ne sommes pas vraiment tenus d'assister à toutes ces conférences, de faire des films et de mener dix projets de front. Je suis même prête à parier que nous aurions pu laisser tomber ce procès contre le fisc. Peut-être aurions-nous dû quitter le pays pour la Nouvelle-Zélande et nous offrir des vacances pour le reste de notre vie, exactement comme tu le voulais.

— Je suis bien content que nous n'en ayons rien fait et que nous ayons choisi de rester, déclarai-je.

Je regardai Leslie et l'aimai pour toutes ces années que nous avions passées ensemble. Certes, ces années avaient été dures parfois, mais elles représentaient en même temps les plus beaux moments de ma vie.

De dures années, de merveilleuses années, me répondirent les yeux de Leslie, *et je ne les échangerais contre rien au monde.*

« Dès notre retour à la maison, nous partirons en vacances, tu veux bien ? » dis-je à Leslie, sentant qu'une nouvelle vision de la vie m'habitait, maintenant que j'avais rencontré ce couple effacé que nous avions pu devenir.

— Oui, dit Leslie en hochant la tête. « Nous repenserons notre vie.

— David chéri, tu sais à quoi je pense ? » dit soudain Lorraine en s'efforçant de sourire.

David la regarda et sourit à son tour en lui répondant : « Tu sais très bien que je n'ai jamais réussi à savoir ce que tu penses !

— Je pense », enchaîna Lorraine en passant outre, « que nous devrions prendre cette serviette de table et ce crayon, et dresser une liste de ce que nous aimerions faire afin que les six mois qui viennent soient les meilleurs, les plus beaux de notre vie. Que ferions-nous s'il n'y avait pas tous ces médecins avec leurs ordonnances et leurs recommandations ? Après tout, ils ont bien voulu reconnaître qu'il leur était impossible de te guérir, alors qui sont-ils pour venir nous dire ce que nous devrions faire du temps qu'il nous reste à vivre ensemble ? Je crois que nous devrions dresser cette liste et faire exactement comme il nous plaît de faire !

— Tu es folle, tu sais ? dit David.

— Des leçons de pilotage, enfin ! dit Lorraine en commençant à dresser sa liste.

— Oh, arrête !

— Mais tu as dit toi-même que tu pourrais très bien faire ce que ce type a fait », répliqua son épouse en indiquant le livre du doigt. « Amusons-nous un peu, quoi ! Allez, qu'aimerais-tu faire ?

— Eh bien... j'ai toujours souhaité voyager, me rendre jusqu'en Europe peut-être. Et pourquoi pas, tiens ! Aussi bien rêver grand !

— Mais où, exactement ? C'est vaste, l'Europe.

— En Italie », répondit-il immédiatement, comme s'il en avait rêvé toute sa vie.

Lorraine leva les sourcils mais ne dit mot, se contentant d'inscrire le nom de ce pays sur la serviette.

« Mais avant de partir », reprit David, « j'aimerais apprendre quelques mots italiens pour que nous puissions parler avec les gens, une fois là-bas. »

Cette fois, elle le regarda, franchement abasourdie, le crayon en l'air. Puis, se ressaisissant, elle dit : « Nous dénicherons des livres d'italien. Je crois savoir d'ailleurs que l'on peut maintenant trouver des leçons sur cassettes aussi. » Elle ajouta les leçons d'italien à sa liste puis leva la tête pour demander : « Et quoi d'autre, encore ? Tu peux écrire tout ce que tu veux sur cette liste, tu sais ?

— Oh, il est trop tard maintenant, dit David. Nous aurions dû faire cela...

— *Nous aurions dû ?* Sornettes ! » dit son épouse en lui coupant la parole. « À quoi cela nous servirait-il de regretter un passé pour lequel nous ne pouvons plus rien? Pourquoi ne pas souhaiter des choses que nous pouvons encore faire? »

Il réfléchit longuement à cette remarque et soudain, son visage s'éclaircit, comme si sa femme venait de lui faire don d'un nouveau souffle de vie. Il s'écria : « Mais c'est que tu as parfaitement raison, sapristi ! Il était temps ! Ajoute le surf à cette liste !

— *Le surf !* s'exclama Lorraine en écarquillant les yeux de surprise.

— Que crois-tu que dira le médecin en apprenant cela ? demanda David dans un sourire diabolique.

— Sans doute dira-t-il que ce n'est pas sain ! » répliqua Lorraine en éclatant de rire. Elle ajouta le surf à la liste. « Ensuite ? » dit-elle.

Leslie et moi, nous nous regardions, la bouche fendue en un large sourire.

« Ils ne nous ont peut-être pas dit comment faire pour retrouver le chemin de la maison, dis-je, mais il n'empêche qu'ils nous ont révélé ce qu'il nous fallait faire une fois rendus. »

Leslie approuva de la tête, poussa la manette des gaz invisible et le bistrot disparut.

Chapitre XVI

*L*eslie et moi survolions à nouveau le plan, y cherchant un indice, un quelconque signe qui nous aurait indiqué le chemin du retour. Mais le plan demeurait inchangé, les sentiers courant dans toutes les directions à la fois.

« Je me demande, dit enfin Leslie, si nous allons passer le reste de notre existence à entrer et sortir de la vie des gens, à la recherche de notre vie propre.

— Mais non, chérie. Le sentier doit bien se trouver quelque part par ici », rétorquai-je, sachant parfaitement bien que je mentais. « Il suffit simplement de nous montrer patients, jusqu'à ce que nous ayons trouvé la porte qui donne sur notre monde, où qu'elle soit.

Leslie me regarda attentivement. Puis son examen terminé, elle me déclara :

« Tu me parais beaucoup plus lucide que moi, en ce moment. Que dirais-tu de choisir l'endroit où nous poser ?

« Nous faisons une dernière tentative avec l'intuition ? lui demandai-je alors.

Leslie fit signe que oui et je fermai les yeux. Immédiatement, je sus que j'avais trouvé.

« Droit devant, dis-je. Prépare-toi à atterrir. »

Il était seul, affalé de tout son long sur le lit de sa chambre d'hôtel. Mon sosie, mon jumeau identique, la tête reposant sur une de ses mains, regardait par la fenêtre. Non pas que c'était vraiment moi ; mais il se rapprochait tellement de moi que je sus, hors de tout doute, que nous ne pouvions nous trouver bien loin de la maison.

Des portes vitrées donnaient sur un balcon qui surplombait un terrain de golf ; au loin, de hauts conifères allaient rejoindre l'horizon. Je calculai que nous devions être en fin d'après-midi, ou alors les nuages qui planaient étaient à ce point épais et sombres que l'heure du déjeuner avait pris l'aspect du crépuscule.

Quant à Leslie et moi, nous nous trouvions sur un balcon identique au premier, du côté opposé à ce dernier, et regardions à l'intérieur de la chambre.

« Il m'a l'air extrêmement déprimé, tu ne crois pas ? chuchota Leslie.

— Si. Et n'est-ce pas étrange qu'il reste là à ne rien faire ? Où est Leslie ?

Elle secoua la tête et poursuivit son examen de l'homme, l'air soucieux.

« La situation me paraît... embarrassante, dit-elle enfin. Je crois que tu devrais aller lui parler seul à seul. »

Je regardai l'homme, qui restait là, immobile. Et pourtant, il était évident qu'il ne dormait pas.

« Vas-y, chéri, renchérit Leslie. Je sens qu'il a besoin de toi. »

Je serrai sa main dans la mienne, puis pénétrai dans la pièce.

Fixant l'air gris du dehors d'un oeil morne, l'homme bougea à peine la tête à mon arrivée. À côté de lui, sur le couvre-lit, se trouvait un ordinateur portatif allumé, mais dont l'écran était aussi vide que le visage de son propriétaire.

« Salut, Richard, dis-je. N'ayez pas peur. Je suis...

— Je sais, fit-il en poussant un soupir. « Vous êtes une projection de mon esprit troublé. » Puis, sans mot dire, il continua à regarder la pluie qui tombait.

Il me fit penser à un arbre abattu par la foudre, effondré pour ne plus jamais se relever.

« Que se passe-t-il ? » lui demandai-je.

Aucune réponse.

« Pourquoi cet air abattu ? » lui demandai-je encore.

Daignant enfin me répondre, il dit : « Ça n'a pas marché. Je ne comprends pas ce qui s'est passé. Puis, au bout d'un moment, il ajouta : « Elle m'a quitté. »

— Leslie vous a quitté ? » lui demandai-je, sidéré.

Il hocha presque imperceptiblement la tête, puis répondit : « Elle m'a dit que si je me refusais à partir, c'est elle qui partirait, parce qu'elle n'arrive plus à m'endurer. Eh bien, c'est moi qui suis parti. Mais c'est elle qui a mis fin à notre mariage. »

Je n'arrivais pas à le croire. Qu'avait-il bien pu se passer pour qu'un moi parallèle de Leslie en vienne à dire à Richard qu'elle ne pouvait plus le supporter ? Ma Leslie et moi avions traversé tellement de moments difficiles sans que cela menace notre union. Nous avions vécu les années qui avaient suivi ma faillite et les périodes où nous nous sentions tous deux si épuisés qu'il nous était presque impossible de continuer ; et aussi ces moments où nous étions si pessimistes que nous en étions venus à perdre notre perspective et notre patience. Comme nous nous étions querellés! Mais jamais au point de nous séparer ou de sommer l'autre de partir. Que pouvait-il donc s'être passé entre eux deux qui fût pire que ce qui nous était arrivé à nous ?

« Elle ne veut plus m'adresser la parole », déclara l'homme d'une voix apathique. « Dès que j'essaie d'avoir une discussion le moindrement sérieuse avec elle, elle raccroche.

— Mais qu'avez-vous fait ? lui demandai-je. Vous êtes-vous mis à boire ou à vous droguer ? Ou serait-ce que...

— Ne soyez pas stupide, dit-il d'un ton irrité. C'est de moi dont vous parlez ! Puis fermant les yeux, il dit encore : Allez-vous-en. Laissez-moi tranquille.

— Je suis désolé, dis-je, et vraiment j'ai été idiot de penser cela de vous. Mais je n'arrive tout simplement pas à comprendre la raison pour laquelle vous vous êtes séparés, vous et Leslie. J'ai idée que ce doit être extrêmement grave.

— Pas du tout. De petites choses sont venues à s'immiscer entre elle et moi, des détails insignifiants en fait. Voyez-vous, il y a cette montagne de travail à abattre, l'impôt, la comptabilité, les films, les livres et mille et une offres qui nous viennent de partout à travers le monde. Eh bien, il faut s'occuper de tout cela et pas n'importe comment, selon elle. Alors elle plonge tête baissée dans le travail, comme une véritable démente, sans jamais prendre un seul moment de repos. Et pourtant elle m'avait promis, voilà plusieurs années, que jamais plus je ne me retrouverais dans ce fouillis où je me noyais à l'époque où elle m'a rencontré. Et elle était sérieuse, vous savez. »

Heureux de pouvoir se confier à moi, même s'il me considérait comme une simple projection de son esprit, l'homme poursuivit sur sa lancée et me dit :

« Pour ma part, je n'ai jamais pu m'embarrasser de vétilles. Alors elle s'est fait un devoir de s'occuper de tout elle-même, jonglant d'une main avec trois ordinateurs et de l'autre avec des formulaires et des échéances. Et elle se jure qu'elle en viendra à bout, même si cela doit la tuer, vous comprenez ? »

Il avait prononcé cette dernière phrase en laissant sous-entendre que cela le tuerait, lui. Comme il était amer, rempli de rancoeur.

« Et bien sûr, elle n'a jamais de temps à me consacrer, occupée qu'elle est avec tout ce travail. Et elle refuse mon aide, car elle a peur que je foute la pagaille dans tout ça.

« Je lui rappelle alors que nous vivons dans un monde d'illusions et qu'elle ne devrait donc pas le prendre au sérieux. Et je lui dis que j'irai peut-être faire un petit tour d'avion. Oh, pas longtemps ! Mais quand je pars, elle me regarde comme si elle allait m'atomiser ! »

Il reposait toujours sur le lit, comme sur le canapé d'un psychiatre.

« Elle a changé, reprit-il au bout d'un moment. « Elle est devenue nerveuse, tendue. Elle n'a plus rien de cette spirituelle et charmante jeune femme que j'ai connue. C'est comme si elle manoeuvrait une pelle mécanique au-dessus d'une immense fosse et qu'il se trouvait tellement de paperasse à déplacer d'ici au 15 avril ou au 26 septembre, ou que sais-je, qu'elle se verra ensevelie sous la pile si elle s'arrête de bouger même un instant. Et quand je lui demande ce qu'il est advenu de notre vie, elle me hurle que si seulement je mettais la main à la pâte, j'arriverais peut-être à comprendre ! »

Si je n'avais pas su que cet homme était moi, j'aurais pensé qu'il délirait.

Pourtant, j'avais presque failli emprunter le même chemin que lui à une certaine époque de ma vie et étais presque devenu aussi dément qu'il en avait l'air. Il est si facile en effet de se perdre dans un dédale de détails et de remettre ses priorités à plus tard, persuadé que rien ne viendra menacer un amour si spécial, simplement pour se rendre compte finalement que la vie elle-même est devenue un détail et qu'on est soi-même étranger à la personne qu'on aime pourtant le plus au monde.

« Oui, j'ai connu cela, moi aussi », dis-je en sortant de ma rêverie. « Mais dites-moi, cela vous dérangerait de répondre à une question ?

— Allez-y. Plus rien ne peut me faire de mal. Tout est fini entre elle et moi. Mais ce n'est pas ma faute, ça non ! Bien sûr que les détails peuvent parfois s'avérer mortels, mais c'est de nous dont il est question après tout, *nous,* les âmes sœurs ! Je retourne à mes anciennes habitudes pour quelques jours, je laisse l'ordre et le rangement de côté, histoire de me délasser un peu, et la voilà qui se plaint que j'ajoute à son fardeau. Puis elle dresse une liste de choses et d'autres qu'elle désire que je fasse, et si j'ai le malheur de mettre un peu trop de temps à les faire, si j'oublie simplement de changer une ampoule électrique, elle m'accuse de lui imposer toute la responsabilité de notre ménage. Vous voyez où je veux en venir ?

« Je veux bien lui donner un coup de main de temps à autre. Mais tout le temps ? Et même si je ne l'aide pas, est-ce là un motif suffisant pour mettre fin à notre mariage ? Ça ne devrait pas l'être, en tout cas ! Mais un caillou tombe, et puis un autre ; et puis, finalement, voilà que le pont tout entier s'écroule. Pourtant, je ne sais combien de fois je lui ai répété de se secouer un peu, de considérer l'aspect positif des choses. M'a-t-elle seulement écouté ? Que non ! Il fut une époque où notre mariage en était un d'amour et de respect, mais maintenant il ne reste que tension, travail incessant et colère. Elle n'arrive plus à discerner ce qui est vraiment important. Elle...

— Hé ! Dites-moi quelque chose, voulez-vous ? »

L'homme interrompit sa complainte et me regarda, manifestement surpris que je fusse encore là.

« Est-il quelque chose qui permettrait à Leslie de croire que vous valez la peine qu'elle se donne à vous ? lui demandai-je. Qu'avez-vous de si merveilleux qui fasse en sorte qu'elle soit amoureuse de vous ? »

Il fronça les sourcils, ouvrit la bouche mais ne put émettre le moindre son et je songeai que j'aurais pu tout aussi bien être un sorcier qui venait de le priver du pouvoir de la parole. Puis il détourna les yeux et, l'air hébété, regarda la pluie qui tombait toujours.

« Quelle était cette question, déjà ? s'enquit-il après quelques minutes.

— Que croyez-vous avoir, répétai-je patiemment, que devrait aimer votre femme ? »

Il réfléchit intensément, haussa les épaules.

« Je ne sais pas, répondit-il enfin.

— Vous montrez-vous aimable avec elle ? »

Il secoua presque imperceptiblement la tête.

« Plus maintenant, me répondit-il. Mais avouez qu'il est difficile de se montrer aimable quand...

— Faites-vous montre de compréhension et de sympathie à son endroit ? » lui demandai-je encore en m'empressant de l'interrompre.

Honnêtement ? Il réfléchit un moment à cette question, puis : « Pas vraiment, fit-il.

— Vous montrez-vous intéressé et sensible à ce qu'elle ressent ? Êtes-vous capable de compassion envers elle ?

— Pas vraiment, non », répondit-il encore laconiquement.

Il était évident qu'il soupesait soigneusement chacune des questions que je lui posais, et je me demandai si les réponses apportées exigeaient beaucoup de courage de sa part ou si c'était en désespoir de cause qu'il acceptait ainsi de faire face à la vérité.

« Êtes-vous loquace, repris-je encore, aimez-vous la conversation ? Êtes-vous intéressant, enthousiaste, inspirant, édifiant ? »

Cette fois, ma question parut avoir un certain impact, car l'homme s'assit sur son séant pour la première fois depuis mon arrivée pour alors me regarder droit dans les yeux.

« Parfois. Rarement... », répondit-il. Et après une longue pause : « Non.

— Êtes-vous romantique, alors ? Êtes-vous plein d'égards à son endroit, la couvrez-vous de vos soins attentifs ?

— Non.

— Êtes-vous bon cuisinier ? Êtes-vous ordonné dans la maison ?

— Non.

— Êtes-vous fiable ? Peut-elle compter sur vous pour l'aider à résoudre certains problèmes ? Peut-elle trouver en vous un havre de paix ?

— Pas vraiment.

— Êtes-vous astucieux en affaires ?

— Non.

— Êtes-vous son ami ?

Il réfléchit longuement avant de répondre : « Non, je ne le suis pas.

— Si vous vous étiez présenté à elle, lors de votre toute première rencontre, en coltinant tous ces défauts, croyez-vous qu'elle aurait souhaité vous revoir ?

— Non, je ne crois pas.

— Et comment expliquez-vous qu'elle ne vous ait pas quitté plus tôt ? Pourquoi est-elle restée si longtemps, à votre avis ?

Il me regarda, l'air hagard avant de me répondre : « Parce qu'elle était mariée avec moi ? fit-il.

— Il est fort probable que vous ayez raison », lui rétorquai-je.

Un long silence s'ensuivit pendant lequel nous méditâmes tous les deux sur la véritable portée de sa dernière remarque.

«Dites-moi», lui demandai-je au bout d'un moment, «croyez-vous qu'il vous serait possible de changer? Vous sentez-vous capable de transformer vos défauts en quelque chose de positif?»

Il me regarda à nouveau, ébahi, prenant conscience de toutes les réponses négatives qu'il venait de me donner.

«Mais bien sûr que c'est possible. J'ai déjà été son meilleur ami, après tout. J'étais... Il s'interrompit, tentant manifestement de se rappeler ce qu'il avait été.

«Cela vous mortifierait-il de tenter de recouvrer ces qualités qui furent vôtres? Vous sentiriez-vous diminué pour autant?

— Non.

— Qu'auriez-vous à perdre?

— Rien, je suppose.

— Et croyez-vous que vous pourriez y gagner quelque chose?

— J'y gagnerais beaucoup!» s'exclama-t-il, comme si l'idée venait tout juste de lui effleurer l'esprit pour la première fois de son existence. «De fait, je crois qu'elle m'aimerait à nouveau. Et si c'était le cas, alors nous serions tous les deux heureux. Vous savez, il fut un temps où chaque moment que nous passions ensemble était tout simplement glorieux. C'était d'un romantisme! Nous étions toujours à explorer de nouvelles avenues, recherchant le plus fin des aperçus. Et c'était si stimulant... Si nous en avions le temps, peut-être pourrions retrouver tout cela.»

Il réfléchit un moment, puis fit preuve de la plus grande honnêteté en me révélant: «J'avoue que je pourrais l'aider beaucoup plus que je ne le fais. J'ai simplement pris l'habitude de la laisser s'occuper de tout et me suis laissé emporter sur la voie de la facilité. Mais si je l'aide, si je fais ma part, je crois bien que je saurai retrouver mon amour-propre.»

Il se leva pour aller se regarder dans la glace. Il secoua la tête devant sa réflexion, puis se mit à faire les cent pas dans la pièce.

Je dus reconnaître que la transformation que venait de subir cet homme était pour le moins remarquable. Néanmoins, je ne pus m'empêcher de me demander s'il était possible qu'il eût vraiment tout saisi avec autant de facilité.

« Comment se fait-il que je n'ai pu arriver à comprendre tout cela par moi-même ? » fit-il. Puis me regardant droit dans les yeux, il ajouta : « Mais je suppose que c'est exactement ce que je viens de faire, après tout.

— N'oubliez pas que vous avez mis des années à vous dégrader de la sorte », lui dis-je sur un ton circonspect. « Combien pensez-vous qu'il vous faudra de temps alors pour remonter la pente ? »

— Mais il n'est pas question d'y mettre du temps ! s'exclama-t-il, surpris de ma question. La transformation s'est opérée et il s'agit maintenant de me mettre à l'épreuve.

— Vous y allez un peu rapidement, il me semble, lui fis-je remarquer.

— Il est facile de changer une fois qu'on a découvert la source du problème », déclara-t-il, le visage illuminé par l'enthousiasme. « Si l'on vous donnait un serpent à sonnettes, n'est-ce pas que vous vous empresseriez de le lancer à bout de bras ? Et vous voudriez me faire croire que je devrais garder ce serpent parce qu'il n'est autre que moi ? Très peu pour moi, merci !

— Pourtant, nombreux sont ceux qui s'accrocheraient malgré tout à ce serpent, rétorquai-je.

Prenant place dans le fauteuil qui se trouvait près de la fenêtre, il me regarda un moment puis me dit : « Mais je ne suis pas comme la plupart des gens. Cela fait deux jours que je me terre dans cette chambre d'hôtel, à ruminer le fait que les âmes aimantes que Leslie et moi avons été s'étaient à jamais envolées ensemble vers une vie à la fois heureuse et différente, tandis qu'elle et moi devions demeurer ici en cette misérable dimension où il ne nous est même plus possible d'échanger l'un avec l'autre.

« Et puis, j'étais à ce point certain que tout était sa faute que je ne cherchais même plus à régler la situation, persuadé que j'étais que les choses s'amélioreraient sitôt qu'*elle* changerait. Mais maintenant... Si c'est vraiment ma faute, je peux y faire quelque chose. Et si je change et que, pendant un mois, je fais tout ce qui est en mon pouvoir pour que les choses changent aussi entre elle et moi, mais que notre situation ne s'améliore pas pour autant, alors seulement nous pourrons voir si Leslie peut changer son comportement !

Il se remit à arpenter la pièce tout en me regardant comme si j'avais été un brillant psychothérapeute.

« Vous m'avez posé à peine quelques questions et voyez ce qu'il en résulte ! dit-il. Pourquoi m'a-t-il fallu attendre votre visite ? Pourquoi ne me suis-je pas remis moi-même en question il y a des mois ?

— Pourquoi, en effet ? renchéris-je.

— Je l'ignore. Je me suis complu dans le ressentiment, préférant croire que Leslie était la cause de tous mes problèmes. Et je me suis apitoyé sur mon sort, pensant combien elle était différente de la femme que j'avais tant aimée. »

Il s'assit sur le lit, se prit la tête entre les mains.

« Savez-vous à quoi je pensais lorsque vous êtes entré ? » me demanda-t-il. Et sans attendre ma réponse, il ajouta : « Je pensais à ce geste ultime que posent parfois les personnes désespérées... »

Il se leva et se dirigea vers le balcon pour contempler la pluie qui tombait, mais l'expression de son visage aurait pu faire croire que cette dernière avait soudain fait place à un soleil éclatant.

« La solution réside uniquement dans le changement qui s'est opéré en moi, déclara-t-il. De fait, je mériterais de perdre Leslie si je me refusais à changer de comportement. Mais maintenant qu'il m'a été donné de voir la vérité, je sais ce qu'il me faut faire pour la rendre heureuse. Et quand Leslie est heureuse... » Il me regarda en souriant et reprit : « Vous n'avez pas idée de ce que ça peut être lorsque Leslie est heureuse !

— Mais qu'est-ce qui pourrait lui faire croire que vous avez réellement changé ? lui demandai-je. Avouez que ça ne vous arrive pas tous les jours de quitter la maison, insouciant, pour revenir le lendemain, aimant et compatissant comme à vos premiers jours. »

Il réfléchit à cette remarque tandis que la tristesse envahissait son visage.

« Vous avez raison, avoua-t-il. Pourquoi me croirait-elle ? Elle pourrait mettre des jours, voire des mois avant de reconnaître que j'ai changé ; il se pourrait même qu'elle ne s'en aperçoive jamais. » Il réfléchit encore à la question avant d'ajouter : « La vérité, au fond, est qu'il n'en tient qu'à moi de changer et que cela n'a rien à voir avec le fait que Leslie s'en rende compte ou pas.

— Et si elle refuse de vous écouter ? Comment ferez-vous pour lui faire comprendre ce qui s'est passé ?

— Je ne sais pas, fit-il doucement. Mais je trouverai bien un moyen. Qui sait, peut-être le discernera-t-elle dans ma voix... »

Il se dirigea alors vers l'appareil téléphonique, décrocha le combiné et composa un numéro.

À ce moment, j'aurais pu tout aussi bien disparaître sans même qu'il s'en aperçoive, absorbé qu'il était par son appel, imbu d'un avenir qu'il avait été bien près de perdre.

« Salut, chérie », fit-il au bout d'un moment. « Je comprendrais si tu raccrochais, mais il m'est arrivé quelque chose et j'ai pensé que tu aimerais peut-être l'apprendre. »

Il écouta attentivement la réponse que lui faisait son épouse.

« Non, au contraire je t'appelle pour te dire que tu as parfaitement raison, reprit-il. J'ai eu tort ; je me suis montré égoïste et injuste à ton égard. Je ne puis te dire à quel point je le regrette.

J'admets que c'est moi qui dois changer et en fait, *j'ai* changé ! »
Il écouta encore, puis dit au bout d'un moment : « Chérie, je t'aime
de tout mon coeur, plus que jamais en fait, maintenant que je comprends ce qu'il t'a fallu endurer en restant avec moi aussi longtemps. Mais je te jure que je ferai en sorte que tu sois heureuse
de l'avoir fait. »

Il écouta, ses lèvres esquissant un infime sourire.

« Merci », répliqua-t-il à la réponse manifestement favorable
de sa femme. « En ce cas, je me demande si tu aurais du temps
à consacrer à ton mari avant que tu ne prennes la décision de ne
plus jamais le revoir... »

Chapitre XVII

*P*endant qu'il conversait encore avec son épouse, je m'esquivai silencieusement par les portes qui donnaient sur le balcon et allai rejoindre Leslie, qui m'avait patiemment attendu pendant tout ce temps. Je l'embrassai tendrement et nous demeurâmes enlacés un moment, heureux d'être ensemble, heureux d'être nous.

« Crois-tu qu'ils resteront ensemble ? demandai-je enfin à Leslie. Et est-il possible, à ton avis, qu'une personne se transforme de la sorte en si peu de temps ?

— Je souhaiterais qu'ils ne se séparent pas, me répondit Leslie. Quant à lui, je considère qu'il n'a pas tenté de se chercher des excuses et que son désir de changer est sincère.

— Tu sais, dis-je alors, songeur, j'ai toujours pensé que les âmes soeurs s'aimaient d'un amour inconditionnel et que rien ne pouvait les séparer.

— Inconditionnel ? répéta Leslie qui ajouta aussitôt : Si je devais me montrer soudainement cruelle et détestable sans raison aucune, et que je ne tenais aucun compte de tes sentiments, m'aimerais-tu alors éternellement ? Si je te battais, te laissais sans nouvelles pendant plusieurs semaines, couchais avec tous les hommes que je rencontre, perdais toutes nos économies dans des jeux de hasard et rentrais enfin saoule à la maison, me chérirais-tu encore ?

— Peut-être pas, lui répondis-je. Car vues sous cet angle, les choses paraissent bien différentes.

Et en moi-même, je pensai : *Plus nous nous sentons menacés, moins nous sommes capables d'aimer.*

Puis, à voix haute, je dis encore : « Je trouve curieux que l'amour inconditionnel qu'on voue à une personne, consiste à ne se soucier aucunement de cette dernière, non plus que de ce qu'elle fait ! En dernière analyse, j'ai bien peur que l'amour inconditionnel ne soit synonyme d'indifférence pure et simple !

— C'est aussi mon avis, renchérit Leslie en hochant la tête.

— Dans ce cas, lui dis-je, puis-je te demander de m'aimer d'un amour conditionnel, s'il te plaît ? De m'aimer quand je suis à mon meilleur, et de te tenir à distance quand je me montre étourdi et raseur ?

— D'accord, dit Leslie en riant. Et tu feras de même pour moi, bien sûr.

Sur ce, nous regardâmes subrepticement à l'intérieur de la chambre et échangeâmes un sourire en voyant que mon moi parallèle était toujours occupé à parler au téléphone.

« Pourquoi n'essaierais-tu pas de décoller, cette fois ? me suggéra Leslie. Il faudrait bien que tu saches enfin que tu en es capable avant que nous retournions à la maison ! »

Je la regardai un moment, puis tendis la main vers la manette des gaz de notre hydravion invisible, imaginant que je poussais celle-ci.

Mais il ne se passa rien. L'hôtel, les montagnes, les arbres, le monde, tout demeura intact.

« Oh, Richie ! C'est si facile, pourtant. Tu n'as qu'à ajuster le foyer de ton imagination. »

Mais avant même que je puisse me livrer à un second essai, je ressentis le tremblement maintenant familier tandis que l'univers s'embrouillait pour verser dans un autre espace-temps. Leslie avait poussé la manette des gaz.

« Leslie, laisse-moi essayer à mon tour, dis-je.

— D'accord, chéri. Je ramène la manette à sa position originale. Et rappelle-toi : Tout est dans la focalisation ! »

Mais à peine eut-elle prononcé cette dernière parole que nous nous retrouvions dans les airs, survolant le plan. Leslie attira immédiatement la manette vers elle et le moteur pétarada ; le Seabird tangua un moment, puis piqua tout droit vers l'étendue d'eau.

Je sus, sans l'ombre d'un doute, que l'atterrissage serait extrêmement difficile. Mais je ne m'attendais nullement au choc brutal qui s'ensuivit, aussi violent que si une bombe avait explosé dans l'habitacle.

Une force monstrueuse déchira ma ceinture de sécurité comme une vulgaire ficelle. Je me sentis projeté à travers le pare-brise et tombai tête première dans l'eau.

Lorsque je réussis enfin, haletant, à atteindre la surface, je vis le Seabird à cinquante pieds de là, de la vapeur s'échappant en volutes de son moteur encore chaud au fur et à mesure qu'il s'enfonçait sous l'eau.

Non ! C'est impossible !

Je nageai aussi rapidement que je le pouvais en direction de l'hydravion, notre magnifique Ronchonneur blanc maintenant souillé par l'eau trouble, et plongeai immédiatement à la suite de l'appareil en pièces. Ne me souciant nullement de la pression qui s'exerçait sur mes tympans, non plus que des gémissements de l'avion à l'agonie, je me mis immédiatement en frais d'arracher ce qu'il restait de l'habitacle pour m'empresser de défaire la ceinture qui retenait Leslie à son siège. Celle-ci était aussi molle qu'une chiffe, ses cheveux d'or formant un halo autour de sa tête, son chemisier blanc flottant au ralenti derrière elle. Je la libérai enfin et entamai la longue remontée vers la lumière de la surface.

Et c'est alors que s'engagea un terrifiant combat dans mon esprit.

Elle est morte. Oh ! fasse que je meure à l'instant, fasse que mes poumons éclatent et que je me noie !

Mais qu'en sais-tu ? Allons, tu dois essayer !

Elle est morte.

Tu dois essayer !

Luttant désespérément, je parvins enfin à la surface, complètement épuisé.

Ça va aller, ma chérie, dis-je en haletant. Ça va aller, tu verras...

Puis je hoquetai de surprise.

Muni de deux gros moteurs hors bord, un bateau de pêche nous passa presque sur le corps, glissant à toute vitesse par le travers et nous étouffant dans l'écume. Au même moment, un homme se jeta à l'eau, halant une ligne de sauvetage derrière lui.

En moins de deux, je l'entendis qui criait : Ça va, les gars ; je les ai repêchés tous les deux. Souquez ferme !

Je n'étais plus un fantôme. La pierre, froide et dure, sur laquelle reposait ma joue, en constituait une autre preuve tangible. Ainsi, de l'observateur objectif que j'avais été, j'étais devenu la scène observée, à cette exception toutefois qu'il ne se trouvait personne pour me regarder.

Prostré sur la tombe de Leslie, qu'on avait creusée sur la colline qu'elle-même avait parsemée de fleurs, je sanglotais amèrement. Je sentis l'herbe fraîche sous mon corps ; et sur la pierre, près de mon visage, je relus l'unique mot gravé : *Leslie.*

Je ne me souciais guère de la brise d'automne qui soufflait tout autour de moi ni du fait que j'étais enfin de retour à la maison, dans mon propre espace-temps. Totalement seul, trois mois après l'accident, j'étais toujours sidéré et avais l'impression qu'un immense rideau, entrelacé de poids, s'était refermé sur moi pour m'emprisonner dans un chagrin aux odeurs de moisi.

Jamais, de toute ma vie, je ne m'étais rendu compte à quel point il fallait du courage pour résister à l'envie de se suicider qui nous envahit suite à la mort de notre conjoint. Plus de courage que je n'en avais, en fait, et c'est de toutes mes forces que je m'accrochais maintenant aux promesses que j'avais faites à Leslie.

« Quoi qu'il advienne, nous mourrons ensemble. »

Combien de fois Leslie et moi n'avions-nous pas fait ce voeu ?

« Mais si les choses devaient se passer autrement, avait un jour ajouté Leslie, s'il advenait que je meure la première, tu devras continuer, Richard. Promets-le-moi !

— Je te le promettrai si toi-même tu en fais autant ! lui avais-je alors rétorqué.

— Non ! Si tu meurs, je n'aurai alors plus aucune raison de vivre. Je veux être avec toi.

— Mais Leslie, comment veux-tu que je te fasse un tel serment si toi-même tu t'y refuses ! Ce n'est pas juste. Je veux bien t'en faire la promesse, car il est toujours possible qu'il y ait une explication raisonnable à ta mort. Mais je refuse de promettre de te survivre si tu ne me le promets en retour !

— Une explication ? Quelle explication pourrait être envisagée ?

— Eh bien, elle est plutôt d'ordre théorique pour l'instant, mais j'ai idée que toi et moi pourrions peut-être trouver une façon de contourner la mort, car j'ai toujours pensé que l'amour pouvait constituer un motif suffisamment puissant pour se jouer de cette dernière. Quoi qu'il en soit, peut-être nous serait-il possible de demeurer ensemble en dépit de ce qu'on nous a appris à croire à l'effet que la mort signifie la fin de notre couple, en ce qui nous concerne. La mort n'est peut-être qu'une question de perspective, une espèce de transe hypnotique de laquelle il nous serait possible de sortir... Oh, comme j'aimerais traiter de ce sujet dans un livre!

— Et comme j'aime la façon dont ton esprit s'acharne sur ces détails, mon chéri», m'avait répondu Leslie en se riant de moi. «Mais ne vois-tu pas que tu viens de confirmer ce que je disais à l'instant? Car non seulement dévores-tu des tas de bouquins qui traitent de la mort, mais encore es-tu un écrivain. Aussi, s'il est possible d'échapper à cette transe hypnotique dont tu parlais, n'est-il pas logique alors que tu poursuives ton oeuvre après ma mort? Ainsi, tu pourrais continuer tes recherches et écrire sur le sujet, exactement comme tu le souhaites. Quant à moi, il est inutile que je reste si tu meurs, car je n'écrirais jamais sans toi. Alors promets-moi... »

Mais je ne lui avais fait aucune promesse ce jour-là. Quelque temps après toutefois, le sujet était revenu inévitablement sur le tapis lorsque j'avais voulu citer à Leslie un passage particulièrement intéressant d'un ouvrage, que je lisais.

«Écoute un peu ceci, lui avais-je dit.

«... et comme je me tenais là, au milieu du parloir, m'affligeant désespérément de la mort de mon bien-aimé Robert, un livre tomba spontanément de l'étagère. Je sursautai de surprise. Et lorsque je me penchai pour le ramasser, les pages s'entrouvrirent d'elles-mêmes et mes doigts effleurèrent alors les mots : *Je suis avec toi,* que lui-même avait soulignés jadis. »

— Oui, ce n'est pas mal», avait commenté Leslie.

Mon épouse, sceptique, avait l'habitude d'aborder chacune de nos discussions sur la mort avec un grain de sel.

« Tu douterais donc de ce que dit cette femme ? lui avais-je demandé.

— Richard, je te répète que si tu devais mourir avant moi...

— Mais que diraient les gens ! m'étais-je exclamé alors. Nous sommes là à répéter à qui veut bien nous entendre, nous l'écrivons même, bon sang, que le défi de la vie dans l'espace-temps consiste à se servir du pouvoir de l'amour pour transformer un désastre en quelque chose qui soit glorieux. Et tu voudrais me faire croire qu'advenant ma mort, tu t'empareras sans plus attendre d'une carabine pour te faire sauter la cervelle ?

— Je ne crois pas que je m'attarderais aux dires des gens en pareille circonstance.

— Tu ne crois pas !... Jésus Marie ! »

Et c'est ainsi que se déroulaient nos conversations, ni Leslie ni moi ne pouvant même envisager de vivre l'un sans l'autre.

Mais un bon jour, c'est de guerre lasse que nous avions fini par promettre qu'au cas où l'un d'entre nous mourrait avant l'autre, le survivant n'aurait pas recours au suicide.

Comme je regrettais cette promesse, maintenant. En mon for intérieur, j'avais toujours cru que si Leslie et moi ne mourrions pas ensemble, c'est qu'alors je serais le premier à mourir, persuadé que j'étais que je saurais sauter la barrière qui sépare l'au-delà de notre monde, tel un daim qui fait fi des barbelés qui le sépare d'un vert pâturage.

Mais de passer de ce monde-ci à l'au-delà...

Assis dans l'herbe, je m'appuyai contre la pierre tombale. Ce que je savais de la mort aurait pu remplir de pleines étagères de livres. En comparaison, les connaissances de Leslie sur ce même sujet auraient pu tenir dans un sac de voyage, avec suffisamment d'espace encore pour y ajouter son portefeuille et son carnet d'adresses.

Quelle folie m'avait pris de faire une telle promesse !

Bon, d'accord Leslie, je ne me suiciderai pas, me dis-je tout de même.

Mais sa mort m'avait rendu encore plus téméraire qu'à l'habitude. Tard la nuit, je montais dans sa vieille Torrance pour dévaler le long de routes étroites, à des vitesses qui auraient mieux convenu à une voiture sport. J'omettais bien sûr d'attacher ma ceinture de sécurité et je me perdais alors dans le souvenir de Leslie.

Et je dépensais aussi sans compter. Pour cent mille dollars, je m'étais acheté un Honda Starflash, un avion de trois mille kilos et de sept cents chevaux vapeurs. Cent mille dollars, simplement pour voler en fou durant les week-ends devant les fanatiques locaux.

Oui, j'avais bel et bien fait le serment de ne pas m'enlever la vie, mais jamais je n'avais promis à mon épouse que je ne volerais pas lors de compétitions.

Je m'arrachai enfin de la tombe de Leslie et entrepris de me traîner péniblement jusqu'à la maison. Autour de moi, la nature se peignait d'un gris uniforme et terne, en dépit du coucher de soleil dont j'aurais admiré jadis les couleurs de feu ; Leslie flottant presque sur un nuage à la vue du merveilleux spectacle que lui offraient les derniers rayons du soleil alors qu'ils caressaient ses fleurs, Leslie me montrant ceci, m'indiquant cela du doigt.

Pye nous avait bien promis qu'il nous était possible de retrouver le chemin de notre propre monde. Mais pourquoi avait-elle omis de mentionner qu'il nous faudrait nous écraser dans la mer pour ce faire et que l'un de nous devait trouver la mort ?

Des jours durant, j'avais consulté mes livres à propos de la mort et en avais même acheté d'autres. Ils étaient légion, ceux qui avaient buté sur ce mur, sans jamais trouver à le traverser ! Et aucun indice qui m'aurait permis de croire que Leslie, de son côté du mur, tentait de me contacter, aucun livre qui tombât de son petit coin d'étagère, aucune peinture qui se déplaçât sur les murs.

De retour à la maison, j'installai mon sac de couchage et mon oreiller sur le balcon, me sentant incapable de dormir dans notre lit commun sans Leslie. Le sommeil, qui jadis avait représenté à mes yeux à la fois une école, une salle de conférence et un pays d'aventures dans un autre monde, n'était plus guère peuplé maintenant que de quelques ombres perdues, images de films muets. En rêve, je l'entrevoyais fugitivement et m'élançais alors à sa rencontre, simplement pour me réveiller, solitaire et affligé.

Pourquoi avait-elle refusé de prendre connaissance de ces ouvrages sur la mort ? Pourquoi ?

En esprit, je n'avais de cesse de survoler encore et encore ces sentiers bizarres où nous nous étions posés, en dépit de toute la souffrance que cela éveillait en moi. Tel un détective, je m'acharnais à trouver un quelconque indice qui saurait enfin me donner une explication, car il fallait qu'il s'en trouvât une quelque part. Ou alors je mourrais, promesse ou pas.

La nuit était tombée maintenant, une nuit comme jamais il ne m'avait été donné d'en voir, les étoiles se transformant en un tourbillon d'heures et les heures en étoiles, une nuit aussi claire que celle où nous avions fait la connaissance de Le Clerc, dans la vieille France...

Sachez que vous êtes enveloppés de cette réalité qu'est l'amour et que vous avez le pouvoir de transformer votre monde grâce à votre savoir...

Ne craignez point l'apparence de l'obscurité, ne vous effrayez point de ce néant qu'est la mort...

Votre monde est un mirage, au même titre que n'importe quel autre monde. Votre unicité dans l'amour constitue votre seule réalité, et les mirages ne peuvent changer la réalité. N'oubliez pas. Quoi qu'il vous semble...

Vous êtes ensemble, où que vous alliez. Vous êtes en sécurité, là où convergent toutes les perspectives, avec l'être que vous aimez le plus au monde...

Vous ne créez pas la réalité. Ce que vous créez, ce sont les apparences...

Vous avez besoin de son pouvoir ; elle a besoin de vos ailes. Ensemble, vous volez...

Richard, c'est si facile. Tout n'est qu'une question de focalisation !

Je frappai furieusement les planches du balcon de mon poing, l'esprit fougueux d'Attila s'éveillant en moi pour me venir en aide.

Je me fiche que nous ayons eu cet accident, me dis-je alors. *En fait, je ne crois aucunement que ce maudit accident n'ait même jamais eu lieu. Et je me fiche de ce que j'ai vu, entendu, touché ou ressenti. Je n'ai que faire de preuves autres que celle de la vie elle-même ! Personne n'est mort, personne n'est enterré, personne n'est seul. J'ai toujours été avec elle et je suis avec elle en ce moment même ; et je serai toujours avec elle et elle avec moi, et il n'est rien qui ne puisse nous séparer !*

Je crus un moment entendre la voix de Leslie, qui me disait en chuchotant : « Richie ! C'est la vérité ! »

Il n'y a jamais eu d'accident que dans mon esprit et je refuse de tenir ce mensonge pour vrai. Je n'accepte pas ce prétendu espace-temps dans lequel je me trouve. Les Honda Starflash, ça n'existe pas ; Honda n'a même jamais fabriqué d'avions. Et je me refuse à accepter que je ne sois pas un aussi bon médium qu'elle ; j'ai lu plus de mille bouquins, bon Dieu de merde, alors qu'elle n'en a lu aucun. Je vais lui montrer que je suis capable de faire bouger cette manette des gaz, même si je dois l'arracher de son socle ! Personne n'a eu d'accident, personne n'a été éjecté de l'avion. J'ai simplement atterri au beau milieu de ce damné plan, encore une fois. J'en ai assez de croire en la mort, j'en ai assez de verser des larmes sur sa tombe. Et je vais lui montrer que j'en suis capable, que ce n'est pas impossible...

Je sanglotai de rage, une incroyable force éclatant en moi, tel Samson jetant à bas les piliers qui soutenaient le monde.

Je sentis alors la maison qui tremblait de toutes parts. Les étoiles vacillèrent, puis s'estompèrent. Immédiatement, je tendis la main droite devant moi.

La maison disparut et l'océan rugit sous les ailes de notre hydravion. Notre fidèle Ronchonneur quitta l'eau et s'envola vers le ciel.

« Leslie ! Enfin, te voilà ! Nous voilà de nouveau ensemble ! »

Pleurant et riant à la fois, Leslie s'écria à son tour : « Richie, mon doux chéri ! Tu as réussi. Oh, comme je t'aime ! Tu as réussi ! »

Mon époux avait quitté son moi parallèle alors que celui-ci parlait encore à sa Leslie au téléphone et était venu me rejoindre sur le balcon, où je l'attendais patiemment.

Il m'embrassa tendrement et nous restâmes dans les bras l'un de l'autre, heureux d'être ensemble, heureux d'être nous.

« Pourquoi n'essaierais-tu pas de décoller, cette fois, lui dis-je après un long moment. Il faudrait bien que tu saches enfin que tu en es capable avant que nous ne nous en retournions à la maison ! »

Il tendit la main vers la manette de Rochonneur, mais il ne se passa rien.

Pourquoi est-ce si difficile pour lui ? me demandai-je alors. Et je songeai que c'était peut-être parce que son esprit poursuivait trop de sentiers à la fois.

« Oh, Richie ! C'est si facile, pourtant », lui dis-je alors à haute voix. « Tu n'as qu'à ajuster le foyer de ton imagination. »

À mon tour, je tendis la main vers la manette des gaz, que je poussai pour montrer à Richard comment il devait s'y prendre, et nous nous mîmes immédiatement en branle. Je ressentis alors ce que je ressentais toujours lorsque nous finissions de tourner une scène au studio et qu'on défaisait les décors, alors qu'on décroche les rideaux qui, l'instant d'avant, constituaient montagnes et forêts, et qu'on fait rouler les éponges qui ont tenu lieu de rochers.

« Leslie, laisse-moi essayer à mon tour, me dit Richard.

— D'accord, chéri, lui rétorquai-je. Je ramène la manette à sa position originale. Et rappelle-toi : Tout est dans la focalisation.

Mais quelle ne fut pas ma surprise de constater que nous étions déjà sur le point de nous envoler et au moment où je tirai la manette vers moi, Ronchonneur s'éleva immédiatement dans les airs. Le moteur pétarada à quelques reprises, comme il le fait chaque fois qu'il est encore trop froid pour voler. Nous filâmes tout de même vers le ciel, simplement pour nous mettre à piquer du nez l'instant d'après. Richard tenta immédiatement de reprendre le contrôle de l'hydravion, mais déjà il était trop tard.

J'eus alors l'impression de visionner une scène filmée au ralenti. Lentement, nous nous écrasâmes ; lentement s'approcha la tempête de bruit blanc, comme si j'avais touché l'aiguille d'un gramophone alors que le volume était au maximum. Lentement, l'eau nous envahit de toutes parts. Lentement le rideau se baissa et les lumières s'éteignirent.

Puis le monde réapparut enfin, d'un vert ténébreux, d'un silence opaque. Dans l'eau, Richard s'agrippait à l'hydravion dont il arrachait les morceaux, tentant désespérément de sortir quelque chose de l'appareil avant que celui-ci ne soit totalement englouti.

« Attends, Richard, dis-je. Nous avons un sérieux problème dont il nous faut discuter ! Il n'y a plus rien dans cet avion dont nous ayons besoin... »

Mais il lui arrive parfois d'être buté, au point qu'il en oublie les priorités ; et tout ce qui lui importe alors, c'est de sortir sa veste de pilote de l'avion ou quelque autre vétille du genre. Pourtant, il me paraissait si bouleversé.

« Très bien, chéri, dis-je enfin, résignée. Prends tout le temps qu'il te faut. Je t'attendrai. » Et je le regardai s'affairer, lui laissant le temps de trouver ce qu'il cherchait.

Quel curieux sentiment m'envahit toutefois lorsque je vis que ce qu'il sortait de l'hydravion n'était pas sa veste, mais mon corps, mou comme une chiffe, ma chevelure flottant autour de ma tête, l'air d'un rat qui vient de se noyer.

J'observai Richard nager en direction de la surface en traînant mon corps et s'empresser de me tenir la tête hors de l'eau lorsqu'il y eut réussi.

« Ça va aller, chérie, dit-il en haletant. Ça va aller, tu verras... »

Un bateau de pêche lui passa presque sur le corps, mais vira juste à temps par le travers. Un homme se jeta à l'eau, une corde attachée autour de sa taille.

Je regardai Richard, mais dus détourner le regard à la vue de la panique qui se lisait sur son visage. Ce faisant, je vis une glorieuse lumière qui se dilatait devant moi et qui n'était autre que l'amour. Ce n'était pas le tunnel dont Richard m'avait tant parlé, quoique j'eusse l'impression de m'y trouver, car tout me paraissait couleur d'encre en comparaison de cette lumière et je ne vis d'autre solution que de me diriger vers cet amour renversant.

La lumière me parut à ce point rassurante, incarnant à mes yeux le bien le plus merveilleux, le plus doux, le plus parfait, et c'est de tout mon être que je décidai de lui accorder ma confiance.

J'aperçus bientôt deux silhouettes qui venaient dans ma direction. Je crus reconnaître en l'une d'elles un adolescent qui m'était familier. Celui-ci s'arrêta soudain puis se tint tout à fait immobile, aux aguets.

La seconde silhouette, celle d'un homme âgé qui avait à peu près ma taille, s'approcha de moi.

« Salut, Leslie, me dit l'homme. Sa voix était rauque, abîmée par la cigarette.

— Hy ? Hy Feldman, est-ce bien toi ? dis-je à mon tour. »

Je courus à lui et lui sautai au cou. Nous nous enlaçâmes et tournâmes sur nous-mêmes, des larmes de joie jaillissant de nos yeux.

Jamais je n'avais eu d'ami plus cher que cet homme qui était resté à mes côtés à une époque où tant de gens m'avaient tourné le dos. De fait, je ne pouvais entamer une journée sans d'abord appeler Hy.

Nous nous laissâmes enfin pour nous regarder l'un et l'autre, de larges sourires illuminant nos visages.

« Cher Hy ! Oh, mon Dieu, comme c'est merveilleux de te revoir ! Je n'arrive pas à y croire ! Je suis si heureuse de te revoir ! »

Hy était mort trois ans auparavant. Oh ! le choc et la souffrance que m'avait causés sa perte ! Et la colère que j'avais ressentie...

À ce souvenir, je reculai de quelques pas et lui lançai un regard furibond.

« Hy, je suis furieuse contre toi ! »

Mais il se contenta de me sourire, ses yeux brillant du même éclat qu'autrefois. Je me rappelai que je l'avais pour ainsi dire adopté à l'époque, avais fait de lui mon grand frère qui me guidait de ses sages conseils, tandis que lui m'avait toujours traitée comme sa soeur butée.

« Tu es toujours fâchée contre moi, hein ? me dit Hy.

— Évidemment que je le suis ! Comment as-tu pu me faire une chose pareille ? Je t'aimais, j'avais confiance en toi. Tu m'avais promis que tu ne toucherais plus jamais à une cigarette de ta vie, mais tu as recommencé quand même et tu as brisé *deux* coeurs ce faisant, Hy Feldman, le tien et le mien ! T'es-tu déjà arrêté à y penser ? As-tu jamais songé au chagrin que tu nous as causé, à nous tous qui t'aimions, en nous quittant si tôt ? Et pour une raison aussi stupide, qui plus est ! »

Il baissa les yeux, l'air penaud, puis me regarda par-dessous ses épais sourcils.

« Et si je te disais que je suis désolé ? Cela ferait-il une différence ? me demanda-t-il.

— Non », lui rétorquai-je en faisant la moue. « Hy, tu aurais pu mourir pour une bonne raison, pour une bonne cause. Cela, j'aurais pu le comprendre et tu le sais très bien. Tu aurais pu mourir en défendant la cause des droits de la personne, ou en tentant de sauver les océans et les forêts de la pollution, ou alors en préservant la vie d'un pur étranger. Mais tu es mort en raison de cigarettes que tu avais promis de cesser de fumer !

— Jamais plus je ne fumerai, fit-il en souriant. Je le promets.

— C'est bien le moment, maintenant, dis-je à mon tour, mais je ne pus m'empêcher de rire.

— Le temps t'a-t-il paru si long depuis ma mort ? reprit Hy, se faisant sérieux.

— J'ai l'impression que c'était hier que cela se passait, lui répondis-je.

Il prit ma main et la serra dans la sienne, puis nous nous tournâmes d'un commun accord en direction de la lumière.

— Partons, me dit Hy. Il y a là quelqu'un qui t'a manqué encore plus que moi. »

Mais je m'arrêtai soudain en pensant à Richard.

« Hy, je ne peux pas, dis-je. Richard et moi sommes au beau milieu de la plus extraordinaire aventure, et nous voyons et apprenons des choses... J'ai hâte de te raconter tout cela. Mais quelque chose de terrible vient de se produire ! Richard semblait fou de douleur lorsque je l'ai quitté. Il me faut absolument aller le rejoindre !

— Leslie », me dit Hy en me retenant par la main. « Arrête, Leslie. J'ai quelque chose à te dire.

— Je t'en prie, Hy, non. Tu veux me dire que je suis morte, n'est-ce pas ? »

Il fit signe que oui en souriant tristement.

« Mais Hy, je ne puis simplement le quitter, je ne puis disparaître pour ne plus jamais revenir ! Nous ne pouvons vivre l'un sans l'autre. »

Hy me regarda d'un air compréhensif, mais son sourire avait disparu.

« Richard et moi avons souvent discuté de la mort, de ce qu'elle pouvait signifier, lui expliquai-je. Jamais nous n'avons eu peur de mourir, mais bien plutôt d'être séparés l'un de l'autre. Or, nous avions planifié de mourir ensemble et c'est ce qui ce serait passé, n'eut été de ce stupide accident. Tu imagines ? Je ne sais même pas pourquoi nous nous sommes écrasés !

— Ce n'était pas stupide, me répliqua Hy. Il y a une raison à cet accident.

— Eh bien, moi je ne connais pas cette raison et il ne m'importe guère de la connaître. Tout ce que je sais, c'est que je ne peux laisser Richard !

— Ne t'est-il pas venu à l'esprit que Richard avait peut-être quelque chose à apprendre qu'il ne saurait apprendre si tu étais avec lui ? Quelque chose d'important ?

— Il n'y a rien qui soit aussi important, dis-je en secouant la tête. Si c'était si important, nous aurions été séparés bien avant cela.

— Il n'en demeure pas moins que vous n'êtes plus ensemble maintenant, me dit Hy.

— Non ! Je ne puis accepter cela ! »

Je pris soudain conscience que le jeune homme que j'avais entraperçu plus tôt s'avançait dans notre direction, les mains dans les poches, la tête penchée. Grand et mince, il était si timide que je pus le discerner simplement à sa démarche. Fascinée, je ne pus détourner le regard en dépit de la souffrance qui s'éveilla pourtant en moi à sa vue.

Le jeune homme leva la tête, me souriant de ses yeux noirs et taquins après toutes ces années.

« Ronnie ! »

Enfants, mon frère et moi étions inséparables et nous nous accrochions maintenant l'un à l'autre, pleurant de la joie inespérée de nous retrouver ensemble.

J'avais vingt ans et lui dix-sept lorsqu'il avait été tué dans un accident. J'avais pleuré sa mort jusqu'à mes quarante ans. Ronnie avait toujours débordé d'une vitalité si intense que jamais il ne m'était venu à l'idée de m'imaginer sa mort un jour et pendant longtemps, je m'étais refusé à accepter le fait accompli. La femme optimiste et déterminée que j'avais été s'était alors transformée en une pauvre âme perdue, désireuse de mourir à son tour. Quel lien puissant nous avait unis !

Mais voilà que nous nous retrouvions enfin, aussi comblés de joie que j'avais été atterrée de chagrin.

« Mais tu n'as pas changé », dis-je à Ronnie, étonnée, me rappelant pourquoi il m'avait toujours été impossible de regarder un film de James Dean sans éclater en sanglots, car Ronnie lui ressemblait tellement. « Comment peux-tu ne pas avoir changé après tout ce temps ? »

— Je tenais à ce que tu me reconnaisses », me répondit Ronnie. Puis il partit d'un grand éclat de rire et ajouta : « J'ai d'abord pensé me présenter à toi sous la forme d'un vieux chien ou quelque chose du genre, mais j'ai fini par reconnaître que ce n'était pas le moment de faire des farces.

Comme je me rappelais bien ses farces. J'étais sérieuse, ambitieuse, et rien ni personne ne pouvait m'arrêter. Mais Ronnie, pour sa part, en était vite venu à la conclusion que notre pauvreté était insurmontable, qu'il était vain de lutter, et il avait choisi l'humour, riant sans cesse et me jouant des tours pendables jusqu'à ce que j'en vienne presque à vouloir l'étrangler. Mais il était en même temps si charmant, si drôle, si beau, qu'il ralliait tout le monde à sa manière de voir les choses. Tout le monde aimait Ronnie, moi plus que quiconque.

« Comment va maman ? » me demanda mon frère en me tirant de mes souvenirs. Je sentis qu'il le savait déjà, mais qu'il tenait néanmoins à me l'entendre dire. »

— Elle se porte très bien, lui répondis-je. Mais tu lui manques toujours, tu sais. J'ai fini par me réconcilier à l'idée de ta mort, il y a environ dix ans de cela, le croiras-tu ? Mais maman n'a jamais pu l'accepter, jamais. »

Ronnie soupira à ces paroles.

Quant à moi, qui avais si longtemps refusé de croire qu'il était mort, j'avais maintenant peine à croire qu'il était là, à mes côtés, car c'était tout de même étonnant !

« J'ai tant de choses à te raconter, dis-je à Ronnie, tant de choses à te demander...

— Ne t'avais-je pas dit qu'une merveilleuse surprise t'attendait ? » me dit Hy en passant son bras autour de mes épaules. Ronnie en fit autant et les enlaçant par la taille, je les serrai tous deux contre moi. Ensemble, nous avançâmes dans la lumière. Me sentant comblée de joie, je dis :

« Ronnie ! Hy ! J'ai rarement été aussi heureuse de ma vie ! »

C'est alors que je vis ce qui nous attendait devant. Je ne pus retenir un « Oh ! » d'émerveillement.

Une glorieuse vallée s'étendait devant nous, tandis qu'une étroite rivière brillait de mille feux au milieu de champs et de forêts débordants d'or et d'écarlate automnaux. Au-delà de la vallée s'élevaient de hautes montagnes couronnées de neige. Au loin, des chutes de trois mille mètres de hauteur tombaient en trombes silencieuses. J'en eus le souffle coupé, comme la toute première fois que j'avais visité...

«Mais nous sommes au parc national de Yosemite! m'exclamai-je.

— Nous savions que tu adorais cet endroit, me dit Hy, et nous avons pensé que tu aimerais t'asseoir ici un moment et faire un brin de causette en notre compagnie.»

Nous dénichâmes un bosquet ensoleillé et prîmes place sur un tapis de feuilles. Puis nous nous regardâmes un moment en silence, nous délectant de la joie que nous ressentions à être ensemble.

Par où dois-je commencer? me demandai-je alors.

Et quelque part en moi, je sus par où il me fallait commencer et je posai la question qui me hantait depuis tant d'années.

«Pourquoi, Ronnie?» dis-je à l'adresse de mon frère. «Je sais bien que c'était un accident, que tu ne cherchais pas à mourir. Mais je viens d'apprendre combien il nous est possible de contrôler notre vie et je ne puis m'empêcher de penser qu'un aspect de toi a choisi de partir au moment où tu l'as fait.»

On aurait dit que Ronnie mûrissait sa réponse depuis longtemps, car il me répondit aussitôt: «C'était un piètre choix, en effet. Je croyais qu'il me serait impossible de m'élever au-dessus de ma condition. Et en dépit de toutes ces farces que je faisais, je me sentais complètement perdu, tu sais.» Puis pour masquer sa tristesse, il me gratifia d'un large sourire.

«Je suppose que je savais déjà tout cela, lui dis-je, le coeur brisé, mais que je n'ai jamais pu l'accepter. Mais comment pouvais-tu te sentir ainsi, alors que nous t'aimions tant?

— Je ne m'aimais pas autant que vous m'aimiez, me répondit-il, et je ne sentais pas que je méritais d'être aimé, ou quoi que ce soit d'autre d'ailleurs. Bien sûr, avec du recul, il m'est possible de dire que j'aurais pu vivre une bonne vie, mais je l'ignorais à l'époque.» Il détourna les yeux avant d'ajouter: «Ce n'est pas que j'aie sciemment décidé de me tuer, tu comprends ; mais je ne m'efforçais pas vraiment de vivre non plus. Je n'ai jamais lutté avec la vie comme toi tu l'as fait. »

Puis secouant la tête, il répéta : « J'ai fait un piètre choix. »

Jamais je ne l'avais vu aussi sérieux, et cela me parut à la fois étrange et réconfortant de l'entendre s'exprimer de cette façon. La confusion et le chagrin qui m'avaient hantée pendant des décennies se volatilisèrent enfin.

« Tu sais, j'ai toujours gardé un oeil sur toi », me dit Ronnie dans un sourire timide, « et j'ai même pensé un moment que tu viendrais immédiatement me rejoindre. Mais je t'ai vu faire volte-face et j'ai vu que j'aurais pu en faire autant. Et je me suis pris à souhaiter... Je trouvais la vie difficile... Je sais bien que j'aurais dû réagir différemment. Quoi qu'il en soit, j'ai beaucoup appris depuis, et je n'ai de cesse de mettre mon nouveau savoir en pratique.

— Tu me surveillais ? dis-je. Alors, tu sais ce qui s'est passé dans ma vie ? Tu connais Richard ? »

La pensée que Ronnie pût connaître Richard me rendit extrêmement heureuse.

« Si, me répondit Ronnie, et je suis très heureux pour toi.

Richard !

À nouveau, je fus prise de panique. Comment pouvais-je rester assise là, à parler ? Mais qu'avais-je donc, pour l'amour ? Richard m'avait bien dit que les gens vivaient une période de confusion après leur mort, mais ce que j'étais en train de faire était tout à fait impensable !

« Il se fait du souci pour moi en ce moment », dis-je alors à Ronnie et à Hy. « Il croit qu'il m'a perdue à jamais. Je ne peux pas rester. Je vous aime, mais je ne peux pas rester ! Vous comprenez, n'est-ce pas ? Je dois retourner auprès de lui !

— Leslie, me dit Hy, Richard serait incapable de te voir.

— Mais pourquoi ? m'écriai-je en me demandant si j'avais omis de considérer quelque terrible détail. Étais-je donc devenue le fantôme d'un fantôme ? Hy, essaierais-tu de me dire, repris-je, que je suis vraiment morte, que je ne suis pas à l'article de la mort, où j'aurais encore le choix de retourner à la vie ? Essaies-tu de me dire que je suis morte et que je n'ai d'autre choix que de l'accepter ? »

Hy hocha la tête en signe d'assentiment.

Je réfléchis un moment, atterrée, puis répliquai : « Mais Ronnie n'était-il pas avec moi, gardant un oeil vigilant sur moi...

— Mais tu ne l'as jamais vu, n'est-ce pas, n'a jamais su qu'il était là ? me rétorqua Hy.

— Il m'arrive parfois de rêver à lui...

— En rêves, bien sûr, dit Hy en m'interrompant, mais...

— Parfait ! m'exclamai-je, me sentant soudain soulagée.

— Mais est-ce là le genre de vie commune que tu veux connaître désormais », me dit Hy, se méprenant sur mes paroles. « Richard ne te verra que pendant son sommeil et t'oubliera dès son réveil. Tu voudrais me faire croire qu'au lieu de te préparer à l'accueillir lorsque sera venu le moment pour lui de mourir, tu préfères flotter, invisible, autour de lui ?

— Mais Hy, en dépit de toutes les discussions que Richard et moi avons eues sur la mort et la façon d'aller au-delà de celle-ci, Richard croit sincèrement que j'ai été tuée dans cet accident et qu'il ne me reverra plus jamais. En ce moment, il pense que ce à quoi il a toujours cru est faux ! »

Mon vieil ami me regardait d'un air incrédule. Mais pourquoi se refusait-il à comprendre ?

« Hy, notre seule raison de vivre, à Richard et à moi, était d'être ensemble, d'exprimer l'amour. Et nous n'avions pas fini ! C'est comme de s'arrêter d'écrire, au beau milieu du dix-septième chapitre, un livre qui doit en compter vingt-trois. On ne s'arrête pas simplement comme ça, en faisant semblant que c'est la fin !

Et un tel livre serait alors publié, inutile parce que dépourvu de fin ?

« Viendrait alors un lecteur, désireux de prendre connaissance de que nous avons appris, de voir à quel point nous avons su faire preuve de créativité pour relever les défis qui se sont présentés à nous, et au milieu du livre, il ne trouverait que cette petite note de l'éditeur à l'effet que leur hydravion s'est écrasé, qu'elle est morte et qu'ils n'ont donc jamais pu terminer ce qu'ils avaient entrepris !

— La plupart des gens ne terminent pas leur vie, me fit observer Hy. Je n'avais pas terminé la mienne lorsque je suis mort.

— Alors là, je suis tout à fait d'accord avec toi ! lui répliquai-je, en colère. Tu sais donc de quoi je parle. Mais Richard et moi n'allons pas nous arrêter au milieu de notre histoire, ça non !

— Ainsi, me dit Hy en me gratifiant de son plus chaleureux sourire, tu aimerais que ton histoire raconte qu'après l'accident, Leslie est ressuscitée d'entre les morts et qu'elle et Richard vécurent à jamais heureux ?

— Ce ne serait pas la pire fin qu'on puisse donner à un livre », répondis-je du tac au tac et nous éclatâmes tous de rire... « Évidemment, ajoutai-je, j'aimerais que le récit précise comment nous avons fait, quels principes nous avons mis en application pour nous en sortir, afin que les lecteurs sachent qu'ils peuvent en faire autant. »

J'avais prononcé ces dernières paroles sur le ton de la plaisanterie, mais il me vint soudain à l'esprit que ce que je vivais présentement était peut-être un autre test, un autre défi que me soumettait le plan.

« Écoute, Hy, dis-je, Richard a souvent raison par rapport à nombre de choses qui m'apparaissent saugrenues au départ. Tu sais cette loi cosmique qu'il se plaît à citer à l'effet qu'on couve des pensées en esprit jusqu'à leur réalisation factuelle ? Cette loi n'aurait-elle donc plus cours, simplement parce que nous nous sommes écrasés ? Comment me serait-il possible de penser en ce moment à quelque chose d'aussi important que mes retrouvailles avec Richard, si cette pensée ne devait pas se réaliser ?

Je sentis enfin qu'il cédait lorsqu'il me répondit en souriant : « Les lois cosmiques ne changent jamais, quelles que soient les circonstances. »

Soulagée, je serrai sa main dans la mienne avant de lui répondre à mon tour : « Pendant un moment, j'ai cru que tu allais essayer de me retenir ici.

— Il n'est personne sur Terre qui avait le pouvoir d'arrêter, Leslie Parrish, dit Hy. Qu'est-ce qui te fait croire que quelqu'un ici pourrait le faire ? »

Sur ce, nous nous levâmes et Hy me serra dans ses bras en guise d'adieu.

« Dis-moi, fit-il. Si Richard était mort plutôt que toi, aurais-tu eu confiance que tout se passe bien pour lui en attendant que tu termines ta propre vie ?

— Non. Je me serais fait sauter la cervelle.

— Tu es toujours aussi butée, à ce que je vois, me dit Hy.

— Je sais que ça n'a pas de sens. Mais je dois aller le retrouver. Je ne peux pas le quitter, Hy, car je l'aime !

— Je sais. Allez, va ton chemin. »

Je me tournai en direction de Ronnie, que je serrai longuement contre moi. Comme je trouvais pénible de le quitter !

« Je t'aime », lui dis-je en me mordant la lèvre pour ne pas pleurer. « Je vous aime tous les deux et vous aimerai toujours. Nous nous retrouverons, n'est-ce pas ?

— N'en doute pas un instant, me répondit Ronnie. Un jour, tu mourras et tu partiras alors à la recherche de ton frère. Et puis tu rencontreras ce vieux chien... »

J'éclatai de rire à travers mes larmes.

« Nous t'aimons aussi », ajouta Ronnie.

Jamais auparavant je n'aurais pu croire que ce qui venait de m'arriver était possible. Mais en dépit de mon scepticisme, j'avais toujours espéré que Richard eût raison et que l'existence se composait de plus d'une vie. Et maintenant, je savais ; maintenant, il m'était possible de repartir, certaine de ce que j'avais appris du plan et de ma mort. Et je savais, hors de tout doute, que Richard et moi marcherions ensemble un jour vers cette lumière. Mais pas maintenant.

Mon retour à la vie ne fut pas impossible, ne fut pas même difficile. Et lorsque j'eus traversé le mur présomptueux de l'impossible, je fus en mesure de voir le plan qui se tissait dans la tapisserie, exactement comme l'avait dit Pye, de fil en fil, pas à pas ! De fait, je ne retournais pas à la vie, mais retournais plutôt à la focalisation de la forme, focalisation que nous changeons sans cesse, jour après jour.

Je trouvai mon bien-aimé Richard dans un monde parallèle qu'il tenait pour vrai. Prostré sur ma tombe, il avait érigé un mur de chagrin tout autour de lui, avec pour résultat qu'il était incapable de me voir ou de m'entendre.

« Richard », dis-je en tentant de jeter bas ce mur de chagrin.

Il ne m'entendit pas.

« Richard, je suis là ! »

Il restait là, à sangloter sur ma pierre tombale. Ne nous étions-nous pourtant pas entendus pour dire que nous n'érigerions pas de pierre tombale ?

« Mon chéri, je suis avec toi en cet instant, je serai avec toi lorsque tu t'endormiras et lorsque tu t'éveilleras. Nous ne sommes séparés que parce que tu crois que nous le sommes ! »

Les fleurs sauvages qui couvraient la tombe lui criaient que la vie se trouve là même où semble se trouver la mort, mais Richard ne perçut pas plus leur message qu'il n'avait perçu le mien.

Il se mit péniblement sur ses pieds et prit la direction de la maison, entouré de son mur de chagrin. Il ne vit pas le soleil qui se couchait, ne comprit pas que ce qui semble être la nuit n'est rien de plus que le monde qui se prépare à accueillir l'aube qui existe déjà. Et lorsqu'il parvint enfin à la maison, il se contenta de jeter son sac de couchage sur le balcon.

Combien de cris un homme peut-il donc ignorer ? Était-ce là mon époux, mon cher Richard qui avait toujours été convaincu que rien en ce monde n'arrive par hasard, de la tombée d'une feuille à la naissance d'une galaxie ? Richard, pleurant à chaudes larmes sous les étoiles ?

« Richard ! criai-je. C'est la vérité ! C'est toi qui avais raison et ce n'est pas par hasard que nous nous sommes écrasés. Tout est question de perspective. Et tu sais déjà tout ce qu'il te faut savoir pour que nous soyons à nouveau ensemble ! Tu te rappelles ? Focalise ! »

Il frappa du poing sur le balcon, rageant contre son mur.

« Nous n'avons pas encore fini, toi et moi, lui dis-je en pleurant. Notre histoire n'est pas terminée. La vie a tant encore à nous donner ! Tu peux changer dès maintenant. Maintenant, cher Richard ! »

Autour de lui, le mur bougea et ses bords s'effritèrent. Je fermai les yeux, me concentrant de tout mon être. Je nous vis tous deux, à l'intérieur de la cabine de Ronchonneur, flottant au-dessus du plan ; je sentis que nous étions ensemble, sans chagrin, sans séparation.

Richard le ressentit aussi. Il tenta de pousser la manette des gaz et, les yeux clos, chaque fibre de son corps trembla contre ce simple levier.

Dans un suprême effort de volonté, il se libéra enfin de la transe dans laquelle il avait été plongé et en mobilisa toute la force contre ses croyances erronées. Celles-ci plièrent d'un millimètre, puis d'un centimètre.

Sentant que mon coeur allait éclater, j'ajoutai le pouvoir de ma volonté au sien. «Mon chéri, je ne suis pas morte, ne l'ai jamais été ! Je suis avec toi en ce moment. Nous sommes ensemble !

Le mur se fracassa autour de lui et le moteur de Ronchonneur se mit à ronronner. Retenant son souffle, les veines de son cou proéminentes, les mâchoires serrées, Richard lutta contre ce qu'il avait tenu pour vrai. Il nia l'accident. En dépit des preuves que lui offraient les apparences, il nia ma mort.

«Richie ! Je t'en supplie, c'est la vérité ! Nous pouvons encore voler ! »

La manette bougea enfin. Le moteur se mit à rugir tandis que l'écume volait tout autour de nous.

Quelle glorieuse joie de le revoir enfin ! Il ouvrit les yeux au moment où Ronchonneur quittait l'eau.

Oh ! quelle joie de le revoir ! J'entendis enfin sa voix dans un monde que nous partagions à nouveau.

«Leslie ! Enfin, te voilà ! Nous voilà de nouveau ensemble !

— Richie, mon doux chéri ! m'écriai-je. Tu as réussi ! Oh ! comme je t'aime ! Tu as réussi ! »

Chapitre XVIII

L'un des meilleurs moyens que je connaisse de piquer du nez lorsqu'on pilote un avion, c'est de tirer la commande des gouvernails vers soi immédiatement après le décollage et de la maintenir dans cette position. Mais Leslie et moi étions tout à notre joie de sa résurrection et nous aurions continué à monter même si Ronchonneur avait soudainement perdu ses ailes !

Je tins Leslie contre moi et sentis ses bras se nouer autour de mon cou alors que nous continuions à prendre de l'altitude.

« Leslie ! Je ne rêve pas et tu n'es pas morte ! »

Elle n'avait pas été tuée, n'avait pas été enterrée sur la colline. Elle était près de moi, aussi radieuse qu'un lever de soleil. Non, je ne rêvais pas. Le rêve s'était passé durant ces mois où j'avais vécu dans ce monde parallèle et avais pleuré sa mort.

« Sans toi, dis-je, tout était si... Le monde s'est arrêté de tourner, plus rien ne m'importait ! Mais où donc étais-tu, Leslie ?

— J'étais avec toi », me répondit-elle en riant à travers ses larmes. « Je t'ai vu sous l'eau tandis que nous coulions, je t'ai vu sortir mon corps de l'hydravion. Je croyais que tu cherchais ta veste. Peux-tu imaginer ma surprise lorsque j'ai enfin compris ce que tu cherchais parmi les décombres ! Oui, j'étais là avec toi, mais tu refusais de me voir. Tu ne pouvais voir autre chose que mon corps. »

Ainsi, pendant tout ce temps, elle avait été là, avec moi. Après tout ce que nous avions appris ensemble, comment avais-je pu oublier et me fier aux seules apparences ? Le premier mot que j'avais prononcé à sa mort avait été le mot « non », un seul mot de vérité instantanée. Pourquoi n'avais-je pas écouté ? Tout ce serait passé de façon si différente si j'avais refusé de croire à ce mensonge dès le départ.

« Et dire que j'aurais pu t'aider, dis-je à Leslie, si seulement je m'étais accroché à ce que je savais être vrai.

— C'eût été un miracle si tu t'étais concentré sur autre chose que ce qui s'est passé au moment de l'accident, me répondit Leslie en secouant la tête. Et par la suite, tu as érigé un mur de chagrin autour de toi, si dense qu'il m'a été impossible de le traverser. Si j'avais réagi plus rapidement, peut-être aurais-je pu...

— Que je sois damné d'avoir échoué un tel test ! » m'exclamai-je en l'interrompant.

— Mais tu n'as pas échoué », me dit Leslie en me serrant à nouveau contre elle. « Tu as été merveilleux ! Tu as su voir au-delà des apparences. Te rends-tu compte que c'est toi qui as poussé la manette et qui nous as extirpés de ce monde ? Toi ! Tu as enfin réussi ! »

Je songeai en l'écoutant que j'avais mis peu de temps à oublier le son de sa voix dans le monde de la mort. Et de la retrouver enfin était comme de tomber amoureux d'elle à nouveau.

« J'ai tant de choses à te raconter », me dit Leslie en m'arrachant à ma rêverie. « Je sais que nous n'avons pas été séparés plus d'une heure, mais... »

— Une heure ? Mais, Wookie, cela fait des *mois* ! Trois mois et une semaine...

— Mais non, Richie. Cela fait une heure et demie, tout au plus. » Elle me jeta un regard perplexe, puis ajouta : « Je suis partie au beau milieu de... » Elle retint alors son souffle et ses yeux se mirent à briller de mille feux. « Oh, Richard, j'ai vu Ronnie ! s'exclama-t-elle. Il n'a pas changé, comme s'il n'était jamais mort. Et ce cher Hy, aussi. C'est Hy qui est venu m'accueillir ; il m'a dit que tout allait bien et que toi et moi serions bientôt ensemble, quoi qu'il advienne. Et après l'accident, j'ai vu la plus belle des lumières, tout comme le racontent tes livres qui traitent des expériences au seuil de la mort. »

Il fut un temps où je sortais acheter l'épicerie, rentrais à la maison, et nous mettions une heure à nous raconter ce qui nous était arrivé pendant le peu de temps où nous avions été séparés ! Et voilà que notre dernière aventure nous avait séparés pendant une heure selon la perspective de Leslie et trois mois selon la mienne. Combien de temps cela nous prendrait-il cette fois pour tout nous raconter ?

« Je n'ai jamais rien vu de plus merveilleux, Richie ! » me dit Leslie en m'arrachant encore une fois à ma rêverie. « Si ce n'avait été de toi, je n'aurais jamais quitté cet endroit ! Mais dis-moi, ajouta-t-elle d'un air songeur. Cela aurait-il fait une différence à tes yeux si tu avais su que tout se passait bien pour moi, que j'étais heureuse, entourée de personnes que j'aime ?

— De te savoir heureuse et en sécurité aurait fait une différence, lui dis-je. Enfin, je crois. J'aurais alors pu considérer la chose sous un tout autre angle, un peu comme un transfert où tu serais partie devant pour acheter notre nouvelle maison, te familiariser avec les rues et les règlements de notre nouvelle ville, et rencontrer les gens pendant que je donnais la touche finale aux choses ici. Oui, je crois que cela m'aurait aidé... Mais cela n'avait rien d'un transfert, Leslie ! Il n'y avait pas de courrier, pas d'appels téléphoniques, aucun moyen de savoir si tout se passait bien !

— Mais je crois que si ce n'avait pas été de ton inconsolable chagrin, nous aurions pu entrer en communication, toi et moi, me rétorqua Leslie. Nous aurions pu nous rencontrer par le biais de tes méditations ou de tes rêves, mais tu t'étais emmuré dans ta peine...

— Si cela devait encore nous arriver, je n'oublierai pas. Je saurai que tu es là. Et tu devras t'en rappeler, toi aussi ! »

Elle fit signe que oui.

« Tu sais, me dit-elle, nous avons beaucoup à apprendre de ce que nous venons de vivre, toi et moi. Il nous reste tant de mystères à percer. Ronnie est mort il y a trente ans. Comment se fait-il qu'il était là à m'attendre ? Comment expliquer qu'avec tous ces espaces-temps, il ne se soit pas réincarné ?

— Mais il est réincarné, lui dis-je, et nous aussi. Regarde plus bas. Le plan changea sous nos yeux, un plan sans fin et qui ne connaîtrait jamais de fin. Toutes ces vies qui foisonnent à la fois, repris-je, et les vies après les vies, les vies entre les vies. N'y crois-tu donc pas ? Ne crois-tu pas que c'est vrai ?

— Je ne suis plus certaine de ce que je crois, me déclara Leslie en souriant. Je sais cependant que j'ai revu mon frère et qu'il n'a pas changé. Il m'a dit... Elle éclata de rire. Il a dit, reprit-elle en riant toujours, que la prochaine fois que nous nous reverrions, il m'apparaîtra sous les traits d'un vieux... » Et elle se mit à rire de plus belle jusqu'à en perdre le souffle.

— Un vieux quoi ? m'enquis-je.

— ... Un vieux chien ! »

Je ne saisis pas vraiment, mais quoi que Ronnie eut pu lui raconter, cela avait été suffisant pour faire rire sa sœur aux larmes, et je ris avec elle. Oh, quel étrange plaisir que de pouvoir rire à nouveau !

Je songeai alors que, quelque part dans le plan que nous survolions, devait se trouver un couple parallèle au nôtre et qui n'avait pas réussi à faire le saut pour se retrouver ensemble. Mais je choisis de taire cette pensée à Leslie, désireux que j'étais de ne pas nous replonger dans les affres du chagrin.

Nous discutâmes de ce qui s'était passé, tentant de rassembler les diverses pièces du puzzle, et nous réussîmes enfin à mettre un peu d'ordre dans tout ce fouillis.

« Tout cela me semblait si véridique ! m'exclamai-je enfin. Je n'étais plus un fantôme, ne pouvais plus passer au travers des murs ; les gens pouvaient me voir. Et rien dans la maison n'avait changé. Ou plutôt, si, dis-je après un moment de réflexion, prenant enfin conscience de ce qui m'avait échappé durant les trois mois que j'avais passés dans cet autre monde. C'était bien notre maison, mais elle était différente. Or, jamais je n'ai remis cette différence en question. Et la voiture… Ce n'était pas notre vieille Chrysler, mais une Torrance. N'est-ce-pas étrange ?

— J'ai bien l'impression que si ce n'était de l'expérience que nous avons acquise dans le plan, tu serais encore dans ce monde, commenta Leslie. Si nous avions grandi dans ce monde parallèle sans avoir pu bénéficier des dix vies que nous venons de vivre, si nous avions été persuadés que le monde où l'on trouve des Torrance fût le seul monde qui soit… Si j'avais trouvé la mort dans ce monde, aurais-tu pu t'en libérer, même pour me retrouver ? T'aurait-il été possible de répudier ta foi en la mort ?

— Quelle question ! dis-je. Je n'en sais rien.

— Richie, en dépit de tout ce que nous avons appris, nous sommes venus bien près de ne pas nous en sortir ! »

Elle examina le labyrinthe qu'était le plan puis demanda : « Serions-nous prisonniers de ce plan ? Est-il aussi difficile de sortir d'ici que ce le fut de surmonter la mort ? »

Leslie et moi, nous nous regardâmes. Nous étions à nouveau en sécurité après avoir réussi le pire test de notre vie. Mais maintenant, une seule pensée nous importait : retrouver le chemin de la maison avant qu'il ne nous arrive quoi que ce soit d'autre.

« Tu te rappelles ce que disait Pye, demandai-je à Leslie, à l'effet que le plan est psychique, mais que le chemin du retour en est un de spiritualité ? Elle nous a dit de nous guider sur l'espoir. »

Mais je fronçai les sourcils à ce souvenir. Comment nous guider sur l'espoir ? Plus que tout, nous espérions retourner à la maison. Pourquoi n'y étions-nous pas ?

« Mais Pye n'a pas parlé d'espoir, Wookie, dit enfin Leslie, mais d'amour ! Elle nous a dit de nous laisser guider par l'amour ! »

Chapitre XIX

*I*l me fallut reconnaître en toute humilité que Pye avait parfaitement raison et qu'il était facile de se laisser guider par l'amour.

Quant à ces deux personnes qui s'étaient remises en route pour cette conférence à Los Angeles, il se pouvait fort bien que le petit monde qu'elles habitaient ne fût qu'un mirage, mais c'était *leur* mirage, la toile sur laquelle elles avaient choisi de peindre le lever du soleil, avec amour, comme elles le percevaient.

C'est sur cet amour que Leslie et moi avions décidé de nous concentrer en vue de retrouver le chemin qui nous ramènerait dans notre espace-temps.

« Tu es prêt ? » me demanda Leslie.

Pour toute réponse, je lui pris la main et ensemble nous actionnâmes la manette des gaz et la commande des gouvernails. Puis, fermant les yeux, nous focalisâmes notre coeur sur le monde de Leslie et de Richard, ce monde où ils retournaient enfin, désireux d'y faire leurs propres découvertes. Nous aimions notre monde comme nous nous aimions et volions à sa rencontre pour y rapporter tout ce que nous avions vu et appris au cours de notre aventure.

Je sentis bientôt que ce n'était pas ma main qui manipulait les commandes ni même celle de Leslie, mais bien celles-ci qui faisaient bouger nos mains, comme si Ronchonneur s'était soudain transformé en un être vivant qui savait parfaitement où il allait.

Après quelques minutes d'intense concentration, je sentis que l'hydravion ralentissait sa course pour amorcer un large virage. J'ouvris alors les yeux et vis Leslie qui ouvrait les siens au même moment.

Nous le vîmes immédiatement : Là, au fond de l'eau, au sein de tous ces tours et détours du plan, reposait un chiffre huit doré, ce même sentier recourbé que Pye avait tracé dans le sable entre Menaceville et la Cité de la Paix.

« Pye disait qu'il nous était possible de donner des indications à nos moi parallèles... dis-je.

— ... Et voilà, notre indication ! » enchaîna Leslie en devinant ce à quoi je voulais en venir. « Cette chère Pye ! »

Tout à notre joie d'avoir enfin trouvé, Leslie et moi détournâmes notre attention de l'amour de notre monde, et le charme fut rompu. Immédiatement, de partenaire qu'il avait été pendant un moment, Ronchonneur redevint le fidèle serviteur qui attendait notre bon plaisir. Encore une fois, nous étions laissés à nous-mêmes.

Je tournai le volant vers la droite afin de compléter le cercle que nous décrivions au-dessus du symbole d'or, puis, ralentissant notre course, j'amorçai le dernier virage qui nous permettrait d'y amerrir. Au-dessous de nous, le vent fit danser le symbole sous la surface de l'eau.

« Les roues sont rentrées et les volets baissés », annonçai-je.

Je m'apprêtai à amerrir sur le sentier doré, une tâche des plus simples. Nous volâmes un moment contre le vent à vitesse réduite, à quelques pouces à peine au-dessus de l'eau. Parvenus à l'endroit exact où se trouvait le symbole, je coupai le moteur et Ronchonneur se posa bruyamment sur les vagues.

Immédiatement, le plan disparut et nous nous retrouvâmes en train de survoler la ville de Los Angeles.

Mais Leslie et moi n'étions plus les pilotes. Encore une fois, nous nous retrouvions cantonnés dans le rôle de passagers ; qui plus est, nous étions toujours des fantômes ! Devant nous se trouvaient les deux pilotes de l'hydravion, occupés à surveiller la circulation aérienne autour d'eux et à rectifier le code du transpondeur en vue d'amorcer la descente vers l'aéroport de Santa Monica.

« Quatre, six, quatre, cinq ? » s'enquit Richard, le pilote.

— Voilà ! » lui répondit son épouse. « Que deviendrais-tu sans moi ? »

Ni l'un ni l'autre ne nous avaient encore aperçus.

De toutes mes forces, je poussai notre manette invisible et sentis en même temps la main de Leslie qui se posait sur la mienne, ressentis la peur qui nous envahissait tous les deux. Puis nous restâmes là, le souffle court, sans bouger, tandis que, avec une angoissante lenteur, la scène s'estompait pour enfin disparaître complètement. L'hydravion se remit à glisser rapidement sur les vaguelettes qui couraient au-dessus du plan. Recouvrant alors mon sang-froid, j'exerçai une pression sur le volant et nous reprîmes le chemin des airs.

Nous regardant d'un air ahuri, Leslie et moi recommençâmes à respirer.

« Oh ! Richie, non ! » dit Leslie d'une voix où perçait sa déception. « J'étais tellement certaine que nous pourrions enfin nous poser sans être des fantômes ! »

Je virai sur l'aile et repérai à nouveau le symbole doré.

« Tout est là, dis-je à mon tour, et pourtant, il nous est impossible de retourner à la maison ! »

Je regardai alors par-dessus mon épaule dans l'espoir fugitif de voir Pye. Certes, nous n'avions pas besoin de son intuition, de simples instructions auraient suffi. Mais Pye n'était pas là bien sûr et ne pouvait nous venir en aide. Au-dessous de nous, j'en étais sûr, le symbole constituait ni plus ni moins qu'une serrure à combinaisons qui nous barrait la route jusqu'à notre propre espace-temps, mais nous ignorions les chiffres qui nous auraient permis de déverrouiller cette serrure.

« Il n'y a pas moyen de s'en sortir, déclara Leslie. Où que nous nous posions, nous serons toujours des fantômes !

— Ce n'était pourtant pas le cas au lac Healey, lui fis-je observer.

— Mais ça ne compte pas, puisque Pye s'y trouvait avec nous, rétorqua aussitôt Leslie.

— Et lorsque l'avion s'est écrasé ?

— J'étais toujours un fantôme, alors. Au point que toi-même ne pouvais me voir. Et sur ce, Leslie se mit à réfléchir sérieusement, tentant de comprendre ce qui nous arrivait.

Je décidai entretemps de virer à gauche afin de voler en cercle tout en ayant le symbole à l'oeil, de mon côté de l'avion. Au même moment, le symbole sembla vaciller sous mes yeux, s'estompant comme s'il eut été partie de notre esprit plutôt que du plan, disparaissant, à n'en pas douter, au fur et à mesure que notre focalisation sur l'amour faisait place à l'anxiété.

Je me penchai et regardai intensément le symbole.

Il était bel et bien en train de disparaître. Comme j'aurais apprécié l'aide de Pye à ce moment ! Car de toute évidence, sans ce jalon, il n'importait guère que nous en connaissions la combinaison ou non.

Désireux de ne pas perdre le précieux symbole, je me mis en frais de mémoriser les multiples intersections qui le démarquaient.

« … Mais en dépit du fait que j'étais à ce moment un véritable fantôme », dit soudainement Leslie en poursuivant l'idée qu'elle avait émise plus tôt, « je ne me suis pas contentée d'observer les événements, comme je l'ai fait dans tous les autres mondes où nous nous sommes posés. Je croyais dur comme fer que j'étais bel et bien morte dans cet accident ; je croyais être devenue un véritable fantôme et c'est, de fait, ce que j'étais. » Elle fit une pause puis ajouta : « Richie, tu as raison ! La réponse se trouve dans l'accident ! »

— Nous sommes tous des fantômes, ici, Wookie, lui répondis-je, toujours occupé à mémoriser la partie du plan où se situait le symbole. « Tout n'est qu'apparence… Deux embranchements vers la gauche, six à droite et deux autres encore, presque droit devant. Le symbole avait presque disparu, mais je n'eus pas le coeur d'en informer Leslie.

— Mais le monde où nous nous sommes écrasés semblait tout à fait réel à tes yeux », reprit Leslie en revenant à la charge. « Et croyant fermement que tu avais survécu à l'accident, tu as dès lors repris forme humaine ! Certes, tu te trouvais dans un temps parallèle, mais il demeure que tu as bel et bien enseveli ma dépouille ; tu y habitais une maison, pilotais des avions, conduisais des voitures, discutais avec les gens… »

Je pris soudainement conscience de ce qu'elle essayait de me dire et la regardai, sidéré.

« Ainsi, lui dis-je, tu voudrais que l'hydravion s'écrase à nouveau pour que nous puissions retourner à la maison ! Pye nous a dit que ce serait facile de retrouver notre chemin, aussi facile en fait que de tomber d'un tronc d'arbre qui flotte sur l'eau. Mais jamais elle n'a parlé de l'écrasement de Ronchonneur !

— Elle n'en a rien dit, c'est vrai, rétorqua Leslie. Mais il demeure qu'il y a quelque chose dans cet accident qui… Comment se fait-il que tu aies cessé d'être un fantôme dans ce monde ? Qu'y avait-il de différent dans cet atterrissage-là ?

— *Nous sommes tombés par-dessus bord !* m'écriai-je. Et ce faisant, nous n'étions donc plus des observateurs objectifs, à la surface du plan ; une fois à l'intérieur du plan, nous faisions dès lors partie intégrante de celui-ci ! »

Sur ce, je m'empressai de repérer le dernier éclat d'or qui se dissolva alors complètement sous mes yeux et je survolai l'endroit que j'avais mémorisé.

« Tu crois que ça vaut la peine d'essayer ? demandai-je à Leslie.

— D'essayer quoi ? » s'enquit celle-ci à son tour pour ajouter aussitôt : « Tu suggères que nous sautions par-dessus bord tandis que l'hydravion est encore en marche ?

— Mais si ! » répondis-je en gardant les yeux braqués sur l'endroit où s'était trouvé le symbole à peine un moment auparavant. « Nous amorçons l'amerrissage, diminuons notre vitesse et sautons, juste comme nous allons toucher l'eau !

— Mon Dieu ! Richard, c'est terrifiant !

— Leslie, le plan est un monde de métaphores, mais ces métaphores marchent pour de vrai, tu comprends ? Si nous désirons faire partie de quelque espace-temps que ce soit et le prendre au sérieux, il s'ensuit que nous devons nous immerger dans cet espace-temps. Tu te rappelles ce que disait Pye quand elle parlait de flotter au-dessus du plan sans y pénétrer ? Et de tomber d'un tronc d'arbre ? Elle était en train de nous dire comment faire pour retourner à la maison ! Le tronc d'arbre, c'est Ronchonneur !

— Je ne peux pas, me dit Leslie. J'en serais incapable !

— En volant lentement, contre le vent, lui expliquai-je, notre vitesse ne sera que de trente milles à l'heure lorsque nous nous poserons. Et quant à moi, je préfère ouvrir la verrière et sauter que de m'écraser. » Sur ce, j'effectuai un dernier virage, m'apprêtant à amerrir.

« Mais que regardes-tu ? me demanda alors Leslie en suivant mon regard.

— Le jalon a disparu et je ne tiens pas à perdre de vue l'endroit où il se trouvait.

— *Il a disparu ?* répéta-t-elle en jetant un coup d'oeil par-dessus mon épaule. Puis, se rendant à l'évidence, elle acquiesça à ma suggestion en disant : Bon, je veux bien sauter si tu sautes, toi aussi. Mais cela fait, sache qu'il nous sera impossible de revenir sur notre décision ! »

Conscient de ce fait, j'avalai péniblement ma salive, mais gardai les yeux braqués sur l'endroit où il nous fallait amerrir.

« Il nous faudra détacher nos ceintures, ouvrir la verrière, sortir de l'habitacle et sauter à l'eau, dis-je à Leslie. Te sens-tu capable de faire cela ?

— Nous pourrions défaire nos ceintures et déverrouiller la verrière dès maintenant, ce qui nous ferait gagner du temps, me suggéra-t-elle. »

J'acquiesçai et nous nous défîmes de nos ceintures. Quelques secondes plus tard, je pus percevoir le rugissement du vent comme Leslie déverrouillait la verrière.

Les préparatifs terminés, Leslie se pencha vers moi et m'embrassa sur la joue.

« Le train d'atterrissage est rentré et les volets sont baissés, dit-elle enfin. Quand tu seras prêt, Richard... »

Chapitre XX

L'esprit tendu, tout à nos préparatifs en vue du geste ultime que nous nous apprêtions à poser, Leslie et moi regardions fixement la mer qui semblait se précipiter à notre rencontre.

« Tiens-toi prête à sauter, » dis-je à Leslie.

— Dès que la quille de l'hydravion touchera l'eau, nous ouvrirons la verrière et sauterons par-dessus bord, » dit Leslie à son tour, comme si elle repétait son rôle une dernière fois.

— C'est ça !

— Surtout, n'oublie pas ! » m'ordonna-t-elle en tenant fermement la poignée de la verrière.

— Toi non plus ! Quoi qu'il te semble, tu ne devras pas oublier ! »

À ce moment, la quille de l'hydravion effleura la crête des vagues et je fermai les yeux, désireux que j'étais de ne pas me laisser duper par les apparences. D'un commun accord, Leslie et moi poussâmes la verrière et le vent entra en rugissant à l'intérieur de la cabine.

Sans plus attendre, je sautai par-dessus bord et ouvris immédiatement les yeux pour constater avec horreur que nous avions sauté de l'hydravion non pas pour nous retrouver dans l'eau, mais bien dans les airs ! Sans parachute aucun, Leslie et moi nous précipitions à toute vitesse sur la ville de Los Angeles.

« Leslie ! » hurlai-je.

Mais celle-ci, les yeux clos, ne pouvait m'entendre au-dessus des hurlements du vent.

Tout cela est faux, me dis-je. *Ce que je perçois n'est que le mensonge des apparences.*

Je fermai à nouveau les yeux et perçus alors un bruit sourd, comme si nous venions de frapper un mur d'ouate. Je m'empressai de rouvrir les yeux et constatai que Leslie et moi étions de retour dans la cabine de Ronchonneur. Au même moment, une lumière ambrée éclata silencieusement tout autour de nous, puis disparut.

Nous étions à nouveau aux commandes de l'hydravion qui ronronnait à travers les cieux, aussi heureux qu'un chat qui s'apprête à s'endormir sur un tapis moelleux.

« Richard, nous avons réussi ! » s'écria joyeusement Leslie en passant les bras autour de mon cou. « Nous avons réussi ! Tu es génial !

— Il nous suffisait d'y croire fermement », lui répondis-je modestement, quoique je n'en fusse pas si sûr. Et si Leslie insistait pour qualifier la chose de géniale, qui étais-je pour la contredire ?

— L'important est que nous ayons réussi à retrouver le chemin de la maison », répéta Leslie, toujours aussi joyeusement.

Je me mis en frais d'examiner attentivement les instruments de bord. Direction cent quarante-deux degrés, compas magnétique au sud-est, l'appareil loran brillant de ses chiffres ambres.

Qui plus est, le seul plan que nous pouvions apercevoir au-dessous de nous se composait uniquement de rues et de toits, la seule eau visible provenant des piscines disséminées ici et là derrière les maisons de la ville que nous survolions.

«Il y a des avions, là», dit Leslie en indiquant deux autres avions du doigt, et là encore.

— Vu», répondis-je.

Notre regard se posa alors sur l'appareil radio.

«On fait un essai?» demandai-je à Leslie qui me fit signe que oui en se croisant les doigts.

«Allô! Los Angeles Approche», dis-je dans le microphone, «ici Seabird Un Quatre Bravo. Nous repérez-vous sur votre radar?

— Affirmatif, Un Quatre Bravo, contact radar confirmé. Circulation à une heure, distance de deux milles, direction nord, altitude inconnue.»

Le contrôleur ne nous posa aucune question. Il ne nous demanda pas où nous avions été, ne laissa même pas entendre que nous avions disparu de son écran radar pendant trois mois. Et il n'entendit rien des cris de joie que Leslie et moi poussâmes à bord de notre hydravion.

«Dis-moi ce que tu as vu la toute première fois...» me dit soudain Leslie en posant la main sur mon genou.

— Un immense ciel bleu et une mer peu profonde qui recouvrait le plan, lui répondis-je. J'ai vue Jean-Paul, Ivan et Tatiana, Linda et Krys...

— D'accord», fit-elle en me coupant la parole. «Ce n'était pas un rêve. Tout cela s'est bel et bien passé.

Nous poursuivîmes notre vol en direction de Santa Monica. Je me sentis soudain comme Scrooges qui s'éveille enfin de son affreux songe pour alors se délecter du plus beau Noël de sa vie.

«Et si c'était vrai? reprit Leslie après un moment. Si c'était vrai que chacun, partout, est un aspect de nous et que nous-mêmes sommes des aspects de tous et chacun des êtres qui peuplent l'univers ? En quoi cela changera-t-il notre façon de vivre ?

— Bonne question, lui dis-je, mais je ne sais que répondre. »

Je jetai un coup d'oeil à l'appareil loran et vis qu'il indiquait la limite de dix milles. J'exerçai une certaine pression sur la commande des gouvernails afin de ramener l'hydravion en deçà de cette limite puis gardai cette position.

« Bonne question... », répétai-je alors.

Nous nous posâmes enfin sur l'unique piste de l'aéroport de Santa Monica, où je fis rouler l'hydravion jusqu'à une aire de stationnement puis coupai le moteur. Je m'attendais presque à ce que la scène fasse un saut de mille ans dans le passé ou dans l'avenir, mais tel ne fut pas le cas, car autour de nous étaient stationnés des dizaines d'autres avions et je pouvais percevoir les bruits de la circulation qui nous parvenaient du boulevard Centinela, ainsi que l'odeur de l'air salin.

J'aidai Leslie à descendre de l'avion. Puis nous serrant l'un contre l'autre, nous restâmes un long moment à savourer la surface de notre planète, dans notre propre espace-temps.

« Te sens-tu, comme moi, profondément impressionnée ? » murmurai-je au bout d'un moment, le visage enfoui dans les cheveux de Leslie.

Elle leva la tête et me fit signe que oui en me regardant droit dans les yeux.

Finalement, je sortis nos bagages de l'avion et nous attachâmes solidement la toile de protection autour de l'habitacle. De l'autre côté de la rampe de stationnement, un jeune homme cessa de polir un Luscombe Silvaire pour alors monter à bord d'un camion-citerne qu'il conduisit jusqu'à notre Seabird.

C'était un tout jeune homme, pas plus âgé que moi à l'époque où je faisais le même boulot. Il portait le même genre de veste de cuir que moi-même j'avais affectionnée, le sienne ornée du nom de Dave sur la poche gauche.

Comme il m'est facile de me reconnaître en lui, pensai-je. *Et comme nous pourrions lui en révéler des choses sur les vies et les aventures qui n'attendent que son bon vouloir!*

« Bonjour ! » nous dit le jeune homme. « Bienvenue à Santa Monica ! Je fais le plein ? »

Leslie et moi éclatâmes de rire, car il nous paraissait étrange d'avoir à nouveau besoin d'essence. Puis je repris contenance pour répondre au jeune homme qui attendait :

« Nous apprécierions ce geste. Le voyage a été long.

— Où êtes-vous allés ? » s'enquit-il.

Je regardai mon épouse dans l'espoir qu'elle me donne un coup de main, mais celle-ci ne dit mot, semblant plutôt guetter ma réponse.

« Oh, ici et là », répondis-je faiblement au bout d'un moment.

Dave actionna un levier et introduisit la pompe à essence dans le réservoir du Seabird. Ce faisant, il leva la tête pour me demander : « Je n'ai encore jamais piloté de Seabird, mais je me suis laissé dire qu'on pouvait se poser n'importe où avec cet appareil. Est-ce vrai ?

— Rien n'est plus vrai, rétorquai-je. Cet appareil te mènera où tu veux, pour peu que tu uses de ton imagination. »

Chapitre XXI

*N*ous roulions depuis un bon moment déjà en direction de notre hôtel, à bord d'une voiture que nous avions louée à l'aéroport de Santa Monica, lorsque Leslie osa enfin soulever la question qui nous triturait tous deux l'esprit depuis notre retour dans notre espace-temps.

« Alors ? » fit-elle en s'engageant sur l'autoroute de Santa Monica. « Nous parlons de ce qui nous est arrivé, ou nous le taisons ?

— Veux-tu dire que tu aimerais que nous en fassions le sujet de notre conférence ? lui demandai-je à mon tour.

— L'idée n'est pas mauvaise ! » me répliqua-t-elle.

— Mais comment aborder le sujet ? » lui dis-je. Puis je repris, sur le ton de la plaisanterie, comme si je m'adressais aux gens de l'assistance : « Mesdames et messieurs, un fait bizarre nous est arrivé alors que nous faisions route pour la présente conférence. En effet, il se trouve que nous avons été suspendus dans les airs pendant trois mois, emprisonnés que nous étions dans une dimension où il n'y a ni espace ni temps, quoique tous deux semblent réapparaître de temps à autre, et nous y avons appris que tous, nous sommes des aspects les uns des autres. Soit dit en passant, l'avenir de l'humanité est subjectif et c'est nous qui décidons de ce qui adviendra de l'univers, de par ce que nous choisissons de réaliser dans les faits. Nous vous remercions de votre attention. Des questions ? »

Leslie ne put s'empêcher de rire à ma façon un peu loufoque de présenter la chose.

« Je vois ce que tu veux dire, me dit-elle. Juste comme une petite poignée de gens en étaient enfin venus à s'accorder pour dire qu'il n'est peut-être pas impossible de vivre plus d'une vie, voilà que nous arrivons dans le décor pour déclarer que non seulement chacun compte un nombre infini de vies, mais que celles-ci, de surcroît, se déroulent toutes en mêmes temps ! Elle se tut un moment avant de poursuivre en disant : « Tu as raison, il vaudrait mieux taire ce qui nous est arrivé.

— L'idée n'est pourtant pas nouvelle, déclarai-je. Albert Einstein ne disait-il pas que pour les physiciens qui sont croyants, la distinction entre le passé, le présent et l'avenir n'est rien de plus qu'une illusion ?

— Albert Einstein a dit cela ? » dit Leslie, l'air étonné.

— Et ce n'est pas tout ! dis-je en poursuivant. Car dès que tu désires entendre quelque chose de vraiment incroyable, il te suffit d'interroger le physicien de ton quartier, qui te parlera de la courbe de la lumière et de la distorsion de l'espace, et qui te dira aussi que les horloges des fusées marquent plus lentement le temps que les horloges domestiques, qu'on peut produire une fission d'une particule de matière pour en obtenir deux de mêmes dimensions, que si l'on tente de tirer à la carabine à la vitesse de la lumière, aucune balle n'en sortira, et j'en passe ! Cela dit, je doute que nous prenions le monde par surprise en lui révélant ce que toi et moi avons découvert. Car quiconque s'est donné la peine de lire quelques ouvrages sur la mécanique quantique, quiconque s'est amusé avec le chat de Schroedinger...

— Mais combien de gens connaissent le chat de Schroedinger, à ton avis », dit Leslie en m'interrompant. « Combien de personnes connais-tu qui s'installent confortablement dans leur lit, par une froide soirée pluvieuse, avec leur calcul différentiel et leur physique quantique pour toute compagnie ? Sincèrement, Richard, je ne crois pas que nous devrions en parler, car je doute qu'on ajoute foi à nos propos. D'ailleurs, il me faut bien avouer que j'ai moi-même peine à y croire.

— Tu es toujours sceptique, à ce que je vois », lui fis-je remarquer. Mais je ne pus m'empêcher de réfléchir plus avant à la question. Peut-être était-il possible après tout que Leslie et moi avions fait le même rêve. Le plan, Pye, tout cela n'était peut-être qu'un phantasme de notre esprit.

Je me pris néanmoins à regarder la circulation dans le but de mettre notre nouvelle vision des choses à l'épreuve. Était-ce nous qui filions à toute allure dans cette Mercedes noire ? Et là, dans cette vieille Chevrolet rouillée qui venait de s'arrêter sur l'accotement, de la vapeur s'échappant de son radiateur ? Nous, ces nouveaux mariés qui roulaient dans la limousine blanche ? Et dans la voiture d'à côté, ces hommes aux visages patibulaires ? Était-ce nous, en route pour commettre quelque méfait ?

Je tentai d'imaginer que toutes ces personnes que nous croisions n'étaient autres que nous dans des corps différents, mais je n'y réussis pas. Chacun m'apparaissait indivisible, isolé dans son cocon d'acier. Qui plus est, je ne pouvais pas plus nous imaginer vivant dans le luxe que je ne pouvais nous imaginer dans la pauvreté, bien que Leslie et moi eussions connu ces deux conditions.

Nous sommes nous, uniquement me dis-je alors en conclusion, *et personne d'autre.*

« Serais-tu aussi affamé que je le suis, par hasard ? me demanda Leslie en m'arrachant à ma rêverie.

— Je crois bien ! lui répondis-je. Je n'ai pas mangé depuis des mois !

« — Te sens-tu capable de patienter jusqu'à ce que nous arrivions au boulevard Robertson ?

— Je le peux si tu le peux, lui répondis-je. »

Elle ralentit alors pour prendre la sortie qui menait à des rues qu'elle connaissait bien pour y avoir si souvent déambulé à l'époque où elle faisait carrière dans le cinéma. Pourtant, je le savais, cette époque lui était devenue plus étrangère encore que celle de Jean-Paul Le Clerc, pour tous les sentiments qu'elle éveillait maintenant en elle.

Parfois, lorsque nous regardions de vieux films, tard le soir à la télévision, Leslie me serrait dans ses bras sans crier gare pour me dire alors à quel point elle m'était reconnaissante de l'avoir sortie du monde artificiel du cinéma. Mais j'avais toujours soupçonné que quelque part en elle, cela lui manquait, bien qu'elle ne l'admettait que si le film que nous regardions était particulièrement bon.

Le restaurant que Leslie avait en tête se trouvait toujours là, sur le boulevard Robertson, un véritable paradis de plats végétariens et de musique classique pour les affamés consciencieux. Mais il avait manifestement grandi en popularité depuis toutes les années que nous n'habitions plus cette ville, avec pour résultat que l'aire de stationnement la plus proche se trouvait à un pâté de là.

Leslie descendit de voiture pour se diriger à pas rapides vers le restaurant.

« Dire que j'ai déjà habité ici », me dit-elle lorsque je l'eus rejointe. « Tu te rends compte ? Il y a combien de vies de cela ?

— Tu ne peux pas vraiment l'exprimer en ces termes, lui répondis-je, quoiqu'il me faille admettre qu'il est plus facile de penser à des vies consécutives qu'à des vies simultanées. On commence par l'Ancienne Égypte, fait un saut dans la dynastie Han et on part ensuite à la découverte de l'Ouest américain… »

Je me tus un moment car, chemin faisant, nous étions parvenus à la hauteur d'une boutique de téléviseurs et de magnétoscopes, sa vitrine remplie à craquer de téléviseurs, tous allumés et empilés les uns par-dessus les autres en quatre étages de confusion totale.

« ... Mais ce que nous venons d'apprendre est loin de se vouloir aussi simple que cela », dis-je enfin en guise de conclusion.

Leslie jeta d'abord un regard distrait en direction de la vitrine du magasin, puis s'arrêta si brusquement que je crus un instant qu'elle avait oublié sa bourse dans la voiture ou encore qu'elle venait de briser le talon d'une de ses chaussures. Mais non ; affamée il y avait à peine un moment au point de se diriger presque au pas de course vers le restaurant, voilà qu'elle s'arrêtait maintenant pour regarder la télévision !

« Toutes nos vies à la fois », dit-elle en regardant avidement les divers appareils. « La vie de Jean-Paul Le Clerc, celle de Tatiana et de Ivan, celle de Mashara... Toutes ces vies se déroulant de façon simultanée et nous ne savons pas comment l'expliquer, n'arrivons pas même à l'appréhender nous-mêmes ?

— Ce n'est pas facile, en effet », renchéris-je. Puis j'ajoutai, la faim me tenaillant toujours : « Alors, nous y allons, à ce restaurant ? »

Mais Leslie se contenta de frapper la vitrine de son index en me disant : « Regarde ! »

Chacun des téléviseurs diffusait une émission différente, de vieux films pour la plupart à cette heure tardive de l'après-midi.

L'un des écrans montrait Scarlett O'Hara, jurant que plus jamais elle ne connaîtrait la faim ; un autre montrait Cléopâtre manigançant pour s'obtenir les faveurs de Marc Antoine. Juste en-dessous dansaient Fred Astaire et Ginger Rogers, en un tourbillon de haut-de-forme et de dentelles. À leur droite, Bruce Lee s'apprêtait à exercer la vengeance du dragon cependantt que, tout près, le capitaine Kirk et la belle Paloma se jouaient d'un dieu de l'espace. À la gauche de ces derniers, un chevalier tout de blanc vêtu lança des cristaux magiques qui eurent pour effet de faire étinceler sa cuisine de propreté. Nombre d'autres drames se déroulaient dans cette vitrine et chacun des téléviseurs arboraient une étiquette cramoisie où se lisaient les mots : ACHETEZ-MOI.

« C'est simultané ! m'exclamai-je enfin.

— Et le passé ou l'avenir ne dépendent nullement de l'heure ou de l'année, dit Leslie, mais de la chaîne qu'on choisit de regarder !

— Ainsi, il y a un nombre infini de chaînes, dis-je, mais un téléviseur ne peut montrer qu'une seule de ces dernières à la fois, avec pour résultat que chacun est persuadé que c'est la seule chaîne qui soit ! »

Mais Leslie indiqua à ce moment un coin de la vitrine en disant : « Jette un coup d'oeil à ce nouveau téléviseur, veux-tu ? »

Dans un coin de la vitrine, on avait en effet installé une console dernier cri où s'affrontaient Katharine Hepburn et Spencer Tracy, mais l'écran affichait aussi un encart de douze centimètres où des voitures de course caracolaient vers la ligne d'arrivée.

« Et si nous sommes suffisamment évolués, dis-je à cette vue, nous pouvons alors syntoniser plus d'une vie à la fois !

— Mais comment faire pour évoluer de la sorte ? dit Leslie d'un air songeur.

— Oh, c'est facile », lui répondis-je sur le ton de la plaisanterie. « Il suffit alors d'augmenter nos prix, comme ce téléviseur dernier cri !

— Ah ! je savais bien qu'il y avait un moyen, rétorqua-t-elle en riant.

Sur ce, nous poursuivîmes notre chemin bras dessus bras dessous et quelques secondes plus tard, nous prenions enfin place dans le restaurant. Sans plus attendre, Leslie consulta le menu et le serra sur son coeur en s'exclamant : « Oh ! Ils servent encore de la salade de racines d'ailante !

— Il est des choses qui ne changent jamais », fis-je en guise de commentaire.

Et Leslie hocha joyeusement la tête, parfaitement heureuse.

Chapitre XXII

*E*n dépit du fait que nous étions tous deux affamés, Leslie et moi parlâmes sans arrêt pendant toute la durée du repas, poursuivant la discussion que nous avions amorcée sur la rue, en oubliant même parfois de manger. À un certain moment, Leslie me demanda si je croyais que nous étions tombés sur le magasin de téléviseurs par hasard, ou si j'étais plutôt d'avis que nous avions toujours eu la réponse à portée de la main, sans même que nous le sachions.

« Ce n'est pas une coïncidence, affirmai-je. Car, pour peu que nous nous arrêtions à y penser, tout n'est que métaphore.

— Tu crois ? répliqua Leslie.

— Après tout ce que nous venons d'apprendre ? Je crois bien ! » Et me sentant téméraire, j'ajoutai : Nomme-moi ce que tu veux, je te dirai la leçon qu'il faut en tirer !

— Soit, dit Leslie en se prêtant au jeu. Que pourrait nous apprendre l'océan à ton avis ?

— L'océan compte un nombre incalculable de gouttes d'eau, dis-je sans même ressentir le besoin de réfléchir outre mesure à la question, ma pensée se faisant aussi limpide dans mon esprit que d'un cristal d'Atkin. Certaines gouttes sont bouillantes, d'autres sont de glace ; certaines sont translucides et d'autres opaques, et d'autres encore flottent dans l'air ou se voient alors écrasées sous des tonnes de pression. Il est aussi des gouttes qui se transforment, tandis que d'autres sont vaporisées ou condensées. Mais toutes ne font qu'un avec l'océan, car sans ces multiples gouttes d'eau, ce dernier n'a dès lors plus d'existence propre. Ceci dit, il est impossible de distinguer une goutte d'eau d'une autre goutte d'eau, car il n'existe de frontière entre une goutte et une autre que celle qu'on veut bien leur attribuer !

— Fantastique ! s'exclama alors Leslie. Tu es génial, Richie ! »

Je baissai modestement les yeux en direction de mon napperon et m'aperçus que celui-ci représentait une carte de la ville de Los Angeles. À cette vue, j'eus l'idée de mettre Leslie à l'épreuve et lui demandai donc :

« Et que pourrions-nous apprendre des rues et des autoroutes, à ton avis ? »

Leslie ferma les yeux un moment avant de répondre : « Toutes les rues, toutes les autoroutes sont reliées entre elles, mais c'est à chaque conducteur qu'il revient de décider où il veut aller. Ainsi, il peut choisir de se rendre à un magnifique site campagnard ou alors dans un bouge miteux ; de même, il peut emprunter la route qui le mènera à l'université ou celle qui le conduira dans un bar. Il peut aussi filer sur l'autoroute jusqu'à l'horizon, ou aller et venir en tournant en rond, ou simplement s'arrêter et n'aller nulle part.

Leslie examina l'idée plus avant dans son esprit, la tournant de côté et d'autre, s'amusant follement. Puis elle reprit en disant :

« C'est aussi le conducteur qui choisit le climat dans lequel il vivra, selon qu'il se rende à Fairbanks, à Mexico ou à Rio.

Il peut conduire en fou ou alors conduire prudemment ; il peut aussi choisir de conduire une voiture sport, une voiture familiale ou un camion, et il peut garder son véhicule en bon état ou le laisser tomber en morceaux. Il peut se balader sans carte et trouver l'aventure à chaque tournant de la route qu'il suit, ou il peut alors planifier chaque kilomètre de la route qu'il désire parcourir. Mais il demeure que, quelle que soit la route qu'il choisisse d'emprunter, celle-ci existe toujours, avant son passage comme après. Toutes les balades qui se puissent imaginer ont déjà leur existence virtuelle en ce monde et le conducteur ne fait qu'un avec celles-ci. Aussi ne fait-il que choisir, chaque matin, quelle balade il fera ce jour-là.

— Merveilleux ! C'était parfait ! dis-je à mon épouse.

— Crois-tu, me demanda Leslie, que nous venons d'apprendre tout cela à l'instant, ou crois-tu plutôt que nous l'avons toujours su, mais ignorions quelles questions il nous fallait poser pour obtenir ces réponses ? » Et sans même attendre ma réponse, elle me mit encore une fois à l'épreuve en me demandant : « Quelle métaphore vois-tu dans l'arithmétique ? »

Et nous continuâmes sur notre lancée, fascinés par les découvertes que nous faisions. Certes, nous n'étions pas encore en mesure d'appliquer le principe à tout concept, mais presque. L'ordinateur, l'industrie du cinéma, la vente au détail, les quilles, l'aviation, l'ingénierie, l'art, l'éducation, la voile… Derrière tout système, intérêt ou vocation, il nous était possible de découvrir une métaphore qui reposait sur la même vision sereine de la façon dont fonctionne l'univers tout entier.

« Dis-moi, Leslie, dis-je à un certain moment, as-tu comme moi le sentiment que nous ne sommes pas les mêmes qu'avant notre aventure ?

— Bien sûr, me répondit-elle. Songe que s'il avait fallu que nous revenions inchangés de tout ce qui nous est arrivé, c'est qu'alors… Mais je crois que ce n'est pas tout à fait ce que tu voulais dire, n'est-ce pas ?

— Non, en effet », lui dis-je alors à voix basse. « J'ai l'impression que nous sommes vraiment différents. Jette un coup d'oeil aux clients de ce restaurant, et dis-moi ce que tu en penses. »

Leslie s'exécuta, prenant son temps.

« Il se peut que la scène s'estompe encore une fois, mais…

— … Mais nous connaissons chacune de ces personnes ! enchaînai-je par derrière elle.

À la table d'à côté se trouvait une Vietnamienne fort reconnaissante de ce que la gentille, la cruelle, l'aimable, la détestable Amérique avait fait pour elle, et toute fière de ses deux filles qui étaient premières de classe. Or, Leslie et moi comprenions parfaitement cette femme et partagions la fierté qu'elle ressentait d'avoir pu permettre à ses filles de réaliser leurs rêves.

À l'autre bout de la salle à manger, quatre adolescents riaient bruyamment à grands renforts de tapes sur les cuisses, ne songeant qu'à eux-mêmes et cherchant sans le savoir à attirer l'attention sur eux. Et ces dures années que nous-mêmes avions connues se répercutèrent dans nos coeurs, éveillant instantanément notre compréhension.

Un peu plus loin, un jeune homme étudiait fiévreusement en vue de ses examens de fin d'année, oublieux de tout ce qui se passait autour de lui, occupé qu'il était à comprendre les graphiques imprimés dans le livre qu'il avait ouvert devant lui. Il savait qu'il n'aurait probablement plus jamais à regarder ces graphiques par la suite, mais savait aussi l'importance du sentier qu'il devait suivre, l'importance de chacun des pas qu'il devait y faire. Cela, Leslie et moi le savions aussi.

Un couple âgé, cheveux blancs, bien mis, discutait à voix basse dans un coin, ressassant les merveilleux souvenirs d'une vie bien remplie, heureux de savoir que tous deux avaient agi au mieux de leurs connaissances et réussi à planifier un avenir que personne d'autre ne pouvait imaginer à leur place.

« Quel curieux sentiment, tu ne trouves pas ? dis-je à Leslie.

— Si, dit-elle. Mais, n'as tu jamais rien ressenti de tel auparavant ? »

Je songeai alors que certains des voyages astraux que j'avais faits m'avaient valu de connaître une certaine unité avec le cosmos. Mais jamais je ne m'étais senti en harmonie avec les gens alors que j'étais complètement éveillé, et assis au beau milieu d'un restaurant de surcroît.

«Non», répondis-je enfin à Leslie. «Enfin, rien qui ressemble à ceci», ajoutai-je tandis que je remontais le fil de mes souvenirs, aussi loin que je le pouvais, cherchant un lien, même filandreux, à toutes les personnes que j'avais connues et qui aurait sous-tendu ce qui semblait être nos différences.

Pye avait dit que tous, nous ne faisions qu'un et je songeai qu'il devenait dès lors difficile de critiquer et de juger nos semblables alors même que ceux-ci n'étaient autres que nous-mêmes. J'en vins à la conclusion que le besoin de juger devenait tout à fait inutile dès lors qu'on comprenait autrui.

Un... Ainsi, ne devions-nous pas voir, dans tout étranger, l'enfant que nous avions été ou l'âme sage qu'il nous restait à devenir ? Je compris enfin qu'une concentration de curiosité intime nous unissait les uns aux autres, et qu'une joie paisible et silencieuse nous animait devant ce pouvoir que nous avions de bâtir des vies et des aventures, devant notre soif de savoir. Inconnus et superstars, malfaiteurs et policiers, avocats, terroristes, musiciens, nous ne faisions qu'un.

La douce compréhension qui nous avait envahis, Leslie et moi, nous habitait toujours comme nous poursuivions notre conversation, que j'entrecoupais d'autres réflexions, songeant que jamais nos connaissances ne s'altéraient, mais que c'était plutôt la conscience que nous avions de celles-ci qui changeait. Ainsi, c'était toujours notre conscience qu'il nous était donné de voir, mais une fois levé le voile de cette conscience, oh ! comme les choses prenaient alors une tout autre allure ! Tous, nous n'étions que des reflets, des miroirs vivants les uns des autres.

« J'ai l'impression qu'il nous est arrivé bien plus que nous ne le constatons, me fit observer Leslie à un certain moment.

— Quant à moi, lui dis-je, je me sens comme si je roulais à bord d'un train et que je suis occupé à regarder les voies qui ne cessent de changer. Mais où allons-nous ?

Dehors, la nuit était tombée sans même que nous nous en apercevions. Leslie et moi, nous nous sentions comme des amants qui se retrouvent au paradis. Nous étions les mêmes, mais nous avions vu ce que nous avions été et avions eu un aperçu de ce qui pouvait advenir de nous dans des vies qu'il nous restait encore à connaître.

Notre repas terminé, c'est en nous tenant par la taille que nous sortîmes dans la nuit pour pénétrer plus avant dans la ville. Je regardai les voitures qui filaient dans toutes les directions. Un garçonnet nous contourna gracieusement sur sa planche à roulettes et nous croisâmes ensuite un jeune homme et une jeune femme enveloppés dans leur amour naissant. Tous, nous allions à la rencontre de nos choix de l'instant, de la soirée, de cette vie.

Chapitre XXIII

*L*e lendemain matin, à 8 h 45, Leslie et moi, nous roulions tranquillement le long d'une allée bordée d'arbres nous menant au sommet d'une colline. Parvenus à destination, nous garâmes notre voiture au milieu des fleurs et empruntâmes alors l'un des nombreux sentiers qui conduisaient à l'édifice où devait se tenir la conférence, nous délectant chemin faisant à la vue des narcisses, des tulipes et des jacinthes parmi lesquelles perçaient ici et là de minuscules fleurs argentées, le tout nous chatouillant le nez de délicates odeurs. Spring Hill, la colline du printemps, portait fièrement son nom !

À l'intérieur de l'édifice, on nous dirigea vers une pièce spacieuse qu'éclairaient de multiples fenêtres et qu'on avait construite en encorbellement au-dessus de la mer. Les rayons du soleil dansaient, folichons, sur les vagues et se réfléchissaient en divers motifs sur le plafond de la salle.

Deux rangées de chaises avaient été disposées en un demi-cercle que venait séparer une large allée. Devant, sur une petite plate-forme, s'alignaient trois tableaux noirs ainsi qu'une table argentée sur laquelle on avait installé un microphone.

Leslie et moi, nous nous empressâmes de ramasser les étiquettes laissées à notre attention et sur lesquelles on avait inscrit nos noms, de même que des dépliants d'information, des cahiers et des stylos. Nous étions visiblement les derniers arrivés, derniers de quelque cinquante ou soixante personnes qui avaient parcouru des milliers de kilomètres pour assister à cette rencontre des esprits les plus inusités de ce monde.

Çà et là, des hommes et des femmes se tenaient debout entre les chaises, se saluant les uns les autres. Je vis alors l'une des femmes qui se dirigeait vers le tableau noir qui occupait le centre de la plate-forme et sur lequel elle inscrivit, en lettres moulées, le sujet de sa conférence ainsi que son nom. Cela fait, elle s'en retourna à sa place.

Puis un homme de forte carrure, ses cheveux noirs parsemés de gris, monta à son tour sur la plate-forme et, prenant place devant le microphone, dit d'une voix ferme : « Bienvenue à tous, bienvenue à Spring Hill. Je crois que tout le monde est là... »

Il fit une pause, attendant manifestement que Leslie et moi soyons confortablement assis. Nous épinglâmes rapidement les étiquettes qui nous identifiaient puis levâmes enfin la tête pour accorder toute notre attention au conférencier. Immédiatement, la pièce se brouilla tant nous fûmes surpris de ce que nous vîmes.

Leslie et moi, nous nous tournâmes l'un vers l'autre au même moment.

« Richie ! » s'exclama Leslie dans un murmure. « Mais c'est... »

Mais elle n'eut pas le temps de terminer sa phrase, car le conférencier prenait de nouveau la parole pour dire :

— Est-ce que tout le monde a eu le temps d'inscrire le sujet de sa conférence ? » Il se dirigea vers le tableau central où il prit une craie avant de poursuivre en disant : « Vous, les Bach, qui venez tout juste d'arriver, quel sera le sujet...

— Atkin m'écriai-je.

— Appelez-moi Harry, voulez-vous ? dit l'homme. Et quel sera le sujet de votre conférence ? »

Je crus un instant que nous étions revenus à l'intérieur du plan, comme si nous nous étions posés dans une quelconque annexe de la fonderie à idées, car à l'exception de ses quelques cheveux gris, l'homme qui se trouvait devant nous ressemblait en tous points à Atkin. N'étions-nous donc pas à Los Angeles, dans notre propre monde, comme nous l'avions cru ?

« Nous ne donnerons pas de conférence », répondis-je enfin, ébranlé.

Quelques visages se tournèrent un moment dans notre direction, des visages étrangers mais en même temps...

« C'est impossible ! » me dit encore Leslie en chuchotant. « Quelle coïncidence, tout de même ! »

Mais bien sûr ! Comment n'y avais-je pas pensé plus tôt ? C'était Harry Atkin qui nous avait invités à assister à cette rencontre, sa signature qui apparaissait au bas de la lettre qui nous avait amenés jusqu'ici ; nous connaissions donc son nom avant de quitter la maison. Mais comme il ressemblait à Atkin !

« Est-il quelqu'un d'autre qui aimerait ajouter le sujet de sa conférence au tableau ? » s'enquit Harry Atkin. Et comme personne ne répondait, il reprit : « Bien. Je me dois maintenant de vous rappeler que vous ne pourrez parler plus de quinze minutes chacun, pour un maximum de six conférences avant la pause et de six autres avant le déjeuner qui, soit dit en passant, ne sera que d'une durée d'une heure. Je vous laisse encore une dernière chance de soumettre vos sujets. »

À ces paroles, une femme se leva dans l'assistance et Atkin hocha la tête dans sa direction en disant : « Oui, Marsha ?

— Auriez-vous l'obligeance d'inscrire mon sujet au tableau », lui demanda la femme répondant au nom de Marsha. « En voici le titre : L'INTELLIGENCE ARTIFICIELLE EST-ELLE VRAIMENT ARTIFICIELLE ? UNE NOUVELLE DÉFINITION DE L'HUMANITÉ. »

Et Atkin s'exécuta rapidement, inscrivant ce titre à la suite des dix autres qui se trouvaient déjà au tableau, répétant les mots à haute voix à mesure qu'il les écrivait en lettres moulées. « ... de l'humanité, dit-il, par Marsha Banerjee. » Puis il leva la tête pour demander à nouveau : « Personne d'autre ?

— Une nouvelle définition de l'humanité » répéta Leslie à voix basse en se penchant vers moi. « Cela ne te rappelle-t-il pas...

— Si ! dis-je, saisissant immédiatement où elle voulait en venir. Mais Marsha Banerjee est reconnue à travers le monde pour les articles qu'elle écrit sur l'intelligence artificielle. Il est impossible qu'elle soit...

— Ne crois-tu pas que les coïncidences commencent à se faire un peu trop nombreuses ? » fit Leslie en me coupant la parole. « Prends connaissance des autres titres qui apparaissent au tableau noir, veux-tu ? »

Harry Atkin jeta un coup d'oeil à ses notes avant de reprendre : « Le conseil m'a demandé de vous expliquer que Spring Hill se veut une rencontre intime de soixante des esprits les plus singuliers qui se puissent trouver de nos jours dans les domaines de la science et de la communication. » Il leva alors la tête pour adresser un petit sourire moqueur à l'auditoire avant d'ajouter : « Bien entendu, la liste des soixante personnes les plus intelligentes de ce monde est tout à fait différente de celle que je tiens ici... »

Les rires fusèrent dans l'assistance.

Il se trouva que le premier sujet inscrit au tableau était celui de la conférence d'Atkin. Celle-ci avait pour titre : LA STRUCTURE ET L'INGÉNIERIE DES IDÉES.

Je me tournai vers Leslie pour attirer son attention sur ce titre, mais elle l'avait déjà noté et se contenta de hocher la tête en continuant de parcourir la liste des sujets à l'affiche.

« Tous, ici, vous avez été invités en raison du fait que vous êtes différents, dit Harry. En effet, on a attiré l'attention du conseil sur le fait que vous étiez tous au nombre de ceux qui gravitent pour ainsi dire autour d'idées avant-gardistes, et on a donc fait appel à Spring Hill dans le but de vous mettre en contact les uns avec les autres, afin que vous ne vous sentiez pas trop seuls... »

Leslie et moi perdîmes le fil de ce que disait Atkin, occupés que nous étions à prendre connaissance des sujets des conférences que nous nous apprêtions à entendre. Ensemble, nous lisions ces titres, notre étonnement allant grandissant.

UN AVENIR SANS FRONTIÈRES : L'ESSOR DE LA NATION ÉLECTRONIQUE.
EXPÉRIENCES SUR LA PHYSIQUE DES PARTICULES DE LA PENSÉE.
QUE VIENT FAIRE UNE GENTILLE PERSONNE COMME VOUS DANS UN MONDE COMME LE NÔTRE ?
L'IMPOSITION : COMMENT SOULEVER LA VOLONTÉ DU PEUPLE.
QUE SE PASSERAIT-IL SI... : DES DÉCISIONS PRÉMONITOIRES.
LES SUPERS-ORDINATEURS HYPER-CONDUCTIFS ET L'ÉCOLOGIE.
LE DESSEIN INDIVIDUEL : UNE THÉRAPIE POUR LA PAUVRETÉ ET LE CRIME.
LES VOIES DE LA VÉRITÉ : LE LIEN ENTRE LA RELIGION ET LA SCIENCE.
DESTRUCTEUR DEVENU EXPLORATEUR : UN NOUVEAU RÔLE POUR L'ARMÉE.
CHANGER LE PASSÉ ET CONNAÎTRE L'AVENIR.
PARENTS PAR CHOIX : LA FAMILLE AU VINGT ET UNIÈME SIÈCLE.
LA COÏNCIDENCE, HUMOUR DE L'UNIVERS ?

« ... et j'aimerais enfin vous rappeler, disait Atkin, que vous pouvez, à n'importe quel moment d'une conférence donnée, monter ici sur la plate-forme et écrire sur l'un ou l'autre des tableaux latéraux, tout lien, interrelation, direction ou idée que les conférenciers auront pu éveiller en vous... »

EST-IL NÉCESSAIRE DE MOURIR ?
L'HOMO AGAPENS : LES CONDITIONS NÉCESSAIRES AU
RENOUVELLEMENT DU GENRE HUMAIN.
APPRENDRE LE DAUPHIN.
DES ALTERNATIVES À LA GUERRE ET À LA PAIX.
DES MONDES SIMULTANÉS : QUELQUES POSSIBILITÉS.

« Richie ! Tu as vu le dernier sujet proposé ? »

À ce moment, Atkin sortit une minuterie de sa poche qu'il régla pour les quinze premières minutes de la conférence et elle fit entendre une espèce de cui-cui, tel un canari électrique.

Je pris connaissance du dernier titre et m'arrêtai un moment pour réfléchir, sidéré. Se pouvait-il que quelqu'un d'autre eût découvert le plan ? Jamais il ne nous était venu à l'idée de penser que quelqu'un d'autre avait pu passer par où nous étions passés !

« ... Il vous faudra donc effectuer un survol rapide de vos derniers travaux sur le sujet », disait Atkin lorsque je revins à la réalité du moment, « afin de nous faire connaître ce que vous avez découvert et comment vous comptez orienter vos recherches. Je suggère que nous profitions des pauses pour obtenir plus de détails les uns des autres ou encore pour faire des arrangements en vue de rencontres ultérieures. Ceci dit, il vous faut absolument mettre un terme à votre conférence dès que se fait entendre le timbre de la minuterie, car chacun doit avoir sa chance de parler. Des questions ? »

J'eus soudain l'impression de me trouver au beau milieu de voitures de course attendant à la ligne de départ, car je pouvais sentir les esprits de tous et chacun dans l'assistance qui se réchauffaient et tournaient à pleine capacité, prêts à démarrer. Je me pris à songer que Atkin aurait pu tout aussi bien brandir un drapeau qu'une minuterie.

« Nous commencerons dans une minute exactement, dit Atkin en jetant un coup d'oeil à la minuterie. J'ajoute en terminant que toutes les conférences seront enregistrées et que vous pourrez donc vous procurer une copie de cet enregistrement. Chacun a sa liste des noms des participants ainsi que leurs numéros de téléphone ? Bien. Nous nous arrêterons à 12 h 15 pour le déjeuner ; nous dînerons dans la salle adjacente à 17 h et reprendrons les conférences dès 18 h. Le tout se terminera ce soir à 21 h 15 et nous nous retrouverons ici demain matin, à 8 h 45. Et maintenant, plus de questions, je vous prie, car je suis le premier conférencier. »

Il vérifia la minuterie, poussa le bouton du timbre, puis dit alors sans autre préambule :

« Les idées ne sont pas des pensées, mais bien plutôt des constructions structurées. Prenez-en bonne note et portez attention à la façon dont se formulent vos idées, et vous constaterez alors que la qualité de vos pensées s'en voit augmentée d'autant. Vous ne me croyez pas ? Bien. Prenez alors la meilleure des idées que vous ayez eues dernièrement puis fermez les yeux et gardez cette idée à l'esprit... »

Je fermai les yeux et me concentrai sur ce que Leslie et moi avions appris au cours de notre séjour dans le plan, à l'effet que nous étions tous des aspects les uns des autres.

« Examinez bien cette idée », poursuivit Atkin après un moment, « et levez la main s'il vous semble que celle-ci est faite de mots. » Il fit une pause avant de reprendre : « De métal, alors ? » Une autre pause. « De vacuum ? » Une dernière pause, puis : « De cristal ? » demanda-t-il enfin.

Je levai la main à ces dernières paroles.

« Ouvrez les yeux, à présent. »

J'ouvris les yeux et vis que tout le monde dans la salle avait, comme moi, levé la main à la dernière question de Atkin. Un murmure de surprise parcourut l'assistance.

« Il y a une raison à ce que votre idée soit faite de cristal, dit Atkin, tout comme il y a une raison à la structure que vous y voyez. En effet, toute idée qui se voit menée à bonne fin obéit dès lors à trois lois de l'ingénierie. Recherchez ces trois lois et vous serez en mesure de dire si votre idée marchera ou pas. »

Nous écoutions tous attentivement, aussi silencieux qu'un lever de soleil.

« La première de ces lois est celle de la symétrie, reprit Atkin. Fermez à nouveau les yeux, je vous prie, et examinez maintenant la forme de votre idée... »

Un curieux sentiment m'envahit et je songeai que la dernière fois que j'avais ressenti une telle poussée d'énergie, c'était quand j'avais fait passer un avion à réaction de pleins gaz à post-combustion, réussissant à peine à contrôler l'énergie sauvage résultant de cette manoeuvre.

Tandis que Atkin poursuivait sa conférence, un homme se leva du siège qu'il occupait dans la deuxième rangée et se dirigea vers le tableau de gauche, où il écrivit, en grosses lettres moulées : CONCEVOIR ET CODIFIER LES IDÉES, D'ORDINATEUR À ORDINATEUR, POUR UNE COMPRÉHENSION DIRECTE QUI SOIT LIBRE DE MOTS.

Mais bien sûr, me dis-je en moi-même. *Les mots sont de bien piètres outils en télépathie.* Je me rappelai alors combien les mots s'étaient avérés embarrassants quand Leslie et moi avions tenté de discuter de la temporalité avec Pye.

« Et pourquoi pas d'esprit à esprit, au lieu d'ordinateur à ordinateur ? » me chuchota Leslie, qui écoutait tout en prenant des notes. « Un jour, nous serons à même d'aller au-delà des mots ! »

« ... La quatrième loi à laquelle doit obéir toute idée qui se veut couronnée de succès, dit Atkin, c'est le charme. De toutes les lois dont je vous ai parlé, la quatrième est la plus importante. Cependant, la seule façon de parvenir à mesurer le charme d'une idée se trouve dans... »

La minuterie choisit ce moment pour faire entendre son cui-cui et l'auditoire poussa un soupir de frustration.

Atkin leva la main dans un geste d'apaisement puis régla à nouveau la minuterie et laissa sa place au conférencier suivant. Un jeune homme se dirigea à pas rapides vers la plate-forme, entamant le sujet de sa conférence avant même d'avoir atteint le microphone.

« Les nations électroniques ne relèvent pas des expériences à venir qui pourraient éventuellement marcher ou pas, dit-il. Ces nations existent déjà tout autour de nous, constituant des réseaux invisibles de personnes qui partagent les mêmes valeurs que nous. Merci, Harry Atkin, de m'avoir préparé le terrain de façon aussi habile ! Les citoyens de ces nations peuvent être des Américains, des Espagnols, des Japonais ou des Lettons, cela importe guère. Mais le lien qui unit leurs pays invisibles est encore plus fort que les frontières politiques... »

La matinée prenait l'allure de faisceaux lumineux qui sautaient du diamant à l'émeraude et de l'émeraude au rubis, gagnant en force avec chaque tour et détour des discussions. Je songeai à quel point Leslie et moi, nous nous étions sentis seuls avec nos curieuses pensées, et quelle délectable joie c'était de me sentir enfin à l'aise au sein de cette famille d'étrangers !

« Si seulement Tink pouvait nous voir maintenant, me chuchota Leslie. N'est-ce pas qu'elle adorerait assister à tout ce qui se passe ici, si elle savait ?

— Mais elle sait très bien ce qui se déroule ici », chuchotai-je à mon tour à Leslie. « D'où crois-tu que soit venue l'idée de Spring Hill ?

— Mais ne disait-elle pas qu'elle était *notre* fée des idées et qu'elle représentait un niveau différent de nous ?

— À ton avis, lui dis-je en lui prenant la main, où nous arrêtons-nous et où commencent les autres personnes qui se trouvent dans cette salle avec nous ? »

Je l'ignorais moi-même. Y avait-il un commencement et une fin à l'esprit et à l'amour, existait-il des frontières à l'intelligence et à la curiosité ?

Combien de fois Leslie et moi n'avions-nous pas souhaité avoir plus d'un corps. Tout juste quelques-uns de plus, simplement pour que nous puissions partir et rester à la fois. Nous aurions alors pu vivre paisiblement dans la nature et regarder le soleil se lever, domestiquer quelques animaux, jardiner et vivre des produits de la terre, en même temps que nous aurions été des citadins s'affairant dans la foule, courant les cinémas, réalisant des films, assistant à des conférences et en donnant nous-mêmes. Nous avions toujours cru que nous n'avions pas suffisamment de corps pour rencontrer les gens à chaque heure du jour tout en restant seuls ensemble, des corps qui nous permettraient à la fois de construire des ponts et de battre en retraite, d'apprendre toutes les langues, de développer de nouvelles habiletés, d'étudier, de faire et d'enseigner tout ce que nous avions toujours voulu apprendre et faire, de travailler et de nous reposer à la fois.

« … découvert que les citoyens de ces nations ont établi une loyauté entre eux qui se veut plus solide que celle qui unit leurs différents pays géographiques. Et cela, sans jamais s'être rencontrés, sans même l'espoir de pouvoir se rencontrer un jour ; ensemble, ils apprennent à s'aimer pour la qualité de leur pensée, de leur force de caractère… »

« Ces personnes ne sont autres que nous dans d'autres corps ! me chuchota Leslie. Elles ont toujours voulu piloter des avions et nous l'avons fait pour elles. Quant à nous, nous avons toujours souhaité pouvoir parler aux dauphins, explorer l'idée des nations électroniques, et voilà que ces personnes le font pour nous ! Les personnes qui partagent le même amour ne peuvent être des étrangères, même si elles ne se sont jamais rencontrées ! »

La minuterie se fit entendre, annonçant la fin de la seconde conférence.

« … qui partagent les mêmes valeurs », dit le jeune homme en terminant, « ne peuvent être des étrangères, même si elles ne se sont jamais rencontrées ! »

Leslie et moi, nous nous regardâmes avant de joindre nos applaudissements à ceux des autres cependant que la troisième conférencière entrait immédiatement dans le vif du sujet, comme si elle s'engageait dans une lutte contre la minuterie.

« Tout comme les plus infinitésimales particules de matière sont de l'énergie pure, déclara-t-elle, ainsi pouvons-nous considérer les plus infinitésimales particules d'énergie comme étant la pensée à son plus pur. Nous avons procédé à une série d'expériences qui nous portent à croire que le monde qui nous entoure est, littéralement, une construction de notre pensée. Lors de nos recherches, nous avons découvert une espèce de particule que nous avons choisi d'appeler *imajon*...

Nos cahiers avaient pris du volume tandis que nous prenions des notes et froissions des pages dans notre excitation. Et chaque fois que la minuterie se faisait entendre, nous nous remplissions à la fois de frustration et d'espoir. Il y avait tant de choses à dire, tant de choses encore à apprendre. Comment était-il possible à tant d'idées étonnantes de converger en un même endroit ?

Je pris soudain conscience que Leslie me regardait intensément et me tournai pour la regarder droit dans les yeux.

« Nous aussi avons quelque chose à dire à ces personnes, me dit-elle alors. Serions-nous capables de nous pardonner si nous leur taisions ce que nous savons ?

— Chère sceptique », lui fis-je pour toute réponse en la gratifiant de mon plus chaleureux sourire.

« ... car c'est de la diversité que naît cette remarquable unité, dit la conférencière. Combien souvent ne nous arrive-t-il pas de trouver exactement ce que nous avions imaginé... »

Je me levai et me dirigeai à pas lents vers le tableau central. Prenant une craie, j'inscrivis alors, au bas de la liste des sujets, le titre de ce dont nous parlerions durant les quinze minutes qui nous seraient allouées, à Leslie et à moi : UN.

Je déposai la craie et retournai m'asseoir aux côtés de mon épouse. La journée ne faisait que commencer.